文芸的な、余りに文芸的な
饒舌録ほか

芥川vs.谷崎論争

akutagawa ryūnosuke *tanizaki jun'ichirō*
芥川龍之介｜谷崎潤一郎
千葉俊二 編

講談社 文芸文庫

目次

＊

文芸的な、余りに文芸的な／饒舌録ほか

芥川vs.谷崎論争

饒舌録

谷崎潤一郎

文芸的な、余りに文芸的な

芥川龍之介

『改造』昭二・二月号

饒舌録（感想）

谷崎潤一郎

ちょっとお断りをしておくが、十一月号の改造の予告に私が新年から文芸時評を担任するとあるけれども、実は時評をするつもりはない。時評と云うと、どうしても月々の小説や戯曲を一と通りは見なければならない義務を生じる。これが私には時評を書くことそれ自身よりも余計たまらない苦痛な仕事だ。何も現代諸家のものが一読に値いしないと云うような訳ではさらさらないのだが、いつかも「芸術一家言」の時に云ったように、矢張り文芸物の鑑賞は、それが発表された時より多少の時日を置いてからの方がいいような気がする。創作の批評は三面記事とは違うのだから、そう骨を折ってレーテスト・ニュースを集める必要はあるまいし、諸家の方でも毎月毎月傑作ばかりが書ける訳でもあるまいから、それを一々取り上げられたら定めし迷惑千万であろう。尤も掘り出しものをするとか、隠れたる天才を発見するとか云うようなことが、批評家としての任務でもあり、またその虚栄心を満足させる所以《ゆえん》でもあろうが、私はそう云う責任や野心はキレイサッパリと放棄する。ズルイと云われても差支えはない。誠に後進に対しては冷淡であるかも知れないが、一人の作家を見出すために百も千もの駄作を読む暇はないのだから、不親切と云う批難に対しては始めから詫まる。で、その方面は他の適当な批評家に任せて、私はいつも多少世間が問題にするようになった作物を、後でゆっくり読むことにしている。それも必ず読むと極まった訳ではなく、まあ気が向けば手に取って見る程度だから、アテにならぬこと夥《おびただ》しい。

そう云う訳で毎号何かしら文学芸術に関することを書くには書くが、思い出すままを独り言のようにしゃべるのだから、標準も範囲も極まっていない。先達《せんだって》正宗白鳥氏に会ったら、「君は来年から改造へ時評を書くのかね、時評を書くといろいろの人から議論を吹っ掛けられる、すると黙っている訳にも行かないので、つい応酬する、いやいやながら自然文壇に活躍をする形になって、うるさいもんだよ」と云って居られたが、成る程そうなったら大変だ。私なんかにはとても遣り切れたものではない。そこで私は成るべく当り障りがないようにして行くが、万一誰かが喰ってかかっても相手になることは御免を蒙る。先輩であろうが後輩であろうが、此方《こ》の都合で一切黙殺することにするから、それは予め御諒承を願いたい。――と、先ず斯う予防線を張って置いて、さて何から書き出したものか、実は店開きに何か纏まった問題を捕えて花々しく打って出たいのだが、新春早々、連日の屠蘇《とそ》機嫌で頭が悪い。今月のところはブラリブラリと散歩をするような気分で参ろう。

○

いったい私は近頃悪い癖がついて、自分が創作するにしても他人のものを読むにしても、うそのことでないと面白くない。事実をそのまま材料にしたものや、そうでなくても写実的なものは、書く気にもならないし読む気にもならない。私が毎月の雑誌に現われる現代諸家のものを読もうとしないのは、そのせいも余程あると思う。ちょっと最初の五六行へ眼を通して見て、「ハハア自分の身辺のことを書いているな」と気が付くと、もうそれっきり直ぐイヤになる。個人的乃至は楽屋的興味のために見ることはあるが、そうでなく、身辺雑事や作家の経験をもとにしたもので、イヤ気《き》にならずに、どんどん引き摺って行かれるような作品はめったにない。数年前に読んだ永井荷風氏の「雨瀟瀟《あめしょうしょう》」、近松秋江氏の「黒髪」、――まあ此の二つが記憶に残っているくらいなものだ。斯う云うと何か、小説はうその話に限る、無いことを有るようにでっち上げたものでなければならぬ、と、そんな主義でも抱いているように取られそうだが、決してそう云う次第ではない。事実小説でもいいものはいいに違いないが、ただ近年の私の趣味が、素直なものよりもヒネクレたもの、無邪気なものよりも有邪気なもの出来るだけ細工のかかった入り組んだものを好くようになった。此れは或いは良くない趣味だと思うけれども、そうなって来た以上仕方がないから、まあ当分は此の傾向で進んで行こう。

そこで私は成る可く現代に縁の遠い題材のものを読むことになる。歴史小説か、荒唐無稽な物語か、写実物でも半世紀前の作品か、或いは現代を扱っていても日本の社会とは非常にかけ離れた西洋のものなら、矢張り一種の空想の世界として見る気になれる。で、去年は大分歴史小説を漁って見たが、日本の物では中里介山氏の「大菩薩峠」、西洋の物ではジョウジ・ムーアの "Héloïse and Abélard" 及び "Ulick and Soracha"（此れは二つともどう発音するのだか、前のは「エロイーズとアベラール」、後のは「ユリクとソラハ」であろうか。）スタンダールの "The Charterhouse of Parma" "The Abbess of Castro" その他一二篇、――先ずこんな物にいろいろの意味で興味を感じた。

介山氏の「大菩薩峠」は今でこそ大変な評判になったが、私の知って居る限りで最も早くあの作品に眼を着けたのは泉鏡花氏であった。

「あれはただの通俗小説ではありませんよ、なかなか趣向が変っています、あいつは是非読んで御覧なさい。」――鏡花氏がそう云って激賞したのは、たしか大正八九年頃、同氏と里見君と私の三人で、或る晩赤坂の待合で飲んだ時のことだったと思う。その時泉氏は荒筋を話して下すったが、それきり私は忘れてしまって、大毎の夕刊に載り出してから、改めて前の方を通読して見た。尤も一気に読んだのではなく、一度は奈良ホテルに滞在中風邪を引いて臥床した時に、ふと思い出して第二巻と四巻とを取り寄せて読み、二度目は自宅で、此れも病中に残りの部分を読んだのだが、此の本のお蔭で私は少からず無聊《ぶりょう》を慰められたことを介山氏に感謝しなければならない。そして「ただの通俗小説でない」と云う泉氏のお説に、私は勿論同感である。第一文章に気品がある。「何々であります」と云うような書き方に、幾分廻りくどいところがあり、筆が少々粗いのを憾みとするが、そこに却っておっとりとした優しみがあって、悪達者なのより幾らいいか知れない。介山氏の「大菩薩峠」一と度出づるや、此れを真似した沢正式剣戟趣味の作品が続々現われ、此の頃はまた大衆文芸と云うような物が流行《はや》り出したが、此れだけの気品のある文章はその後一つとして見当らない。思うに「大菩薩峠」がただの通俗小説ではない所以は、実に此の気品にあるのである。筋がどうの、性格がどうのと云うことは、寧ろ第二の問題である。聞くところに依ると、介山氏は模倣者が沢山現われたのをヒドク気に病んで居られるそうだが、その点に於いては介山氏たるもの安じて可なりだ。

それに此の作は決してチャンチャンバラバラの剣戟趣味の小説ではない。チャンチャンバラバラはほんの上っ面に過ぎないので、底を流れているものは机龍之助を中心とする氷のような冷やかさ、骨に沁むような寒さである。嘗て此の小説を菊池寛氏が戯曲にすると云うような噂があった時、私は此れは菊池君の世界ではなくて、寧ろ佐藤春夫の世界だ、春夫に戯曲を書く腕があればあの中の一と場面、――たとえば古市の備前屋でお豊が自殺するところ、或いは龍之助が船大工与兵衛の小屋に匿まわれているようなところ――を一と幕物に書き直したら、或いは此の作を貫いているペール・パッションが出るであろう。私が書いても温か過ぎる、矢張り春夫でなければいけない、と、そう思ったくらいであった。

作中に出る人物は多くタイプが描かれているのみで、性格迄は掘り下げてない。就中《なかんずく》女性の取り扱いは不得手と見えて、お豊お君お雪など皆同じような感じを与える。けれども不思議に机龍之助の性格だけはほんとうに生きて動いている。龍之助が出て来る場面は必ず光彩陸離としている。古来の大長篇小説は「水滸伝《すいこでん》」にせよ「ミゼラブル」にせよ、人間を多く出すと云うことが主になって、性格などの書けているものは一つもないが、興味は外にあるのであるから、それで差支えはない訳である。が、兎にも角にも主人公の龍之助があれだけ書けていれば、ああ云う長篇小説としては、その他の人間はタイプだけで結構である。私《ひそ》かに思うに机龍之助の性格の或るものは、作者介山氏自身の中に潜んでいるのではなかろうか。別に内面描写などがしてある訳ではないのだが、ただぼうっと場面へ出現するだけで、鬼気迫るような感じを与える。それがくだくだしい描写や説明がないだけに、一層生きているように思える。

あの小説は第一巻が一番面白く、先へ行く程詰まらなくなると云うのが一般の世評のようだが、私は必ずしもそうは思わない。初めの方は事件がどんどん展開するから、見ように依っては面白いけれども、何分筆が非常に粗い。京都から大和紀州地方を舞台にしたあたり、——特に「清姫の帯」のくだりなど、折角いい背景を使いながら、もう少し繊細に書いてくれたらばと、聊か惜しいような気がする。しかし此の時分は作者も若かったのだろうから仕方がないとして、二巻三巻と進むにつれて、段々筆がこなれて来ている。大毎へ載せ出してからは際立ってよくなった。同時に事件小説から気分小説へ移って来たので、此れが或いは一般受けのしない所以であったかも知れない。それに龍之助が引っ込んでしまうと、全くだれて、ただ徒らにだらだらとした場面の多いには参らせられた。

（つづく）

『改造』昭二・三月号

饒舌録（感想）

谷崎潤一郎

○

前号の続きを書くのであるが、その前にちょっと横道へ外れて、二月号の新潮合評会に出ている私の批評のことに就き一言したい。と云うのは、近頃の私の傾向として小説はなるべく細工の入り組んだもの、神巧鬼工《しんこうきこう》を弄したものでなければ面白くないと、前号で私が書いたのに対し、ちょうどそれと反対のことを芥川君が云っているので、それに興味を感じたからである。芥川君の説に依ると、私は何か奇抜な筋と云うことに囚われ過ぎる、変てこなもの、奇想天外的なもの、大向うをアッと云わせるようなものばかりを書きたがる。それがよくない。小説はそう云うものではない。筋の面白さに芸術的価値はない。

と、大体そんな趣旨かと思う。しかし私は不幸にして意見を異にするものである。筋の面白さは、云い換えれば物の組み立て方、構造の面白さ、建築的の美しさである。此れに芸術的価値がないとは云えない。（材料と組み立てとはまた自《おのずか》ら別問題だが、）勿論こればかりが唯一の価値ではないけれども、凡そ文学に於て構造的美観を最も多量に持ち得るものは小説であると私は信じる。筋の面白さを除外するのは、小説と云う形式が持つ特権を捨ててしまうのである。そうして日本の小説に最も欠けているところは、此の構成する力、いろいろ入り組んだ話の筋を幾何学的に組み立てる才能、に在ると思う。だから此の問題を特に此処に持ち出したのだが、一体日本人は文学に限らず、何事に就ても、此の方面の能力が乏しいのではなかろうか。そんな能力は乏しくっても差支ない、東洋には東洋流の文学がある、と云ってしまえばそれまでだが、それなら小説と云う形式を択ぶのはおかしい。それに同じ東洋でも、支那人は日本人に比べて案外構成の力があると思う（少くとも文学に於ては。）これは支那の小説や物語類を読んでみれば誰でも左様に感ずるであろう。日本にも昔から筋の面白い小説がないことはないが、少し長いものや変ったものは大概支那のを模倣したもので、而も本家のに較べると土台がアヤフヤで、歪んだり曲ったりしている。

　私自身の作品に就ては、自分も日本人の一人である以上大きなことは云えないけれども、ただしかしながら此の方面に多大な興味は感じているし、それを少しも邪道であるとは思っていない。尤も芥川君の「筋の面白さ」を攻撃する中には、組み立ての方面よりも或いは寧ろ材料にあるのかも知れない。私が変な材料を択びすぎる、「や、此れは奇抜な種を見付けた」と、そう思うと、もうそれだけで作者自身が酔わされてしまう。そうして徒らに荒唐奇怪な物語を作って、独りで嬉しがっている。と云うにあるらしい。けれども芥川君自身の場合はいざ知らず、私は昔から単なる思いつきで創作したことはないつもりである。下らないものや、まずいものや、通俗的なものや、随分お恥かしい出来栄えのものがあるけれども、たとえば今度の「クリップン事件」のようなものでも、その構想は自分の内から湧き出したもので、借り物や一時の思いつきではない。それがそう読んで貰えないのは自分の至らぬせいであるが、以上のことは私は自信を以て云える。前号で趣味だの癖だのと云う文字を使ったのは、座談的に軽く云ったからであるが、私が変なものや有邪気なものが好きなのは、実はもう少し深いところから来ているつもりだ。芥川君は私よりも自分自身を鞭うつような気持ちで云ったのだそうだから、それなら私の関する限りでないけれども、私まで鞭うたれるのは願い下げにする。

作者が自分の作物の「筋の面白さ」に惑わされるとは、それに眩惑される、酔ったようになる、と云うことだろうが、それなら寧ろそうであった方がいいと思う。此れは各作者の体質にもよるから、一概には云えないけれども、私自身はいつでもそうだ。私はどんなつまらないものを書くときでも、多少酔ったようにならなければ書けない。話の筋を組み立てるとは、数学的に計算をする意味ではない。矢張りそれだけの構想が内から燃え上って来るべきだと思う。此の事に就ては偉い作曲家の例が引かれて、昔から云い古されてはいるが。

それから「俗人にも分る筋の面白さ」と云う言葉もあるが、小説は多数の読者を相手とする以上、それで一向差支ない。芸術的価値さえ変らなければ、俗人に分らないものよりは分るものの方がいい。妥協的気分で云うのでない限り、通俗を軽蔑するなと云う久米君の説（文芸春秋二月号）に私は賛成だ。

賛成ついでに、合評会で宇野君が「九月一日前後のこと」をつまらないと云っているのは、作者自身も同感である。正に「あれは小説ではない」のだ。「こう云うものを見ると、此の人の文章は古くて実に常套的だ」と云われても、一言もない。自分が悪いと思ったものをケナされるのは、いいと思ったものを褒められるのと同様に愉快だ。あんなものを面白がられては却って気持ちが悪い。

○

前に云ったような意味で、私は「大菩薩峠」の如き筋で売る小説の出ることを大変にいいことだと思っている。低級な講談の蒸し返しを講談よりも尚下等にして、「大衆文芸」などと看板だけ塗り変えたのは感心出来ないが、真の大衆文芸は結構である。沙翁でもゲーテでもトルストイでも、飛び抜けて偉大なもので大衆文芸ならざるはない。ただ「大菩薩峠」程度の創意と品格とはあって欲しい。私があの中で一番好きなのは龍之助の殺人剣を表面へ現わさずに、雰囲気を以て出しているところ、たとえば甲府の辻斬のくだりで、霧の深い夜に米友《よねとも》が出会う場面、塩尻峠の三人の武士との立ち廻りで、その立ち廻りを描かずに峠の茶屋へ逃げ込んだ人々の恐怖を描き、仏頂寺弥助と重傷を負わされた侍との会話を叙し、蹌々踉々《そうそうろうろう》と草原をひとりさまよう龍之助の風貌を述べているあたり、その前であったか後であったか、宇津木兵馬が狼に喰い殺された賊の屍骸に刃物の痕を認めるところ、こう云うところは所謂「大衆文芸」だったら、きっと表面へ出さずには措かない場面だが、それを悉く裏へ廻して、却って凄味を添えている手際は隅に置けない。それから白骨温泉へ移って、龍之助の眼病が癒ゆるが如く癒えざるが如く、じめじめとした、湿気《しっけ》た冷たさが骨身に沁みる。これに配するに無邪気で若いお雪ちゃんを以てしているのは常套手段であるけれども、コントラストとして或る程度まで成功している。龍之助が独り山道を歩きながら、路端に湧き出る清水で眼を拭う一節、あすこは圧巻であると思った。私も読んでいて眼に清水の沁み込むのを覚えた。龍之助の人を殺すのが、果して龍之助が殺すのかどうかだんだん分らなくなって、わざと曖昧にぼかされて行って、最後に何とか云う淫乱な後家《ごけ》と番頭とが疑問の死に方をするのもいい。こうなって来ると、一《ひ》と入《しお》前の方の筆致の粗いのが惜まれてならない。清姫の帯のくだりや古市のくだりなど、もう一遍書き直して読ませて貰いたいくらいに思う。

○

「大菩薩峠」は次第に気分小説になって来たので、筋が冗漫になり、組み立ての緊密さが欠けているのは是非もないが、組み立てと云う点で近頃私が驚いたのは、スタンダールの“The Charterhouse of Parma”である。この小説は英訳で五百ページからある。日本語にしたら千ページにもなる長篇で、ワーテルローの戦争から伊太利の公国を舞台にしたものだが、話の筋は複雑纏綿、波瀾重畳《はらんちょうじょう》を極めていて寸毫も長いと云う気を起させない。寧ろ短か過ぎる感があるほど圧搾されている。書き出しからワーテルローの戦場までが幾らか無味乾燥な嫌いはあるが、しかし元来スタンダールと云う人はわざと乾燥な、要約的な書き方をする人で、それが此の小説では、だんだん読んで行くうちに却って緊張味を帯び、異常な成功を収めている。若し此の内容を、くだくだしい会話を入れたり、叙景をしたりして、新聞小説的に書いたら恐らく「大菩薩峠」ぐらいの長さにすることは何でもなかろう。つまりそれほどの長さのものを五百ページにきっちり詰めて、殆んど一ページ一ページに百ページもの内容を充実させてあるのである。だから寸分の隙もなく無駄もない。葛藤に富んだ大事件の肉を削り、膏《あぶら》を漉《こ》し、血を絞り取ってしまって、ただその骨格だけを残したような感じである。而もその中に出て来る王侯宰相才子佳人の性格は皆悉く驚嘆すべき鮮明さを以て浮き上って居るのだから偉い。主人公のファブリチオは云う迄もないが、宰相のモスカ伯爵、此れが実によく描けている。仮りにも一小国の宰相を捉えて、その幅のある大きな性格、機略、聡明、熱情、嫉妬、恋愛等の複雑なる種々相を書き分けることは大変な仕事だ。然るにそれが実に簡結に、所に依っては十行二十行の描写でさっさっと片附けられて行く。筋も随分有り得べからざるような偶然事が、層々塁々と積み重なり、クライマックスの上にもクライマックスが盛り上って行くのだが、こう云う場合、余計な色彩や形容があると何だか嘘らしく思えるのに、骨組みだけで記録して行くから、却って現実味を覚える。小説の技巧上、嘘のことをほんとうらしく書くのには、――或いはほんとうのことをほんとうらしく書くのにも、――出来るだけ簡浄な、枯淡な筆を用いるに限る。此れはスタンダールから得る痛切な教訓だ。

スタンダールには此の外 "The Abbess of Castro" "The Cenci" などと云う、矢張り異常な出来事を扱った短篇があって、「カストロの尼僧」の最後の場面、「ウゴオネは行った、そうして急いで戻って来た、彼はエレナの死んでいるのを発見した、匕首が彼女の心臓にあった。」と、僅か一行半を以て結んであるところなど、支那の古典、例えば史記の文章を読むような感じがある。ツェンチの一族の物語は、恰も予審調書のような記述法を以てして、人物光景の躍動していること唯精妙と云うの外はない。これほどの作家のものが、「赤と黒」と「恋愛論」を除いて、外に一向日本へ紹介されていないのは不思議なことだ。矢張りこう云う筋の面白いものは小説の邪道だと思われているせいであろうか。彼の作品を読んだあとで直ぐにキングスレーの「ハイペシア」を読みかけたが、とても下らなく、無駄があってふわふわしていて読む気になれない。スタンダールに比べると、メリメなども大分光彩を失うであろう。これを日本に求めれば、内容こそ大に異るが、幸田露伴氏の「運命」や「幽情記」や「骨董」などの作品は、さすがに遜色がないように思う。

○

辻潤君が「或る青年の告白」を訳しているだけで、ジョージ・ムーアも一向日本で評判されないようである。ああ云う変り種は一種の永井荷風（少し違うが）のようなもので、時勢に係わりがないからであろうか。尤もジョージ・ムーアの特色は半分以上あの名文章の味いにあるから、辻君の訳はどうだか知れないが、日本語に直したら案外詰まらなくなるかも知れない。

ムーアのものでは何と云っても自伝的作品が一番いい。「或る青年の告白」と“Memoirs of My Dead Life”――私は殊に後者が好きで、或る年の夏箱根の湖畔であれを読んだ時は、恍惚として寝食を忘れた。「或る青年の告白」も冬の寒い晩に火が消えてしまって顫えながら、夜を徹して読んだ。それがもう三十六七の時だったけれども、嘗て二十四五の新思潮時代に和辻哲郎、木村荘太、後藤末雄、大貫晶川等と文学芸術を談じ合った頃のような興奮を覚えた。前者は老後の回想であって、情調に於ては西洋の「雨瀟瀟」とも云うべきもの。冒頭の倫敦《ロンドン》の春の叙景 "Lovers of Orelay" のくだりの恋の睦《むつ》言《ごと》、老年の下宿住まいのわびしい生活、人生の辛酸苦楽具《つぶさ》に備わって万感交《こもごも》胸に迫るの思いがする。それから私は馬鹿にムーアが好きになって、自叙伝でない小説、"A Mummer's Wife" や "Esther Waters" を読んで見たが、バルザックを崇拝する人に似合わず、此れはひどく地味な写実物で、何だか徳田秋声氏に似ているような所があって、とんと勝手が違ってしまった。あの詩人風な人にこんな方面もあるのかと思って、甚だ意外な感じがした。が、最近に至って出版された二つの歴史小説は、筋は簡単で、結構配置の上に面白味はないけれども、自叙伝と同じく詩趣横溢した叙情的気分で、「エロイーズとアベラール」の如き二冊で五百何十ページもあるものを、飽かせずに引き擦って行く。二人が中世紀の巴里の都はリュウ・デ・シャントルからオルレアンへ駈け落ちをする所など、一読三嘆、まるで浄瑠璃の道行きを聴くようである。それに会話をいちいち行を改めず、クオテーションマークもつけずに地の文と続けて書いてあり、"He said" とか "She said" とかの断りもなしに、二人の言葉が一つのセンテンスの中に織り込まれているところなどもあって、一種の新体を開いているのが、支那や日本の物語の書きざまに似ている。「ユリックとソラハ」の方は余りに一本筋に過ぎ、且私には馴染のない愛蘭土《アイルランド》の昔がたりなので少々退屈するが、文体は前者と同じで、部分部分には矢張り美しい。こう云う風に、筋で持って行かずに気分や情調で持って行く歴史物も亦捨て難い。その代り此れで長篇を書くのは随分むずかしかろう。義太夫や平家琵琶を十段も聴かせるのと同じ手際がいる。

ムーアは既に六十幾つか七十以上か、よくは知らないが、余程の歳に違いなかろう。ああ云う肌合の人が、あの歳になって尚あれだけの労作をする元気があるのは、矢張り西洋人の体質である。

（つづく）

『改造』昭二・四月号

文芸的な、余りに文芸的な――併せて谷崎潤一郎氏に答う――

芥川龍之介

一　「話」らしい話のない小説

僕は「話」らしい話のない小説を最上のものとは思っていない。従って「話」らしい話のない小説ばかり書けとも言わない。第一僕の小説も大抵は話を持っている。デッサンのない画《え》は成り立たない。それと丁度同じように小説は「話」の上に立つものである。（僕の「話」と云う意味は単に「物語」と云う意味ではない。）若《も》し厳密に云うとすれば、全然話のない所には如何なる小説も成り立たないであろう。従って僕は「話」のある小説にも勿論尊敬を表するものである。「ダフニとクロオと」の物語以来、あらゆる小説或は叙事詩が「話」の上に立っている以上、誰か「話」のある小説に敬意を表せずにいられるであろうか？「マダム・ボヴァリイ」も「話」を持っている。「戦争と平和と」も「話」を持っている。「赤と黒と」も「話」を持っている。……

しかし或小説の価値を定めるものは決して「話」の長短ではない。況《いわん》や「話」の奇抜であるか奇抜でないかと云うことは評価の埒外にある筈である。（谷崎潤一郎氏は人も知る通り、奇抜な話の上に立った多数の小説の作者である。その又奇抜な話の上に立った同氏の小説の何篇かは恐らく百代の後にも残るであろう。しかしそれは必しも「話」の奇抜であるかどうかに生命を托している訣《わけ》ではない。）更に進んで考えれば、「話」らしい話の有無さえもこう云う問題には没交渉である。僕は前にも言ったように「話」のない小説を、――或は「話」らしい話のない小説を最上のものとは思っていない。しかしこう云う小説も存在し得ると思うのである。

「話」らしい話のない小説は勿論唯身辺雑事を描いただけの小説ではない。それはあらゆる小説中、最も詩に近い小説である。しかも散文詩などと呼ばれるものよりも遥かに小説に近いものである。僕は三度繰り返せば、この「話」のない小説を最上のものとは思っていない。が若し「純粋な」と云う点から見れば、――通俗的興味のないと云う点から見れば、最も純粋な小説である。もう一度画を例に引けば、デッサンのない画は成り立たない。（カンディンスキイの「即興」などと題する数枚の画は例外である。）しかしデッサンよりも色彩に生命を託した画は成り立っている。幸いにも日本へ渡って来た何枚かのセザンヌの画は明らかにこの事実を証明するのであろう。僕はこう云う画に近い小説に興味を持っているのである。

　ではこう云う小説はあるかどうか？　独逸《ドイツ》の初期自然主義の作家たちはこう云う小説に手をつけている。しかし更に近代ではこう云う小説の作家としては何びともジュウル・ルナアルに若《し》かない。（僕の見聞する限りでは）たとえばルナアルの「フィリップ一家の家風」は（岸田国士氏の日本訳「葡萄畑の葡萄作り」の中《うち》にある）一見未完成かと疑われる位である。が、実は「善く見る目」と「感じ易い心」とだけに仕上げることの出来る小説である。もう一度セザンヌを例に引けば、セザンヌは我々後代のものへ沢山の未完成の画を残した。丁度ミケル・アンジェロが未完成の彫刻を残したように。――しかし未完成と呼ばれているセザンヌの画さえ未完成かどうか多少の疑いなきを得ない。現にロダンはミケル・アンジェロの未完成の彫刻に完成の名を与えている！……しかしルナアルの小説はミケル・アンジェロの彫刻は勿論、セザンヌの画の何枚かのように未完成の疑いのあるものではない。僕は不幸にも寡聞の為に仏蘭西《フランス》人はルナアルをどう評価しているかを知らずにいる。けれども、わがルナアルの仕事の独創的なものだったことを十分には認めていないらしい。

　ではこう云う小説は紅毛人以外には書かなかったか？　僕は僕等日本人の為に志賀直哉氏の諸短篇を、――「焚火」以下の諸短篇を数え上げたいと思っている。

僕はこう云う小説は「通俗的興味はない」と言った。僕の通俗的興味と云う意味は事件そのものに対する興味である。僕はきょう往来に立ち、車夫と運転手との喧嘩を眺めていた。のみならず或興味を感じた。この興味は何であろう？　僕はどう考えて見ても、芝居の喧嘩を見る時の興味と違うとは考えられない。若し違っているとすれば、芝居の喧嘩は僕の上へ危険を齎《もた》らさないにも関らず、往来の喧嘩はいつ何時危険を齎らすかもわからないことである。僕はこう云う興味を与える文芸を否定するものではない。しかしこう云う興味よりも高い興味のあることを信じている。若しこの興味とは何かと言えば、――僕は特に谷崎潤一郎氏にはこう答えたいと思っている。――「麒麟《きりん》」の冒頭の数頁は直ちにこの興味を与える好個の一例となるであろう。

「話」らしい話のない小説は通俗的興味の乏しいものである。が、最も善い意味では決して通俗的興味に乏しくない。（それは唯「通俗的」と云う言葉をどう解釈するかと云う問題である。）ルナアルの画いたフィリップが――詩人の目と心とを透《とお》して来たフィリップが僕等に興味を与えるのは一半はその僕等に近い一凡人である為である。それをも亦通俗的興味と呼ぶことは必ずしも不当ではないであろう。（尤も僕は僕の議論の力点を「一凡人である」と云うことには加えたくない。「詩人の目と心とを透して来た一凡人である」と云うことに加えたいのである。）現に僕はこう云う興味の為に常に文芸に親しんでいる大勢の人を知っている。僕等は勿論動物園の麒麟に驚嘆の声を吝《お》しむものではない。が、僕等の家にいる猫にもやはり愛着を感ずるのである。

しかし或論者の言うようにセザンヌを画の破壊者とすれば、ルナアルも亦小説の破壊者である。この意味ではルナアルは暫く問わず、振り香炉の香を帯びたジッドにもせよ、町の匂いのするフィリップにもせよ、多少はこの人通りの少ない、陥穽に満ちた道を歩いているのであろう。僕はこう云う作家たちの仕事にアナトオル・フランスやバレス以後の作家たちの仕事に興味を持っている。僕の所謂《いわゆる》「話」らしい話のない小説はどう云う小説を指しているか、なぜ又僕はこう云う小説に興味を持っているか、——それ等は大体上に書いた数十行の文章に尽きているであろう。

二　谷崎潤一郎氏に答う

次に僕は谷崎潤一郎氏の議論に答える責任を持っている。尤もこの答の一半は一の中《うち》にもないことはない。が、「凡そ文学に於て構造的美観を最も多量に持ち得るものは小説である」と云う谷崎氏の言には不服である。どう云う文芸も、——僅々十七字の発句さえ「構造的美観」を持たないことはない。しかしこう云う論法を進めることは谷崎氏の言を曲解するものである。とは言え「凡そ文学に於て構造的美観を最も多量に持ち得るもの」は小説よりも寧ろ戯曲であろう。勿論最も戯曲らしい小説は小説らしい戯曲よりも「構成的美観」を欠いているかも知れない。しかし戯曲は小説よりも大体「構成的美観」に豊かである。――それも亦実は議論上の枝葉に過ぎない。兎に角小説と云う文芸上の形式は「最も」か否かを暫く措き、「構成的美観」に富んでいるであろう。なお又谷崎氏の言うように「筋の面白さを除外するのは、小説と云う形式が持つ特権を捨ててしまう」と云うことも考えられるのに違いない。が、この問題に対する答は（一）の中《うち》に書いたつもりである。唯「日本の小説に最も欠けているところは、此の構成する力、いろいろ入り組んだ筋を幾何学的に組み立てる才能にある。」かどうか、その点は僕は無造作に谷崎氏の議論に賛することは出来ない。我々日本人は「源氏物語」の昔からこう云う才能を持ち合せている。単に現代の作家諸氏を見ても、泉鏡花氏、正宗白鳥氏、里見弴氏、久米正雄氏、佐藤春夫氏、宇野浩二氏、菊池寛氏等を数えられるであろう。しかもそれ等の作家諸氏の中《うち》にも依然として異彩を放っているのは「僕等の兄」谷崎潤一郎氏自身である。僕は決して谷崎氏のように我々東海の孤島の民に「構成する力」のないのを悲しんでいない。

この「構成する力」の問題はまだ何十行でも論ぜられるであろう。しかしその為には谷崎氏の議論のもう少し詳しいのを必要としている。唯次手に一言すれば、僕はこの「構成する力」の上では我々日本人は支那人よりも劣っているとは思っていない。が「水滸伝」「西遊記」「金瓶梅」「紅楼夢」「品花宝鑑」等の長篇を絮々綿々《じょじょめんめん》と書き上げる肉体的力量には劣っていると思っている。

更に谷崎氏に答えたいのは「芥川君の筋の面白さを攻撃する中には、組み立ての方面よりも、或は寧ろ材料にあるかも知れない」と云う言葉である。僕は谷崎氏の用いる材料には少しも異存を持っていない。「クリップン事件」も「小さい王国」も「人魚の歎き」も材料の上では決して不足を感じないものである。それから又谷崎氏の創作態度にも、――僕は佐藤春夫氏を除けば、恐らくは谷崎氏の創作態度を最も知っている一人であろう。僕が僕自身を鞭《むち》うつと共に谷崎潤一郎氏をも鞭ちたいのは（僕の鞭に棘《とげ》のないことは勿論谷崎氏も知っているであろう。）その材料を生かす為の詩的精神の如何である。或は又詩的精神の深浅である。谷崎氏の文章はスタンダアルの文章よりも名文であろう。（暫く十九世紀中葉の作家たちはバルザックでもスタンダアルでもサンドでも名文家ではなかったと云うアナトオル・フランスの言葉を信ずるとすれば）殊に絵画的効果を与えることはその点では無力に近かったスタンダアルなどの匹儔《ひっちゅう》ではない。（これも又連帯責任者にはブランデスを連れてくれれば善い。）しかしスタンダアルの諸作の中に漲り渡った詩的精神はスタンダアルにして始めて得られるものである。フロオベエル以前の唯一のラルティストだったメリメエさえスタンダアルに一籌《いっちゅう》を輸したのはこの問題に尽きているであろう。僕が谷崎潤一郎氏に望みたいものは畢竟《ひっきょう》唯この問題だけである。「刺青」の谷崎氏は詩人だった。が、「愛すればこそ」の谷崎氏は不幸にも詩人には遠いものである。

「大いなる友よ、汝《なんじ》は汝の道にかえれ。」

三　僕

最後に僕の繰り返したいのは僕も亦今後側目《わきめ》もふらずに「話」らしい話のない小説ばかり作るつもりはないと云うことである。僕等は誰も皆出来ることしかしない。僕の持っている才能はこう云う小説を作ることに適しているかどうか疑問である。のみならずこう云う小説を作ることは決して並み並みの仕事ではない。僕の小説を作るのは小説はあらゆる文芸の形式中、最も包容力に富んでいる為に何でもぶちこんでしまわれるからである。若し長詩形の完成した紅毛人の国に生れていたとすれば、僕は或は小説家よりも詩人になっていたかも知れない。僕はいろいろの紅毛人たちに何度も色目を使って来た。しかし今になって考えて見ると、最も内心に愛していたのは詩人兼ジャアナリストの猶太《ユダヤ》人――わがハインリッヒ・ハイネだった。

四　大作家

僕は上《かみ》に書いた通り、頗《すこぶ》る雑駁な作家である。が、雑駁な作家であることは必しも僕の患いではない。いや、何びとの患いでもない。古来の大作家と称するものは悉く雑駁な作家である。彼等は彼等の作品の中にあらゆるものを抛《ほう》りこんだ。ゲエテを古今の大詩人とするのもたとい全部ではないにもせよ、大半はこの雑駁なことに――この箱船の乗り合いよりも雑駁なことに存している。しかし厳密に考えれば、雑駁なことは純粋なことに若かない。僕はこの点では大作家と云うものにいつも疑惑の目を注いでいる。彼等は成程一時代を代表するに足るものであろう。しかし彼等の作品が後代を動かすに足るとすれば、それは唯彼等がどの位純粋な作家だったかと云う一点に帰してしまう訣である。「大詩人と云うことは何でもない、我々は唯純粋な詩人を目標にしなければならぬ」と云う「狭い門」（ジッド）の主人公の言葉も決して等閑に附することは出来ない。僕は「話」らしい話のない小説を論じた時、偶然この「純粋な」と云う言葉を使った。今この言葉を機縁にし、最も純粋な作家たちの一人、――志賀直哉氏のことを論ずるつもりである。従ってこの議論の後半はおのずから志賀直哉論に変化するであろう。尤も時と場合により、どう云う横道に反れてしまうか、それは僕自身にも保証出来ない。

五　志賀直哉氏

志賀直哉氏は僕等のうちでも最も純粋な作家――でなければ最も純粋な作家たちの一人である。志賀直哉氏を論ずるのは勿論僕自身に始まったことではない。僕は生憎《あいにく》多忙の為に、――と云うよりも寧ろ無精の為にそれ等の議論を読まずにいる。従っていつか前人の説を繰り返すことになるかも知れない。しかし又或は前人の説を繰り返すことにもならないかも知れない。……

（一）志賀直哉氏の作品は何よりも先にこの人生を立派に生きている作家の作品である。立派に？――この人生を立派に生きることは第一には神のように生きることであろう。志賀直哉氏も亦地上にいる神のようには生きていないかも知れない。が、少くとも清潔に、（これは第二の美徳である）生きていることは確かである。勿論僕の「清潔に」と云う意味は石鹸ばかり使っていることではない。「道徳的に清潔に」と云う意味である。これは或は志賀氏の作品を狭いものにしたように見えるかも知れない。が、実は狭いどころか、反《かえ》って広くしているのである。なぜ又広くしているかと云えば、僕等の精神的生活は道徳的属性を加えることにより、その属性を加えない前よりも広くならずにはいないからである。勿論道徳的属性を加えると云う意味も教訓的であると云うことではない。物質的苦痛を除いた苦痛は大半はこの属性の生んだものである。谷崎潤一郎氏の悪魔主義がやはりこの属性から生まれていることは言うまでもあるまい。（悪魔は神の二重人格者である。）更に例を求めるとすれば、僕は正宗白鳥氏の作品にさえ屢々《しばしば》論ぜられる厭世主義よりも寧ろ基督《キリスト》的魂の絶望を感じているものである。この属性は志賀氏の中に勿論深い根を張っていたのであろう。しかし又この属性を刺戟する上には近代の日本の生んだ道徳的天才、――恐らくはその名に価する唯一の道徳的天才たる武者小路実篤氏の影響も決して少くはなかったであろう。念の為にもう一度繰り返せば、志賀直哉氏はこの人生を清潔に生きている作家である。それは同氏の作品の中にある道徳的口気にも窺われるであろう。（「佐々木の場合」の末段はその著しい一例である。）同時に又同氏の作品の中にある精神的苦痛にも窺われないことはない。長篇「暗夜行路」を一貫するものは実にこの感じ易い道徳的魂の苦痛である。

（二）志賀直哉氏は描写の上には空想を頼まないリアリストである。その又リアリズムの細に入っていることは少しも前人の後に落ちない。若しこの一点を論ずるとすれば、僕は何の誇張もなしにトルストイよりも細かいと言い得るであろう。これは又同氏の作品を時々平板に了《おわ》らせている。が、この一点に注目するものはこう云う作品にも満足するであろう。世人の注目を惹かなかった、「二十代一面」はこう云う作品の一例である。しかしその効果を収めたものは、たとえば小品「鵠沼行《くげぬまこう》」にしても写生の妙を極めないものはない。次手に「鵠沼行」のことを書けば、あの作品のディテエルは悉く事実に立脚している。が、「丸くふくれた小さな腹には所々に砂がこびりついて居た」と云う一行だけは事実ではない。それを読んだ作中人物の一人は「ああ、ほんとうにあの時には××ちゃんのおなかに砂がついていた」と言った！

（三）しかし描写上のリアリズムは必しも志賀直哉氏に限ったことではない。同氏はこのリアリズムに東洋的伝統の上に立った詩的精神を流しこんでいる。同氏のエピゴオネンの及ばないのはこの一点にあると言っても差し支えない。これこそ又僕等に、――少くとも僕に最も及び難い特色である。僕は志賀直哉氏自身もこの一点を意識しているかどうか、は必しもはっきりとは保証出来ない。（あらゆる芸術的活動を意識の閾《しきい》の中に置いたのは十年前の僕である。）しかしこの一点はたとい作家自身は意識しないにもせよ、確かに同氏の作品に独特の色彩を与えるものである。「焚火」、「真鶴《まなづる》」等の作品は殆どこう云う特色の上に全生命を託したものであろう。それ等の作品は詩歌にも劣らず（勿論この詩歌と云う意味は発句をも例外にするのではない。）頗《すこぶ》る詩歌的に出来上っている。これは又現世の用語を使えば、「人生的」と呼ばれる作品の一つ、――「憐れな男」にさえ看取出来るであろう。ゴム球のように張った女の乳房に「豊年じゃ、豊年じゃ」を唄うことは到底詩人以外に出来るものではない。僕は現世の人々がこう云う志賀直哉氏の「美しさ」に比較的注意しないことに多少の遺憾を感じている。（「美しさ」は極彩色の中にあるばかりではない。）同時に又他の作家たちの美しさにもやはり注意しないことに多少の遺憾を感じている。

（四）更に又やはり作家たる僕は志賀直哉氏のテクニイクにも注意を怠らない一人である。「暗夜行路」の後篇はこの同氏のテクニイクの上にも一進歩を遂げているものであろう。が、こう云う問題は作家以外の人々には余り興味のないことかも知れない。僕は唯初期の志賀直哉氏さえ、立派なテクニイクの持ち主だったことを手短かに示したいと思うだけである。

――煙管《きせる》は女持でも昔物で今の男持よりも太く、ガッシリした拵《こしら》えだった。吸口の方に玉藻の前が檜扇を翳して居る所が象眼になっている。……彼は其の鮮な細工に暫く見惚れて居た。そして、身長の高い、眼の大きい、鼻の高い、美しいと云うより総てがリッチな容貌をした女には如何にもこれが似合いそうに思った。——

これは「彼と六つ上の女」の結末である。

——代助は花瓶の右手にある組み重ねの書棚の前へ行って、上に載せた重い写真帳を取り上げて、立ちながら、金の留金を外して、一枚二枚と繰り始めたが、中頃まで来てぴたりと手を留めた。其処には二十歳位の女の半身がある。代助は眼を俯《ふ》せて凝《じっ》と女の顔を見詰めていた。——

これは「それから」の第一回の結末である。

出門日已遠　不受徒旅欺　骨肉恩豈断　手中挑青糸　捷下万仞岡　俯身試搴旗

これは更にずっと古い杜甫《とほ》の「前出塞」の詩の結末——ではない一首である。が、いずれも目に訴える、——言わば一枚の人物画に近い造形美術的効果により、結末を生かしているものは同じことである。

（五）これは畢竟《ひっきょう》余論である。志賀直哉氏の「子を盗む話」は西鶴の「子供地蔵」（大下《おおげ》馬《ば》）を思わせ易い。が、更に「范《はん》の犯罪」はモオパスサンの「ラルティスト」（?）を思わせるであろう。「ラルティスト」の主人公はやはり女の体のまわりへナイフを打ちつける芸人である。「范の犯罪」の主人公は或精神的薄明りの中に見事に女を殺してしまう。

が、「ラルティスト」の主人公は如何に女を殺そうとしても、多年の熟練を積んだ結果、ナイフは女の体に立たずに体のまわりにだけ立つのである。しかもこの事実を知っている女は冷然と男を見つめたまま、微笑さえ洩らしているのである。けれども西鶴の「子供地蔵」は勿論、モオパスサンの「ラルティスト」も志賀直哉氏の作品には何の関係も持っていない。これは後世の批評家たちに模倣呼ばわりをさせぬ為に特にちょっとつけ加えるのである。

六　僕等の散文

佐藤春夫氏の説によれば、僕等の散文は口語文であるから、しゃべるように書けと云うことである。これは或は佐藤氏自身は不用意の裡《うち》に言ったことかも知れない。しかしこの言葉は或問題を、――「文章の口語化」と云う問題を含んでいる。近代の散文は恐らくは「しゃべるように」の道を踏んで来たのであろう。僕はその著しい例に（近くは）武者小路実篤、宇野浩二、佐藤春夫等の諸氏の散文を数えたいものである。志賀直哉氏の散文も亦この例に洩れない。しかし僕等の「しゃべりかた」が紅毛人の「しゃべりかた」は暫く問わず、隣国たる支那人の「しゃべりかた」よりも音楽的でないことも事実である。僕は「しゃべるように書きたい」願いも勿論持っていないものではない。が、同時に又一面には「書くようにしゃべりたい」とも思うものである。僕の知っている限りでは夏目先生はどうかとすると、実に「書くようにしゃべる」作家だった。（但し「書くようにしゃべるものは即ちしゃべるように書いているから」と云う循環論法的な意味ではない。）「しゃべるように書く」作家は前にも言ったようにいない訣ではない。が、「書くようにしゃべる」作家はいつこの東海の孤島に現われるであろう。しかし、――

しかし僕の言いたいのは「しゃべる」ことよりも「書く」ことである。僕等の散文も羅馬のように一日に成ったものではない。僕等の散文は明治の昔からじりじり成長をつづけて来たものである。その礎を据えたものは明治初期の作家たちであろう。しかしそれは暫く問わず、比較的近い時代を見ても、僕は詩人たちが散文に与えた力をも数えたいと思うものである。

夏目先生の散文は必しも他を待ったものではない。しかし先生の散文が写生文に負う所のあるのは争われない。ではその写生文は誰の手になったか？　俳人兼歌人批評家だった正岡子規の天才によったものである。（子規はひとり写生文に限らず、僕等の散文、――口語文の上へ少からぬ効績を残した。）こう云う事実を振り返って見ると、高浜虚子、坂本四方太等の諸氏もやはりこの写生文の建築師のうちに数えなければならぬ。（勿論「俳諧師」の作家高浜氏の小説の上に残した足跡は別に勘定するのである。）けれども僕等の散文が詩人たちの恩を蒙ったのは更に近い時代にもない訣ではない。ではそれは何かと言えば北原白秋氏の散文である。僕等の散文に近代的な色彩や匂を与えたものは詩集「思い出」の序文だった。こう云う点では北原氏の外に木下杢太郎氏の散文を数えても善い。

現世の人々は詩人たちを何か日本のパルナスの外に立っているように思っている。が、何も小説や戯曲はあらゆる文芸上の形式と没交渉に存在している訣ではない。詩人たちは彼等の仕事の外にもやはり又僕等の仕事にいつも影響を与えている。それは別に上に書いた事実の証明するばかりではない。僕等と同時代の作家たちの中に詩人佐藤春夫、詩人室生犀星、詩人久米正雄等の諸氏を数えることは明らかに僕の説を裏書するものである。いや、それ等の作家ばかりではない。最も小説家らしい里見弴氏さえ幾篇かの詩を残している筈である。

詩人たちは或は彼等の孤立に多少の歎を持っているかも知れない。しかしそれは僕に言わせれば、寧ろ「名誉の孤立」である。

七　詩人たちの散文

尤も詩人たちの散文は人力にも限りのある以上、大抵彼等の詩と同程度に完成していないのを常としている。芭蕉の「奥の細道」もやはり又この例に洩れない。殊に冒頭の一節はあの全篇に漲《みなぎ》った写生的興味を破っている。第一「月日は百代の過客にして、ゆきかふ年も又旅人なり」と云う第一行を見ても、軽みを帯びた後半は前半の重みを受けとめていない。（散文にも野心のあった芭蕉は同時代の西鶴の文章を「浅ましくもなり下れる姿」

と評した。これは枯淡を愛した芭蕉には少しも無理のない言葉である。）しかし彼の散文もやはり作家たちの散文に影響を与えたことは確かである。たといそれは「俳文」と呼ばれる彼以後の散文を通過して来たにもしろ。

八　詩歌

日本の詩人たちは現世の人々にパルナスの外にいると思われている。その理由の一半は現世の人々の鑑賞眼が詩歌に及ばないことも数えられるであろう。しかし又一つには詩歌は畢《つい》に散文のように僕等の全生活感情を盛り難いことによる訣である。詩は――古い語彙を用いるとすれば、新体詩は短歌や発句よりもこう云う点では自由である。（プロレットカルトの詩はあっても、プロレットカルトの発句はない。）しかし詩人たちは、――たとえば現世の歌人たちもこう云う試みをしていないことはない。その最も著しい例は「悲しき玩具」の歌人石川啄木が僕等に残した仕事である。これは恐らくは今日では言い古されていることであろう。しかし「新詩社」は啄木の外にもこの「オディッソイスの弓」を引いたもう一人の歌人を生み出している。「酒ほがひ」の歌人吉井勇氏は正にこう云う仕事をした。「酒ほがひ」の歌にうたわれたものはいずれも小説の匂いを帯びている。（或は心理描写の影を帯びている。）大川端の秋の夕暮に浪費を思った吉井勇氏はこう云う点では石川啄木と、――貧苦と闘った石川啄木と好個の対照を作るものであろう。（なお又次手に一言すれば、「アララギ」の父正岡子規が「明星」の子北原白秋氏と僕等の散文を作り上げる上に力を合せたのも好対照である。）が、これは必しも「新詩社」にばかりあったことではない。斎藤茂吉氏は「赤光《しゃっこう》」の中に「死に給ふ母」、「おひろ」等の連作を発表した。のみならず又十何年か前に石川啄木の残して行った仕事を——或は所謂「生活派」の歌を今もなお着々と完成している。元来斎藤茂吉氏の仕事ほど、多岐多端に渡っているものはない。同氏の歌集は一首ごとに倭琴《わごん》やセロや三味線や工場の汽笛を鳴り渡らせている。（僕の言うのは「一首ごと」である。「一首の中に」と言うのではない。）若しこのまま書きつづけるとすれば、僕は或はいつの間にか斎藤茂吉論に移ってしまうであろう。しかしそれも便宜上、歯止めをかけて置かなければならぬ。僕はまだこの次手に書きたいことを持ち合せている。が兎に角斎藤茂吉氏ほど、仕事の上に慾の多い歌人は前人の中にも少かったであろう。

九　両大家の作品

勿論あらゆる作品はその作家の主観を離れることは出来ない。しかし仮に客観と云う便宜上の貼り札を用いるとすれば、自然主義の作家たちの中でも最も客観的な作家は徳田秋声氏である。正宗白鳥氏はこの点では対蹠点に立っていると言っても善い。正宗白鳥氏の厭世主義は武者小路実篤氏の楽天主義と好箇の対照を作っている。のみならず殆ど道徳的である。徳田氏の世界も暗いものかも知れない。しかしそれは小宇宙である。久米正雄氏の「徳田水」と呼んだ東洋詩的情緒のある小宇宙である。そこにはたとい娑婆苦はあっても、地獄の業火は燃えていない。けれども正宗氏はこの地面の下に必ず地獄を覗かせている。僕は確か一昨年の夏、正宗氏の作品を集めた本を手当り次第に読破して行った。人生の表裏を知っていることは正宗氏も徳田氏に劣らないかも知れない。しかし僕の受けた感銘は――少くとも僕の受けた感銘中、最も僕に迫ったものは中世紀から僕等を動かしていた宗教的情緒に近いものである。

我を過ぎて汝は歎きの市に入り
我を過ぎて汝は永遠の苦しみに入る。――

(追記。この後二三日を経て正宗氏の「ダンテに就いて」を読んだ。感慨少からず。)

十　厭世主義

正宗白鳥氏の教える所によれば、人生はいつも暗澹としている。正宗氏はこの事実を教える為に種々雑多の「話」を作った。(尤も同氏の作品中には「話」らしい話のない小説も少くない。)しかもその「話」を運ぶ為にも種々雑多のテクニイクを用いている。才人の名はこう云う点でも当然正宗氏の上に与えらるべきであろう。しかし僕の言いたいのは同氏の厭世主義的人生観である。

僕も亦正宗氏のように如何なる社会組織のもとにあっても、我々人間の苦しみは救い難いものと信じている。あの古代のパンの神に似たアナトオル・フランスのユウトピア（「白い石の上で」）さえ仏陀の夢みた寂光土ではない。生老病死は哀別離苦と共に必ず僕等を苦しめるであろう。僕は確か去年の秋、ダスタエフスキイの子供か孫かの餓死した電報を読んだ時、特にこう思わずにはいられなかった。これは勿論コムミュニスト治下のロシアにあった話である。しかしアナアキストの世界となっても、畢竟我々人間は我々人間であることにより、到底幸福に終始することは出来ない。

けれども「金が仇」とは封建時代以来の名言である。金の為に起る悲劇や喜劇は社会組織の変化と共に必ず多少は減ずるであろう。いや、僕等の精神的生活も幾分か変化を受ける筈である。若しこう云う点を力説すれば、我々人間の将来は或は明るいと言われるであろう。しかし又金の為に起らずにいる悲劇や喜劇もない訣ではない。のみならず金は必しも我々人間を飜弄する唯一の力ではないのである。

正宗白鳥氏がプロレタリアの作家たちと立ち場を異にするのは当然である。僕も亦、——僕は或は便宜上のコムミュニストか何かに変るかも知れない。が、本質的にはどこまで行っても、畢竟ジャアナリスト兼詩人である。文芸上の作品もいつかは滅びるのに違いない。現に僕の耳学問によれば、フランス語のリエゾンさえ失われつつある以上ボオドレエルの詩の響もおのずから明日異るであろう。（尤もそんなことはどうなっても我々日本人には差支えない。）しかし一行の詩の生命は僕等の生命よりも長いのである。僕は今日も亦明日のように「怠惰なる日の怠惰なる詩人」、——一人の夢想家であることを恥としない。

十一　半ば忘れられた作家たち

僕等は少くとも銭のように必ず両面を具えている。両面以上を具えていることも勿論決して稀ではない。紅毛人の作り出した「芸術家として又人として」はこの両面を示すものである。「人として」失敗したと共に「芸術家として」成功したものは盗人兼詩人だったフランソア・ヴィヨンにまさるものはない。「ハムレット」の悲劇もゲエテによれば思想家たるべきハムレットが父の仇を打たなければならぬ王子だった悲劇である。これも或は両面の克し合った悲劇と言われるであろう。僕等の日本は歴史上にもこう云う人物を持合せている。征夷大将軍源実朝は政治家としては失敗した。しかし「金槐集《きんかい》」の歌人源実朝は芸術家としては立派に成功している。が、「人として」——或は何としてでも失敗したにしろ、芸術家としても成功しないことは更に悲劇的であると言わなければならぬ。

しかし芸術家として成功したかどうかは容易に決定出来るものではない。現にラムボオを嗤《わら》ったフランスは今日ではラムボオに敬礼し出した。が、たとい誤植だらけにもしろ、三冊（?）の著書のあったことはラムボオの為には仕合せである。若し著書もなかったとしたらば、……

僕は僕の先輩や知人に二三の好短篇を書きながら、しかもいつか忘れられた何人かの人々を数えている。彼等は今日の作家たちよりも或は力を欠いていたかも知れない。けれども偶然と云うものはやはりそこにもあった訣である。（若し全然こう云う分子を認めない作家があるとすれば、それは例外とする外はない。）それ等の作品を集めることは或は不可能に近いかも知れない。しかし若し出来るとすれば、彼等の為は暫く問わず、後人の為にも役立つことであろう。

「生まるる時の早かりしか、或は又遅かりしか」は南蛮の詩人の歎きばかりではない。僕は福永挽歌、青木健作、江南文三等の諸氏にもこう云う歎きを感じている。僕はいつか横文字の雑誌に「半ば忘れられた作家たち」と云うシリイズの広告を発見した。僕も亦或はこう云うシリイズに名を連ねる作家たちの一人であろう。こう云うのは格別謙遜したのではない。イギリスのロマン主義時代の流行児だった「僧」の作家ルイズさえやはりこのシリイズの中の一人である。しかし半ば忘れられた作家たちは必ずしも過去ばかりにある訣ではない。のみならず彼等の作品は一つの作品として見る時には現世の諸雑誌に載る作品よりも劣っているとは言われないのである。

十二　詩的精神

僕は谷崎潤一郎氏に会い、僕の駁論を述べた時、「では君の詩的精神とは何を指すのか？」と云う質問を受けた。僕の詩的精神とは最も広い意味の抒情詩である。僕は勿論こう云う返事をした。すると谷崎氏は「そう云うものならば何にでもあるじゃないか？」と言った。僕はその時も述べた通り、何にでもあることは否定しない。「マダム・ボヴァリイ」も「ハムレット」も「神曲」も「ガリヴァアの旅行記」も悉く詩的精神の産物である。どう云う思想も文芸上の作品の中に盛られる以上、必ずこの詩的精神の浄火を通って来なければならぬ。僕の言うのはその浄火を如何に燃え立たせるかと云うことである。それは或は半ば以上、天賦の才能によるものかも知れない。いや、精進の力などは存外効のないものであろう。しかしその浄火の熱の高低は直ちに或作品の価値の高低を定めるのである。

世界は不朽の傑作にうんざりするほど充満している。が、或作家の死んだ後、三十年の月日を経ても、なお僕等の読むに足る十篇の短篇を残したものは大家と呼んでも差支ない。たとい五篇を残したとしても、名家の列には入るであろう。最後に三篇を残したとすれば、それでも兎に角一作家である。この一作家になることさえ決して容易に出来るものではない。僕はこれも亦横文字の雑誌に「短篇などは二三日のうちに書いてしまうものである」と云うウエルズの言葉を発見した。二三日は暫く問わず、締め切り日を前に控えた以上、誰でも一日のうちに書かないものはない。しかしいつも二三日のうちに書いてしまうと断言するのはウエルズのウエルズたる所以である。従って彼は碌な短篇を書かない。

十三　森先生

　僕はこの頃「鷗外全集」第六巻を一読し、不思議に思わずにはいられなかった。先生の学は古今を貫き、識は東西を圧しているのは今更のように言わずとも善い。のみならず先生の小説や戯曲は大抵は渾然と出来上っている。（所謂ネオ・ロマン主義は日本にも幾多の作品を生んだ。が、先生の戯曲「生田川」ほど完成したものは少かったであろう）しかし先生の短歌や俳句は如何に贔屓《ひいき》眼に見るとしても、畢に作家の域にはいっていない。先生は現世にも珍らしい耳を持っていた詩人である。たとえば「玉篋《たまくしげ》二人浦島」を読んでも、如何に先生が日本語の響を知っていたかは窺われるであろう。これは又先生の短歌や俳句にも髣髴《ほうふつ》出来ない訳ではない。同時に又体裁を成していることはいずれも整然と出来上っている。この点では殆ど先生としては人工を尽したと言っても善いかも知れない。

　けれども先生の短歌や発句は何か一つ微妙なものを失っている。詩歌はその又微妙なものさえ摑めば、或程度の巧拙などは余り気がかりになるものではない。が、先生の短歌や発句は巧は即ち巧であるものの、不思議にも僕等に迫って来ない。これは先生には短歌や発句は余戯に外ならなかった為であろうか？　しかしこの微妙なものは先生の戯曲や小説にもやはり鋒芒《ほうぼう》を露わしていない。（こう云うのは先生の戯曲や小説を必ずしも無価値であると云うのではない。）のみならず夏目先生の余戯だった漢詩は、――殊に晩年の絶句などはおのずからこの微妙なものを捉えることに成功している。（若し「わが仏尊し」の譏《そし》りを受けることを顧みないとすれば。）

　僕はこう云うことを考えた揚句、畢竟森先生は僕等のように神経質に生まれついていなかったと云う結論に達した。或は畢に詩人よりも何か他のものだったと云う結論に達した。「渋江抽斎」を書いた森先生は空前の大家だったのに違いない。僕はこう云う森先生に恐怖に近い敬意を感じている。いや、或は書かなかったとしても、先生の精力は聡明の資と共に僕を動かさずには措かなかったであろう。僕はいつか森先生の書斎に和服を着た先生と話していた。方丈の室に近い書斎の隅には新らしい薄縁《うすべ》りが一枚あり、その上には虫干しでも始まったように古手紙が何本も並んでいた。先生は僕にこう言った。――「この間柴野栗山《りつざん》（？）の手紙を集めて本に出した人が来たから、僕はあの本はよく出来ている、唯手紙が年代順に並べてないのは惜しいと言った。するとその人は日本の手紙は生憎月日しか書いてないから、年代順に並べることは到底出来ないと返事をした。それから僕はこの古手紙を指さし、ここに北条霞亭の手紙が何十本かある、しかし皆年代順に並んでいると言った。」！　僕はその時の先生の昂然としていたのを覚えている。こう云う先生に瞠目するものは必ずしも僕一人には限らないであろう。しかし正直に白状すれば、僕はアナトオル・フランスの「ジァン、ダアク」よりも寧ろボオドレエルの一行を残したいと思っている一人である。

十四　白柳秀湖氏

僕は又この頃白柳秀湖氏の「声なきに聴く」と云う文集を読み、「僕の美学」、「羞恥心に関する考察」、「動物の発性期と食物との関係」等の小論文に少からず興味を感じた。「僕の美学」は題の示すように正に白柳氏の美学に当り、「羞恥心に関する考察」は白柳氏の倫理学に当るものである。今後者は暫く問わず、前者をちょっと紹介すれば、美は僕等の生活から何の関係もなしに生まれたものではない。僕等の祖先は焚火を愛し、林間に流れる水を愛し、肉を盛る土器を愛し、敵を打ち倒す棒を愛した。美はこれ等の生活的必要品（？）からおのずから生まれて来たのである。……

こう云う小論文は少くとも僕には現世に多いコントよりも遥に尊敬に価するものである。（白柳氏はこの小論文の末にこれは「文壇の一隅に唯物美学の呼声、若しくはそれに関する飜訳の現れる絶対以前」に書いたと註している。僕は美学などは全然知らない。況や唯物美学などと云うものには更に縁のない衆生である。しかし白柳氏の美の発生論は僕にも僕の美学を作る機会を与えた。白柳氏は造形美術以外の美の発生に言及していない。僕はもう十数年前、或山中の宿に鹿の声を聞き、何かしみじみと人恋しさを感じた。あらゆる抒情詩はこの鹿の声に、——雌を呼ぶ雄の声に発したのであろう。しかしこの唯物美学は俳人は勿論遠い昔の歌人さえ知っていたかも知れない。唯叙事詩に至っては確かに太古の民のゴシップに起源を発していたのであろう。「イリアッド」は神々のゴシップである。その又ゴシップは僕等には野蛮な荘厳に充ち満ちた美を感じさせるのに違いない。しかしそれは「僕等には」である。太古の民は「イリアッド」に彼等の歓びや悲しみを感ぜずにはいなかったであろう。のみならずそこに彼等の心の燃え上るのを感ぜずにはいなかったであろう。……

白柳秀湖氏は美の中に僕等の祖先の生活を見ている。が、僕等は僕等ばかりではない。アフリカの沙漠に都会の出来る頃には僕等の子孫の祖先になるのである。従って僕等の心もちは丁度地下の泉のように僕等の子孫にも伝わるであろう。僕は白柳秀湖氏のように焚き火に親しみを感じるものである。同時に又その親しみに太古の民を思うものである。(僕は「槍ケ岳紀行」の中にちょっとこのことを書いたつもりである。)しかし「猿に近い吾々の祖先」は彼等の焚き火を燃やす為にどの位苦心をしたことであろう。焚き火を燃やすことを発明したのは勿論天才だったのに違いない。けれどもその焚き火を燃やしつづけたものはやはり何人かの天才たちである。僕はこの苦心を思う時、不幸にも「今の芸術というものなど、無くなってしまってもよい」とは考えない。

十五　「文芸評論」

批評も亦文芸上の一形式である。僕等の誉めたり貶《けな》したりするのも畢竟は自己を表現する為めであろう。幕の上に映ったアメリカの役者に、――しかも死んでしまったヴァレンティノに拍手を送って吝《おし》まないのは相手を歓ばせる為でも何でもない。唯好意を、――惹いては自己を表現する為にするのである。若し自己を表現する為とすれば。……小説や戯曲も紅毛人の作品に或は遥かに及ばないかも知れない。が批評も亦紅毛人の作品に遜色のあるのは確かである。僕はこう云う荒蕪《こうぶ》の中に唯正宗白鳥氏の「文芸評論」を愛読した。批評家正宗白鳥氏の態度は紅毛人の言葉を借りれば、徹頭徹尾ラコニックである。のみならず「文芸評論」は必ずしも文芸評論ではない。時には文芸の中の人生評論である。しかも僕は巻煙草を片手に「文芸評論」を愛読した。時々石のごろごろした一本道を思い出しながら、その又一本道の日の光に残酷な歓びを感じながら。

十六　文学的未開地

イギリスは久しく閑却していた十八世紀文芸に注目している。それは一つには大戦の後には誰も陽気なものを求めているからであろう。（僕は私《ひそ》かに世界中も同じではないかと思っている。同時に又大戦の為に打撃を受けない日本さえいつかこの流行に感染しているのも不思議なものだと思っている。）しかし又一つには閑却していた為に文学者たちの研究に材料を与え易い為もある訣である。雀は米のない流しもとへは来ない。文学者たちも同じことであろう。従って等閑に附せられることはそれ自身発見されることになる訣である。

これは日本でも同じことである。俳諧寺一茶は暫く問わず、天明以後の俳人たちの仕事は殆ど誰にも顧みられていない。僕はこう云う俳人たちの仕事も次第に顕れて来ることと思っている。しかも「月並み」の一言では到底片づけられない一面も次第に顕れて来ることと思っている。

等閑に附せられると云うことも必しも悪いことばかりではない。

十七　夏目先生

僕はいつか夏目先生が風流漱石山人になっているのに驚嘆した。僕の知っていた先生は才気煥発する老人である。のみならず機嫌の悪い時には先輩の諸氏は暫く問わず、後進の僕などには往生だった。成程天才と云うものはこう云うものかと思ったこともないではない。何でも冬に近い木曜日の夜、先生はお客と話しながら、少しも顔をこちらへ向けずに僕に「葉巻をとってくれ給え」と言った。しかし葉巻がどこにあるかは生憎僕には見当もつかない。僕はやむを得ず「どこにありますか？」と尋ねた。すると先生は何も言わずに猛然と（こう云うのは少しも誇張ではない。）頤《あご》を右へ振った。僕は怯《お》ず怯《お》ず右を眺め、やっと客間の隅の机の上に葉巻の箱を発見した。

「それから」「門」「行人」「道草」等はいずれもこう云う先生の情熱の生んだ作品である。先生は枯淡に住したかったかも知れない。実際又多少は住していたであろう。が、僕が知っている晩年さえ、決して文人などと云うものではなかった。まして「明暗」以前にはもっと猛烈だったのに違いない。僕は先生のことを考える度に老辣無双の感を新たにしている。が、一度身の上の相談を持ちこんだ時、先生は胃の具合も善かったと見え、こう僕に話しかけた。――「何も君に忠告するんじゃないよ。唯僕が君の位置に立っているとすればだね。」……僕は実はこの時には先生に頤を振られた時よりも遥かに参らずにはいられなかった。

十八　メリメエの書簡集

メリメエはフロオベエルの「マダム・ボヴァリイ」を読んだ時、「超凡の才能を浪費している」と言った。「マダム・ボヴァリイ」はロマン主義者のメリメエには実際こう感ぜられたかも知れない。しかしメリメエの書簡集（誰かわからない女に宛てた恋愛書簡集）はいろいろの話を含んでいる。たとえばパリから書いた二番目の書簡に、――ルウ・サン・オノレエに貧しい女が一人住んでいた。彼女は見すぼらしい屋根裏の部屋を殆ど一度も離れなかった。それから又十二になる娘を一人持っていた。その少女は午後からオペラへ勤め、大抵真夜中に帰って来るのだった。或夜のこと、娘は門番の部屋へ下りて来て「蠟燭に火をつけて貸して下さい」と言った。門番の女房は娘のあとから屋根裏の部屋へ昇って行った。するとあの貧しい女は死骸になって横たわっていた。のみならず娘は古トランクから出した一束の手紙を燃やしていた。「お母さんは今夜死にました。これはお母さんが死ぬ前に読まずに焼けと言っていた手紙です」——娘は門番の女房にこう言った。娘は父の名も知らなければ母の名も知らなかった。しかも生活の途と言っては唯せっせとオペラへ勤め、猿になったり、悪魔になったり、ほんの端役《フィギュラント》を勤めるだけだった。母親は最後の教訓に「いつまでも端役でいるように、又善良でいるように」と言った。娘は今でもこの教訓通り、善良な端役に終始している。

もう一つ次手に田舎の話を引けば、今度はカンヌから書いた書簡に、——

グラッスに近い或農夫が一人、谷底に倒れて死んでいた。前夜にそこへ転げ落ちたか、抛りこまれたかしたものである。すると同じ仲間の農夫が一人、彼の友だちに殺人犯人は彼自身であると公言した。「どうして？　なぜ？」「あの男は俺の羊を呪ったやつだ。俺は俺の羊飼いに教わり、三本の釘を鍋の中で煮てから、呪文を唱えてやることにした。あの男はその呪いに死んでしまったのだ。」……

この書簡は一八四〇から一八七〇——メリメエの歿年に亘っている。（彼の「カルメン」は一八四四の作品である。）こう云う話はそれ自身小説になっていないかも知れない。しかしモオティフを捉えれば、小説になる可能性を持っている。モオパスサンは暫く問わず、フィリップはこう言う話から幾つも美しい短篇を作った。僕等は勿論樗牛《ちょぎゅう》の言ったように「現代を超越」など出来るのではない。しかも僕等を支配する時代は存外短いものである。僕はメリメエの書簡集の中に彼の落ち穂を見出した時、しみじみこう感ぜずにはいられなかった。

メリメエはこの誰かわからない女へ手紙を書きはじめた時分から幾つも傑作を残している。それから又死んでしまう前には新教徒の一人になっている。これも亦僕にはニイチェ以前の超人崇拝家だったメリメエを思うと、多少の興味のないこともない。

十九　古典

僕等は皆知っていることの外は書けない。古典の作家たちも同じだったであろう。プロフェッサアたちは文芸評論をする時、いつもこの事実を閑却している。尤もこれは一概にプロフェッサアたちばかりとは言われないかも知れない。しかしそれは兎も角も、僕は晩年に「あらし」を書いたシェエクスピイアの心中に同情に近いものを感じている。

二十　ジャアナリズム

もう一度佐藤春夫氏の言葉を引けば、「文章はしゃべるように書け」と云うことである。僕は実際この文章をしゃべるように書いて行ったが、いくら書いて行っても、しゃべりたいことは尽きそうもない。僕は実にこう云う点ではジャアナリストであると思っている。従って職業的ジャアナリストを兄弟であると思っている。（尤も向うから御免だと言われれば、黙って引き下る外はない。）ジャアナリズムと云うものは畢竟歴史に外ならない。（新聞記事に誤伝があるのも歴史に誤伝があるのと同じことである。）歴史も亦畢竟伝記である。その又伝記は小説とどの位異っているのであろう、現に自叙伝は「私《わたくし》」小説と云うものとはっきりした差別を持っていない。暫くクロオチェの議論に耳を貸さずに抒情詩等の詩歌を例外とすれば、あらゆる文芸はジャアナリズムである。のみならず新聞文芸は明治大正の両時代に所謂文壇的作品に遜色のない作品を残した。徳富蘇峯、陸羯南《くがかつなん》、黒岩涙香、遅塚麗水等の諸氏の作品は暫く問わず、山中未成氏の書いた通信さえ文芸的には現世に多い諸雑誌の雑文などに劣るものではない。のみならず、――

のみならず新聞文芸の作家たちはその作品に署名しなかった為に名前さえ伝わらなかったのも多いであろう。現に僕はこう云う人々の中に二三の詩人たちを数えている。僕は一生のどの瞬間を除いても、今日の僕自身になることは出来ない。こう云う人々の作品も（僕はその作家の名前を知らなかったにしろ）僕に詩的感激を与えた限りやはり、ジャアナリスト兼詩人たる今日の僕には恩人である。僕を作家にした偶然はやはり彼等をジャアナリストにした。若し袋に入れた月給以外に原稿料のとれることを幸福であるとするならば、僕は彼等よりも幸福である。（虚名などは幸福にはならない。）こう云う点を除外すれば、僕等は彼等と職業的に何の相違も持っていない。少くとも僕はジャアナリストだった。今日もなおジャアナリストである。将来も勿論ジャアナリストであろう。

しかし諸大家たちは暫く問わず、僕はこのジャアナリストたる天職にも時々うんざりすることは事実である。

（昭和二・二・二十六）

『改造』昭二・四月号

饒舌録（感想）

谷崎潤一郎

今月は東洋主義と云うことに就いて少ししゃべって見ようと思う。実は此の事は座談的でなく、秩序を設けて組織的に述べた方がいいのであるが、そうして一度はそう云うものを書いて見たく思っていたのだが、論文は自分の柄にないし、目下頭を整頓させる暇もないから、矢張り饒舌録式に、思い出すままをだらだらと述べよう。

第一東洋主義と云うのは何を指すのか、此れが自分にもはっきりしない。要するに東洋的なる趣味、物の考え方、体質、性格、——何と云ったらいいか知れぬが、単に文学芸術に限らず、政治宗教哲学から日常茶飯の出来事や衣食住の細かい点に至るまで、東洋には何か西洋とは異った独特な物のあるのが感じられる。少くとも東洋人にはそれが分っている筈である。自分は其れを指すのである。東洋主義と主義の文字を使うのは或は穏当を欠

くかも知れない。英語で云えばオリエンタリズムとでも云うのか、まあ名前はどうでもい
い。自分の云おうとすることは読んで行くうちに分って貰えよう。

例を卑近なところから取る。自分は食いしんぼうであるから、先ず食い物で説明をしよう。西洋料理と云うものは今でこそ日本に於ては下品な安手なものになったが、私の子供の時分にはそうでなかった。洋食屋も今ほど沢山はなかったし、食う機会も少なかったので、日本料理よりはずっと御馳走だとされていた。私の最も古い記憶では、五つか六つの頃、日本橋蠣殻町の家で、当時鎧橋のほとりにあった吾妻亭（今でもある筈）から、ビフテキと蠣《かき》のフライか何かを取って食べたことがある。そんな古いことをどうして覚えているかと云うと、私はその時子供心に、こんなうまいものが又と世間にあろうかと思ったからである。私にはすべてが奇異で美味であった。まだ味覚の発達していない幼時のことで、何を食べても特別にうまいと感じたことのなかった私は、始めてうまい味と云うものを知った。バタやソースなどと云うものまでが実にたまらなくおいしくって、こんなものを年中食べている西洋人が羨ましかった。当時私の家では毎月の十日が祖父の忌日に当るので、その日になると仏前へ祖父の写真を飾り、供え物をして、そのお下りを私たちが食べたものだが、両親は多分子供を喜ばせる為めにであろう。いつの間にかその供え物を洋食のオムレツにする習慣になった。それで私は毎月十日が来ることを楽しみにしたものである。同じ卵であるけれども、オムレツの味は卵焼や炒《い》り卵とは全然別な味で、うまさは

とても比較にならなかった。「おめえたちは洋食が食いてえんでおじいさんを出しに使っていやあがる」と、父は江戸弁で冷やかしたものだが、正にその通りであった。その頃小学校の友達にWと云う体の弱い児があって、その児は営養分を取るために毎日夕食に西洋料理を食べていた。で、よく私と戸外で遊んで夕方家へ帰る時分、茅場町の保米楼《ほめろう》と云う洋食屋の前に立ち寄り、自分の好きな洋食を注文して帰るのが常であった。私はこのWをどんなに羨ましいと思ったか知れない。自分は一と月に一度ぐらいしか洋食が食べられないのに、Wは毎日、それも好き放題なものをいろいろ取り変えて食べるのである。どうも話が卑しくなったが、これを思うに、東洋流の——少くとも日本流の——食味は微妙に過ぎて、子供の官能には訴えるところがないのに反し、西洋流のは刺戟が強いだけ、それだけハッキリと分るのである。私は父や母が此の刺身はうまいとか、此の吸い物がどうだとか云うのを聞いても、一向自分には分らなかった。大人と云うものは変な贅沢を云うものだ、お刺身なんぞ孰れも同《おんな》じ味じゃないかと思ったりした。

絵に就いても同じような経験がある。私の家なぞ下町の町人で、碌な蔵幅《ぞうふく》があろう筈もなく、せいぜい浮世絵の版画や草双紙《くさぞうし》の類に親しんだくらいなものだったから、そのせいもあろうが、日本画に於て絵の美しさを感じたことは殆んどなかった。そして私の脳裡に最も強い印象を与えたものは、隠居所の床の間に置いてあった聖母マリアの像であった。これは多分、祖父が晩年耶蘇教信者になったので、祖父の形見の品だったであろう。（私は嘗て此のことを何かに書いた。）そして恐らくは西洋の名画の複製だったに違いないが、非常に立派な額縁の中に収まっていた薄暗いその像は、云い知れぬ気高さと、恐ろしさと、美しさとを以て迫った。そこには、少年の頭では明確に摑めなかったけれども、何か「永遠の女性」と云うようなもののあるのが、おぼろげに感ぜられた。ところでもしその時分、私が奈良や法隆寺の仏像の前へ連れて来られても、きっとあの聖母の像ほどには感じなかったであろうと思う。お寺と云えば抹香《まっこう》臭い陰気な所とのみ思って、推古天平の仏像も、本所の五百羅漢や人形町の大観音と一緒にしたであろう。子供を感心させるのには、先ず何よりも実物に近く描いてあること、生きた人間によりよく似せてあることが必要だ。遠近法があり、光線の陰影があり、距離や質量の感じがほんとうらしく表現されていなければ、子供を動かすことはむずかしい。日清戦争や日露戦争のパノラマを見て、非常な名画だと思った子供は私ばかりではないであろう。あの聖母の像は今考えればどれ程のものか分らないけれども、日本画よりは写実的であったことは勿論である。子供の私は、最初にそこに現わされた真実に打たれた、さればこそ其の美しさや気高さが分ったのだ。

○

私はしばしば作品の中で、東洋の趣味は素直でない、無邪気でない、何処かヒネクレた、病的なところがあると云うことを書いた。此れは小説中の人物に云わせたので、必ずしも自分の今の意見ではないが、しかし此の、西洋の芸術の方が子供の心に入り易いと云う点は、確かに一考に値いすると思う。云うまでもなく、子供は正直で白紙のようなものである。その感覚も案外鋭敏で、溌溂としていて、或る場合には大人以上の鑑賞力を発揮する。子供に分らないのは、世故人情や、学識や、性欲に関係のある問題が絡んで来る場合ばかりである。単純な形式の物であれば、子供は大人と同様に分る。その証拠には子供の時分に読んだり見たりして面白いと思ったものは、大人になってからも大概面白い。優れた童話は大人にも子供にも興味がある。子供を馬鹿にすることは出来ないばかりか、子供の鑑賞力の方が却って純粋であるとも云える。然るに子供は、十人が十人とも暗い東洋趣味よりも明るい西洋趣味の方を喜ぶのである。

茲に最も顕著な例は音楽である。今では西洋と日本の音楽が大分近づいて来たけれども、私の少年時代には両者は截然《せつぜん》と分れていた。当時の西洋音楽と云えば極めて幼稚で、プカプカドンドンの楽隊であったが、それでもあれを聞かされると、子供の血が湧き胸が躍り、心がひとりでに浮き立って来て足拍子を踏んだ。それに引き換え日本の音曲はどうであったか。私の耳についているのは従弟の習っていた寂しい琴の音や、妹の「宵は待ち」や「黒髪」や、父が酔っ払って唄い出す都々逸《どどいつ》や、芝居のチョボで聞かされる憂鬱な、重苦しい、涙を誘うようなでんでんと云う三絃の響きである。此れがどうして少年の心を動かすに足ろうぞ。全く子供の生活とは関係のない世界である。たまたまそれが少年を動かす場合があるとすれば、天真爛漫に伸びて行く心を徒らに厭世的にさせるか、野卑にさせるか、兎に角悪い影響はあっても、決していい感化は及ぼさない。俗曲よりは高尚優美であるとされる謡曲になれば、尚更である。

斯くの如く端的に少年の心を捉えると云う一事から見て、西洋の芸術は東洋のものより健全であり、正道を濶歩しているように思えぬでもない。

○

人はよく、西洋の文明は物質的であり、東洋のそれは精神的であると云う。私の知っている範囲で、最も熱心に、機会ある毎にその説を主張するのは印度のタゴール翁である。往年米国のジョン・デュウエイは翁のような説を駁して云った、東洋人の精神的若しくは道徳的と云うのは、果して何を意味するのか。東洋人は浮世を捨てて山の中へ隠遁し、ひとり瞑想に耽っているようなのを聖人と云い、高潔の士と云う。しかし西洋ではそんな人間を聖人だとも高士だとも思わない、それは一種のエゴイストに過ぎない。われわれは勇ましく街頭に出《い》で、病める者に薬餌《やくじ》を与え、貧しき者に物資を恵み、社会一般の幸福を増進する為めに身を犠牲にして働く人を、真の道徳家であると云い、そう云う仕事を精神的の事業と云うのだ。――と、たしかそう云う趣意だったと思う。私は一概にデュウエイに賛成は出来かねるけれども、タゴール翁の云っていることにも独り合点のところが多い。ただ東洋は精神的、西洋は物質的と頭から極めてしまって、何一つとして実例を挙げていない。成る程印度には偉大な仏教の哲学があった。しかし西洋にだって希臘《ギリシャ》以来整然とした哲学系統があるではないか。プラトンやカントに匹敵するものが東洋にあるかと問われたら、われわれは即座には返辞が出ないではないか。のみならず今日のわれわれの頭には、印度の哲学よりも希臘独逸の哲学の方がたやすく理解されるのである。支那の春秋《しゅんじゅう》戦国時代の哲学、宋の理学なども、到底西洋哲学の巍然《ぎぜん》たる組み立てや、奥深さには及ぶべくもあるまい。浅学な私はよく知らないが、最も物質的だとされる亜米利加にでさえ、ワルデンの森の聖者トーローがいる。タゴール翁の云うような意味での聖人高士も、捜したら随分西洋にいるであろう。要するに釈迦と基督とマホメットの三教祖を亜細亜から出していると云う以外、東洋がより精神的だと云い得る根拠はないように思う。ただ西洋に比べて物質的の方面が著しく劣っているために、精神的の方面ばかりが眼立つのではないか。タゴール翁のように物質文明を呪咀し、軽蔑するのもいいが、徹底的にその論理を推し進めれば、あらゆる近代科学上の発明や設備は不必要になり、汽車も電車も無線電信も飛行機もいらない、と云うことになる。そんな不便な生活でも差し支えないのか。第一翁自身は物質文明のお蔭を蒙むっていないのか、物質文明を排斥する結果自分の国が亡ぼされてしまっても構わないのか、そう云う点が一向何とも説明してない。それでは全くの空威張りであり、負け惜しみである。翁が西洋で持て囃され、亜米利加あたりでひどく歓迎されているのは、翁の思想や学識のためではなく、寧ろその聖者らしい優雅な風貌、美しい発音の英語の力に負うところが多いのであろう。東洋人は偉い人ほどおしゃべりをしない、外に向って宣伝をしない。亜米利加あたりで持てている日本人にはロクな奴は一人もない。紳士淑女にお世辞を云うのが上手な、見てくればかりの喰わせものである。翁が郷国の印度に於て余り人気がないと云うのは宜《うべ》なる哉《かな》と私は思う。

なおもう一人東洋主義のチャンピオンとも云うべき人は、支那の碩儒《せきじゅ》辜《こ》鴻銘翁《こうめいおう》である。此の人も物質文明の排斥屋で、東洋の精神文明を高調するけれども、タゴール翁と同様に独断的で、空威張りと云われても仕方のないところがある。東洋の経済は消費者を主にした経済であり、西洋のそれは生産者を主にした経済であると此の人は云う。が、然らばそう云う経済学の書が東洋にあるか、そう云う経済のやり方で西洋と競争して行けるか、それらの説明は何処にもしてない。私のような政治経済に疎《うと》い人間は、もっと精しく教えて貰わなければ腑に落ちない。ただ此の辜翁には夕翁と違って、他人には通用しなくとも、自分はそれで済んで行くと云うような、頑固な、片意地な、生え抜きの東洋人らしい信念が見える。嘗て此の人が「女性」の誌上で支那の一夫多妻主義を肯定しているのを読んだことがあるが、一夫多妻は支那の実際の家庭を見ると、それほど不道徳でもなく、婦人のために不幸を持ち来たす制度でもない。あれで家の中は円満に治まっているから、あれはあれでもいいものであると云うのである。ただそれだけで、理窟もなければ説明もしてないのだが、古い習慣をそっくりそのまま受け入れて動じようともしないところに、却って人を惹着ける力がある。辜翁は偉い人なのかも知れない。

が、要するにこう云うチャンピオンたちが西洋の文化を排斥するのは、萎靡した東洋の人心を鼓舞するためでもあろうけれども、公平に見て今日までのところでは、東洋よりも西洋の方が人類の進歩に寄与するところが多いように思われる。東洋人の方がより多く西洋人から啓発され、指導され、恩恵を受けていることは、残念ながら否むべくもない。われわれは下らない負け惜しみを云うよりも、寧ろ東洋人らしい謙譲の美徳を以て、西洋人の功績を賞讃するのが至当であろう。

○

私は一方に於ては以上の如く考えているのである。

然るに他の一方に於ては、東洋の文化も古代には西洋に優っていた時代があった、だから将来再びそう云う時代が来ないとも限らぬ、西洋に打ち勝つことは出来ないまでも、少くとも東洋は東洋だけの文化を発達させなければ、東洋人は生きて行かれないと云う気持ちを、近頃特に痛切に感じる。

それに就いて思い出すのは、私は嘗て支那趣味に関して「中央公論」に短い感想を寄せたことがある。今その全文を左に掲げて見よう。――

支那趣味と云うことは、単に趣味と云ってしまうと軽く聞えるが、しかし案外われわれの生活に深い関係を持っているようである。われわれ今日の日本人は殆んど全く西欧の文化を取り入れ、それに同化してしまったように見えるが、われわれの血管の奥底には矢張り支那趣味と云うものが、思いの外強い根を張っているのに驚く。私は近頃になって特に此の感を深くする者である。私もその一人であるが、嘗ては東洋の芸術を時代後れとして眼中に置かず、西欧の文物にのみ憧がれてそれに心酔した人々が、ある時期が来ると結局日本趣味に復り、遂には支那趣味に趨《はし》って行くのが、殆んど普通のように思われる。特に洋行して来た人々には一層それが多いようである。私は主として芸術家の場合を云うのであるが、然し今日五十歳以上の紳士で、多少教養のある人々の持つ思想とか、学問とか、趣味とか云えば、大概は支那の伝統が基調を成している。政治家、学者、実業家の古老などで、拙劣な漢詩を作り、書道を学び、多少なりとも書画骨董に親しまない者はないと云ってよい。彼等はみな子供の時分に彼等の祖先が代々学んで来た支那の学問で育てられた、そして一時は西洋かぶれした時代もあったが、歳を取ると共に再び祖先伝来の思想に帰復してしまうのである。「今日、支那芸術の伝統は最早や支那では滅びてしまった。それは寧ろ日本に残っている」と、ある支那人が嘆じたと云う事を私は友人から聞いた。その言葉はたしかに一面の真相を穿っている。が、支那自身と雖も、今では支那の智識階級全体が恰も日本の鹿鳴館時代の如く、ほんの一時の欧米心酔に囚われているので、やがては国粋保存主義に眼醒める時があると思う。支那の如き独特の文化と歴史を持った、保守的な国柄に於いて、それは一層明かな事だと考えられる。

私は、かくの如き魅力を持つ支那趣味に対して、故郷の山河を望むような不思議なあこがれを感ずると共に、一種の恐れを抱いている。なぜなら、余人は知らないが私の場合には、その魅力は私の芸術上の勇猛心を銷磨《しょうま》させ、創作的熱情を痲痺させるような気がするから。――この事は他日精しく書く時もあろうが、支那伝来の思想や芸術の真髄は、静的であって動的ではない。それが私には善くない事のように思える。――私は、自分が、特に誘惑を感ずるだけ、尚更恐れているのである。私も子供の時分には漢学の塾へ通ったし、母は私に十八史略を教えたものであった。此の頃の中学校などで無味乾燥な東洋史の教科書を教えるよりも、あの面白い教訓と逸話に富む漢籍の方が、どんなに子供の為めになるか知れないと、今でも私はそう思うのである。そして其の後、一度は支那へも遊びに行って来た。私は支那を恐れながらも、私の書棚には支那に関する書籍が殖えて行くばかりである。止そう止そうと思いながら、私は時々二十年も前に愛読した李白や杜甫を開いて見る。「ああ李白と杜甫！　何と云う偉大な詩人だろう！沙翁でもダンテでも果して彼等よりえらかったろうか」と、読む度毎に私はその詩の美に打たれる。横浜へ移転して来て、活動写真の仕事をし、西洋人臭い街に住まい、西洋館に住んでいながらも、私のデスクの左右にある書棚の上には、亜米利加の活動雑誌と共に高青邱や呉梅村が載っている。私は仕事や創作の為めに心身が疲れたとき、屢々それらの雑誌や支那人の詩集を手に取って見る。モーション・ピクチュア・マガジンやシャドウランドや、フォオトオ・プレエ・マガジンなどを開くとき、私の空想はハリーウッドのキネマ王国の世界に飛び、限りない野心が燃え立つように感ずるが、さて一と度び高青邱を繙くと、たった一行の五言絶句に接してさえ、その閑寂な境地に惹き入れられて、今迄の野心や活潑な空想は水を浴びたように冷えてしまう。「新しいものが何だ、創造が何だ、人間の到り得る究極の心境は、結局此の五言絶句に尽きているじゃないか」と、そう云われているような気がする。

　此の後の私はどうなって行くか、——今のところでは、成るたけ支那趣味に反抗しつつ、やはり時々親の顔を見たいような心持ちでこっそりと其処へ帰って行くと云うような事を繰り返している。

——私がこれを書いたのは五六年前のことだが、この誘惑は今も変りがないばかりか、却って段々強められ、深められて行くのである。子供の時分には刺身よりもオムレツがうまかったのに、今では全然反対である。いつぞや何かにも書いたように、凡そ食い物のうちで一番まずいのは西洋料理だと思っている。酒も灘《なだ》五郷の近くにいるせいか、結局日本酒が一番うまいことになってしまった。全体日本人の皮膚の色を考えても、西洋の料理や食卓の器具は何だか感じがしっくりとしない。漱石の「草枕」の中に、西洋菓子には羊羹のような深みを持った色彩のあるものが一つもないと云ってあるが、私は今にしてあの言葉を想い出す。西洋人の白い膚には明るく冴えたものが映るけれども、東洋人の黄色い皮膚には深く沈んだものが映る。日本人が無闇に角砂糖のような洋館を建てケバケバしい洋服を着るのは、考えて見ると自分の姿を一生懸命醜悪にさせているようなものだ。而も日本の西洋かぶれは主として亜米利加かぶれであるから、尚更たまらない。ちんちくりんな足の曲ったわれわれがヤンキー好みの所謂《いわゆる》スマートな服を着けると、全く猿のようになる。

　猿のようになっても仕方がない、薄暗い家に住み不便な着物を着ていれば、生存競争に負けてしまう。今は過渡期であるからだが、盛んにスポートを奨励して西洋人に負けないように体格を練れば、次ぎの次ぎのゼネレーションぐらいにはやがて猿でなくなるだろうと云う者がある。しかし昔から自分の長所を捨ててしまって他人の模倣を事とした者に成功した例《ためし》はない。模倣者は永久に独創者の跡を追うばかりである。西洋の真似をしている限り、猿が漸く人間になっても、結局白人を凌ぐことは出来まい。

○

私が横浜にいた時分、子供のときから亜米利加へ行って亜米利加流の教育を受け、ハーヴァード大学の文科を卒業して帰って来た紳士があった。この人は日本語がよくしゃべれない代りに、英語は非常によく出来て、「横浜にいる外人共は無学で困る。彼奴等は自国の文学も歴史も知らない。私は彼奴等に私の英語を褒められると、却って癪に触わる。私の方がお前たちよりお前のことをよっぽどよく知っているんだと、せせら笑ってやりたくなる」と云っていた。ところで此の紳士が或る時私の家で一人の青年と落ち合って文学談を始めた。何しろ西洋の文科大学を出た人であり、当人も自負しているのであるから、青年の方は最初からその紳士を尊敬し、いろいろ教えを乞うような態度で話し出して見ると、豈図《あにはか》らんや青年の方がずっと精しく欧米の文学に通じている。青年はその紳士の知らないような片仮名の名前を盛んに並べ立てて煙《けむ》に巻いた。紳士は青年が帰ったあとで、「あの人は何と云うのですか、非常な物識りですねえ」と云って驚いていた。しかしながら此の青年は当時映画監督の助手か何かをしていた男で、新進作家でも文学志望者でもなかったのである。紳士は帰朝したばかりで、事情を知らなかったから驚いたのだが、今の日本の青年は特に文学好きでなくっても、大概此の程度の物識りではある。彼等は東洋のクラシックは知らないけれども、実によくいろいろの飜訳を読む。恐らく世界中で、今の日本の青年くらい各国の文学芸術をかじっている者はないであろう。多くの亜米利加人はユージン・オネールを世界一の戯曲家だと思っていても、アルツウル・シュニッツレルの名は知らない。同様に英吉利人は余所の国のことは知らないでバーナード・ショウを偉いと信じ、仏蘭西人はアナトール・フランスあたりを推すであろう。然るに日本の青年は自国のものは第二として、世界各国の文学を漁《あさ》る。そうしてそれが新しいとなっている。ところが彼等の此の該博な世界的智識は、皆恐るべき悪文の飜訳に依って得られるのである。私も少しばかり仏蘭西語を稽古した時分に、原文のモウパッサンを読み、今まで飜訳で読んでいたモウパッサンとは大変な相違なのに驚かされたことがあったが、今の青年の智識と云うのは、皆飜訳のモウパッサンなのである。無論飜訳でも知らないよりは知る方がいい。私の学生時代には大陸文学の飜訳は多く英語からの重訳であったが、此の頃はそうでもなさそうだし、大分上手になっても来たから、一概に悪くは云えないけれども、それでも欧羅巴と日本とは言語の性質が全く違っているのだから、斯くの如くにして西洋の文脈が這入って来ると、日本固有の含蓄のある文章の味は、だんだん廃れて行くと思う。一例を挙げると、日本の文章ではセンテンスの中に主格のあることを必要としない。然るに西洋ではお天気の良し悪しを云うのにも“It”と云う主格を入れる。此の云い廻しが日本にも流行って来て、「それは麗かな日であった」とか、「彼はどうした」「私はどうした」と一々断わる。その為めに現在の日本文は非常に煩わしい醜いものになった。今の青年に源氏物語が読めないのは、主格を省いてあることが最大の原因で、而もそこにあの文章の美しさがある。

けれども今の青年も、矢張り青年の間だけで、やがて歳を取って来れば東洋趣味が恋いしくなるのではなかろうか。いつまでも飜訳文学と亜米利加製の活動写真で満足していられるだろうか。いや、その心配には及ばない、彼等が歳を取る時分には東洋趣味なぞ完全に滅びてしまっている。と、そう云えばそんなものかも知れぬが、そうなればつまりわれわれは愈猿の境涯に甘んじることになるのである。

○

日本人は他国の長を取って自国の短を補うことが上手だと云われる。けれど昔は支那や印度が相手だったが、今度の相手は大分勝手が違うのである。消極的な東洋の文化が積極的な西洋の文化の侵略を受ければ、しまいには十が十まで征服されて、固有のものは何一つ残らなくなりはしないか。仮りに私一人が頑張って、山間僻地へ逃げ隠れて東洋主義にかじりついていても、支那のような大国ならば知らぬこと、日本のような狭い所では、物質文明はどんな山の奥へでもどしどし入り込んで、またたくうちに鉄道が敷かれ工場が建つ。国を挙げて悉く同化されてしまうまでは、その勢いは滔々として止まらない。それに西洋人は個人的交際に於いても、自信が強く、ずうずうしくってわれわれは常に圧迫を感じる。相手が自分より無学な下等な奴だと思っても、議論をすれば是非曲直が孰方《どちら》にあろうと、慎み深い日本人は負かされてしまう。「世界じゅうで一番人間らしい顔をしているのは支那人である、西洋人の顔は獣のようだ」と云ったのは、たしか長谷川如是閑氏であった。成る程そうに違いないけれども、面と向ってはあの大きな声量にだけでも、肉体的に圧倒される。彼等は無言のうちに諒解し合うと云うような腹芸が分ってくれないのだから仕方がない。

　此の間、女学校へ行っている近所のお嬢さんに会って、「あなたはテニスをなさいますか」と聞いて見たら、「いいえ、致しません、テニスをすると余りせいが伸び過ぎるからいけないと云って、両親が許してくれません」と、そのお嬢さんは云った。それからこんな話もある。私の友人Sの子供は大体に於いて学校の成績も非常に良く、殊に数学は優等なのだが、ただ英語だけが出来が悪い。それを子供も両親も苦にして、英国婦人の家庭教師を雇って勉強しているのだが、それでも成績が思わしくないので悲観している。私はSにそう云ってやった、「何もそんなに悲観することはないではないか。君の子供は数学が優等なのだから頭はいいに極まっている。数学的才能と語学的才能と、世の中へ出てから孰方が余計実際に役立ち、応用の範囲が広いかと云えば、云うまでもなく数学の方だ。英語なんか出来なければ出来ないでもいい。殊に会話の稽古なんか何になるのだ。君の子供は日常外国人と交際する機会はないのだから、習ったって忘れてしまうのは当り前だし、その必要もない訳なのだ。外国へでも行くようになれば稽古しないでも自然と覚える。外人の家庭教師なんか止してしまい給え」と。私は今の為政者や教育家が、万般の制度組織を悉く西洋に則り、中学校では国漢文より英語の時間をずっと多くし、女学校では男と同様の運動競技を奨励したりしながら、一方に於いて我が国固有の醇風美俗を保存しようと努めるのは、抑も無理な注文だと思う。飛行機やラジオや超弩《ちょうど》級艦《きゅうかん》の造り方だけを教わって、過激思想の感染を防ごうとするのは虫が好すぎる。彼等自ら祝祭日にはフロックコートにシルクハットを被り、役所へ行けば椅子に腰かけてデスクに凭《よ》りながら、醇風美俗の保存もヘチマもあったものでない。思うに彼等自身にも何処までを保存し何処までを破壊したらいいか、確たる方針があるのではなく、その日その日の出来心でやっているのであろう。いや、彼等ばかりでなく、大多数の日本人が皆そうなのだ、皆迷っているのだ。（私も勿論その一人だが。）迷いながらウカウカと時の勢いに押し流されているのだ。一方に於いて漢字は不便だ、制限しなければいけないと云い、ローマ字使用を提議しながら、未だに漢字の美しさを忘れかねている連中ばかりだ。

○

私は時々思うのである、立憲政治とか代議士政体とか云うようなものも、果して日本の国民性に合致した政体であるかどうかと。立憲政治は討論政治であり、雄弁政治であり、煽動政治である。然るに前にも云ったように由来東洋人は偉い人程おしゃべりをしない。古来大政治家で雄弁家だったと云う人を聞いたことがない。日本で弁舌の巧みな奴は大概オッチョコチョイである。明治になってからも大隈重信を始めとして尾崎行雄島田三郎の輩は政治家としては失敗している。新聞は衆議院の泥試合を攻撃し、政党首領株の待合政治を非難するけれども、代議士になるような連中はとても鼻持ちならないような下品な人物が多いのだから、泥試合になるのは当然の帰結である。これに反して待合政治は日本人の性《しょう》に合っているのである。静かな四畳半式の座敷で、五六人の心を許した人達がじっくりと膝を突き合わせてこそ、始めて真面目な態度にもなれれば良い考えも浮かんで来る。されぱと云って昔の君主独裁や封建制度に復れと云うのではないけれども、何か西洋の真似をしないで、もっとわれわれの国民性に順応した新しい政体はなかったものだろうか。若し西洋の文化が這入って来なかったなら、或は東洋は東洋流の別個の政体が発達しなかったものだろうか。

仮りにわれわれは科学の恩恵を蒙らず、物質文明の有難さを知らなかったとする。そう云う世の中を考えて見るのに、必ずしもそれほど不幸ではない。汽車も電車もない代りには地球上の距離は今ほど短縮されていなかった。衛生設備や医術が幼稚であった代りには人口過剰に苦しみもしなかった。大量生産の経済組織や機械工業がなかったお蔭にはわれわれの衣服調度は皆丹精を籠められたる手芸品であった。こう云う世界も亦一個の楽園ではないか。人類の幸福に変りがない以上、それは必ずしも文明の退歩だとも云われまい。われわれは西洋に侵略され、国が滅ぼされる恐れさえなければ、実際それでも差支えないのだ。思えば西洋人は余計なおせっかいをしてくれたものだ。畢竟われわれは滅ぼされても構わない気で東洋主義に執着するか、でなければ全く西洋主義に同化するか、二つの岐路に立たされているのだ。此の意味に於いて東洋人は呪われたる運命を荷《にな》っていると云わなければならない。

以上私の云ったことは矛盾だらけだと思うけれども、私は実に此の矛盾に苦しんでいるのである。(つづく)

※「東洋趣味漫談」は武者小路実篤が昭和二年四月に創刊した『大調和』（昭和二年十月号）に掲載されたものだが、のち単行本『饒舌録』（昭和四年十月、改造社）刊行の際に「饒舌録」のこの箇所に組み込まれたので、ここへあわせて収録した。（編者）

『大調和』昭二・十月号

東洋趣味漫談

谷崎潤一郎

この前「改造」の「饒舌録」で東洋主義のことを書いたら大分方々から小言を食ったのは意外であった。私はあれでも大いに東洋の肩を持ったつもりだったのだが、何ぞ図らん、亜米利加かぶれがしているの、物質主義に堕しているのと云う攻撃を受けた。殊に意外であったのは、辜鴻銘翁《ここうめいおう》のことを可なり尊敬して褒めて書いた筈だったのに、翁の如き先輩を悪口するのは不都合である、不遜であると云った人がある。私が翁に関して「他人には通用しなくとも、自分はそれで済んで行くと云うような、頑固な、片意地な、生え抜きの東洋人らしい信念が見える」と云ったのは、勿論いい意味からであった。翁が幼年時代から十一年間も西洋に留学して、英独仏羅甸《ラテン》等各国の言語を究め、近代の政治経済思想に親しんだ人であることは私と雖も知らないではない。私はつまり、翁がそう云う経歴を持ちながらそれらの影響を脱却して遂に純粋の東洋人に復帰したところに、不思議な魅力を感じるのである。若い時のハイカラが歳を取るとだんだん茶人趣味になると云う例は、随分世間にないことはない。が、翁の如きは東西稀に見る大学者であって、大概な西洋人も及ばないほど西洋の風俗学問言語習慣に通じた人だ。駆け出しのハイカラとは訳が違って、徹底的にハイカラな教育を受け、且その社会に馴染んだ人だ。そう云う人が結局西洋を嫌うようになり、東洋主義に帰着しなければならなくなったと云う事実は、深くわれわれの心を動かす。「ああ云う人でもやっぱりそうなるものかなあ」と感じる。思うに翁が西洋を排斥し、故国の文化を謳歌するようになったのは、体質と云うか遺伝と云うか、要するに翁の体内を流れている東洋人の血のためであって、議論や理窟は後から附け足したものであろう。翁を頑固と云い、片意地と云い、生え抜きの東洋人と云ったのはその意味なので、決して悪口のつもりではない。私は翁の頑固なところ、片意地なところ、コマシャクレた理窟や説明を云わないところに、却ってほんものらしい偉さを感じる。

○

翁のように徹底的に西洋を理解してしまえば却って東洋のいいところが分るようになるのであろうが、しかし凡べての東洋人にそれを望む訳には行かない。われわれは皆西洋文化の一部分を見、或いはそのほんの上っ面を見るだけである。そうして少くとも上っ面に於ては西洋の文化は東洋のそれよりも分り易く、入り易く、効果が覿面《てきめん》であることは争われない。私は前に西洋の音楽、絵画、食物等が東洋のものよりも遥かに強く少年の心を捉えることを指摘し、その一事から見て前者の方が後者よりも趣味が健全であり、正道を濶歩しているように思えると云ったが、誰も此の事実を注意も説明もしてくれないのはどう云う訳か。仮りに花を写生するとして、それを南画流に画くのと、水彩画流に画くのと、孰方を子供は喜ぶであろうか。実際南画の面白味などと云うものは到底少年には理解出来ないものである。東洋の芸術にはみんな幾らかそう云うヒネクレたところがある。その味が分るようになるには一種の心境に達するだけの鍛練を要する。それが値打ちでもあるのだけれども、多くの人にそんな鍛練を強いる訳には行かないし、一方にもつと這入り易い芸術がある以上は、どうしても其方へ走るようになる。現に今の子供たちが皆そうなのだし、学校の方針も西洋風の自由画に傾いているのだから、いけないと云っても仕方がない。私の小学校時代には毛筆画の手本をあてがわれて墨絵の蘭などを画かされたものだから、とうとう絵を画く面白味を解せずにしまったが、今の自由画のようなものであったら、楽しんで画いたであろうし、大人になってもこんなに不器用ではなく、もう少し絵心があったろうと思う。尤も西洋の芸術であっても、真に深いところを究めるには矢張りそれだけの心境に至らなければならないし、誰でもそこへ行き着けると云うものではないが、私が問題にしているのはそう云う選ばれた少数の人のことではない。多くの人に或る程度まで絵の面白さを分らせると云う点、つまりそれだけ多くの人に美の何たるかを理解させ、それだけ幸福を与え得ると云う点から見ての話である。

蓋《けだ》し東洋の芸術には、絵画に限らず、凡べての方面で、進んで人生を肯定し、享楽しようとする分子が少い。おおざっぱに云えば悲しみの芸術、逃避の芸術、控え目の芸術であって、激情的、跳躍的、歓楽的、奮闘的でない。これが少年の心に訴えるところの乏しい所以であると思う。勿論東洋人だって激しい感情を知らないのではないが、しかし慎しみ深いことを美徳としていたわれわれの祖先は、喜怒哀楽を露骨に表現することを卑しんだのであった。それらの感情を表わそうとする場合には、彼等はいつも何事かに仮托して隠《いん》約《やく》の間にこれを述べた。そうしてその方が露骨に云うよりも一層人を動かすとされ、又実際に動かしもした。ところが今の人間はそう云う態度を奥床しいとは感じないで、生ぬるいと感じ、赤裸々な西洋主義を喜ぶ。この一つのうちの孰方が健全な趣味であるかは正直な子供を連れて来れば直ぐに分る。子供は一も二もなく西洋流の味方をする。

健全な芸術の方が病的な芸術より常に本質的に優れているとは私は云わない。ただその方が余計人間社会に適しているとだけは云える。そうして、今の少年にもっと東洋流の教育を施すのもいいが、先ずその前にこれらの点を充分考察してかからなければならないと思う。

○

それから又、同じ控え目主義でも支那と日本とでは大分違うと云うことも考えられる。支那のは形式は控え目であるが、内容はその枠の外へハミ出すほど充実している。十のものを七にも八にも無理に圧縮したと云う感じで、そのために一層弾力がある。だから控え目であっても、コッテリとした厚みがあって弱々しいところがない。然るに日本のは十のことを七八分だけ云って、残りの二三分を遠慮してしまうのである。「まあこのくらいにして置こう」と、あとはアッサリ水に流すと云った風である。だから非常に弱々しく淡々しい。

たとえば日本の特産物たる俳句などは、形式が余り短いので内容が外へハミ出しているようにちょっと見えないことはないが、アレは私はそうは思わない。俳句は或る一定の、特殊の情景を歌っているものではなく、むしろわれわれ日本人にだけしか分らない一種の符牒であるに過ぎない。その符牒に従ってわれわれはめいめい勝手に自分に都合のいい情景を聯想し、そこに面白味を感ずるのである。だから俳句を解するのには、われわれ日本の生活様式上の約束を知っていなければならない。その約束の範囲内で、一つの俳句に対しても各人がいろいろ違った聯想を起すことは自由である。無論俳人が俳句を詠む場合には、具体的な情景に接してそこから感興を得るのであろうが、出来上った俳句は最早や抽象的な章句になってしまっている。そうして読者は必ずしもその俳人とすっかり同じ情景を心に浮かべる必要はない。漢詩や和歌にも幾らかそう云う面白味はあるが、就中俳句はこの点で最も独得であり、東洋芸術の一特性を極端に発達させた、真に日本的の詩形である。が、決して内容の充実した厚みのある文学ではない。西洋人なら千言万語を費したいような景色や情緒を、忠実に描写することを避けて、ほんの一と言、合図をして見せるのである。そうして分ってくれる人には分って貰えるだろうと云った態度である。

或る著名な詩人が私にこう云うことを云った。自分は若い時代には長い詩を作ったが、歳を取ったら長いものよりも矢張り三十一文字の方がよくなった。ところがこの頃になって来ると、三十一文字でもまだ長過ぎる。まだ無駄が有り過ぎる。結局詩形は短ければ短いほどいいような気がして来たと。思うに日本人は力み返って長たらしい叙景や詠嘆をするのを馬鹿々々しいと感ずるようになるのではないか。「何も彼も分り切っている、しゃべったって詰まらない」と云うような気持ちになるのではないか。つまりそれだけわれわれは生活に対して消極的であり、淡白であり、あきらめがいいのであって、それが国民性なのではないか。

しかし弱々しいところには又弱々しい美しさがある。血の滴れるようなビフテキもうまいがアッサリとした新鮮なサラダもうまい。日本文学の持っている優婉、素朴、風雅、繊細の味は到底他の文学の企及し難いものである。だから大いにその方面を発達させればいい訳であるが、今も云うように本来消極的の芸術であるから、その性質上花々しい進歩や変化は有り得ないと云うことになる。実際東洋人には何百年何千年の昔から唯一つの美があるのみであり、歴代の詩人文人はその一つの美を繰り返し繰り返し歌っているに止まる。彼等は永久に李白や杜子美の詩境を理想とし、その伝統以外の美を求めようともしなければ、又求める必要もなかった。彼等は伝統の美の中に酌んでも酌んでも尽きないところの妙味を感じ、それで充分満足していた。彼等の新機軸を出すことよりも、古人の境地に到達することを目的とした。

ところで現代のわれわれはそう云う東洋の伝統的の美に対して魅惑を感じないかと云えば、少年時代には感じないが、老年になるに従って大概の人は感じるようになる。これから五十年百年先の老人はどうだか分らないが、今の四十代以上の人間は少くともまだそれを感じるだけの東洋人の血を伝えている。そうしてそこに矛盾と悩みを感じている。

○

私がこの前、純粋の東洋主義に復帰しようとすれば有らゆる近代科学上の発明や設備は不必要になり、汽車も電車も無線電信も飛行機もいらない、と云うことになるが、そんな不便な生活でも差し支えないのか、物質文明を排斥する結果、自分の国が亡ぼされてしまっても構わないのか、と云ったらば、「それだからお前の頭は西洋かぶれがしているのだ」と誰かが嗤った。が、嗤うばかりで誰も此の疑問に明答を与えた者はなかった。「国が亡ぼされてしまっても構わない」と云うならそれでも分る。或いは又「物質文明を排斥しても国が亡びる筈はない」と云うならばその説明をしてくれなければ腑に落ちない。徒らに放言するだけでは困る。

感情的には私も東洋主義の方が好きなのである。東洋人がそれに対して限りなき愛着を感ずるのは自然であり、又何とかしてそれを保存し、その独得の文化を守り立てて行かなければ、結局東洋は精神的に西洋の殖民地となってしまう。けれども如何にして今の百般の社会組織と古いわれわれの伝統とを調和させることが出来るか。私の聞きたいのは此の一事である。

『改造』昭二・五月号

文芸的な、余りに文芸的な

芥川龍之介

二十一　正宗白鳥氏の「ダンテ」

正宗白鳥氏のダンテ論は前人のダンテ論を圧倒している。少くとも独特な点ではクロオチェのダンテ論にも劣らないかも知れない。僕はあの議論を愛読した。正宗氏はダンテの「美しさ」には殆ど目をつぶっている。それは或は故意にしたのであろう。或は又自然にしたのかも知れない。故上田敏博士もダンテの研究家の一人だった。しかも神曲を飜訳しようとしていた。が、博士の遺稿を見れば、イタリア語の原文によったものではない。あの書き入れの示すようにケエリイの英吉利《イギリス》訳によったのである。ケエリイの英吉利訳によりながら、ダンテの「美しさ」を云々するのは或は滑稽に堕ちるのであろう。（僕も亦ケエリイの外は読んだことはない。）しかしダンテの「美しさ」はたといケエリイの英吉利訳だけ読んでも、幾分か感ぜられるのは確かである。……

それから又神曲は一面には晩年のダンテの自己弁護である。公金費消か何かの嫌疑を受けたダンテはやはり僕等自身のように自己弁護を必要としたのに違いない。しかしダンテの達した天国は僕には多少退屈である。それは僕等は事実上地獄を歩いている為であろうか？　或は又ダンテも浄罪界の外に登ることの出来なかった為であろうか？……

僕等は皆超人ではない。あの逞しいロダンさえ名高いバルザックの像を作り、世間の悪評を受けた時には神経的に苦しんだのである。故郷を追われたダンテも亦神経的に苦しんだに違いない。殊に死後には幽霊になり、彼の息子に現れたと云うことは幾分かダンテの体質を――彼の息子に遺伝したダンテの体質を示しているであろう。ダンテは実際ストリンドベリイのように地獄の底から脱け出して来た。現に神曲の浄罪界は病後の歓びに近いものを持っている。……

しかしそれ等はダンテの皮下一寸に及ばないことばかりであろう。正宗氏はあの論文の中にダンテの骨肉を味わっている。あの論文の中《うち》にあるのは十三世紀でもなければ伊太利《イタリー》でもない。唯僕等のいる娑婆界である。平和を、唯平和を、――これはダンテの願いだったばかりではない。同時に又ストリンドベリイの願いだった。僕は正宗氏のダンテを仰がずにダンテを見たことを愛している。ベアトリチェは正宗氏の言うように女人よりもはるかに天人に近い。若しダンテを読んだ後、目のあたりにベアトリチェに会ったとしたならば、僕等は必ず失望するであろう。

僕はこの文章を書いているうちにふとゲエテのことを思い出した。ゲエテの描いたフリイデリケは殆んど可憐そのものである。が、ボンの大学教授ネエケはフリイデリケの必しもそう云う女人でないことを発表した。Düntzer 等の理想主義者たちは勿論この事実を信じていない。しかしゲエテ自身もネエケの言葉の偽りでないことを認めている。のみならずフリイデリケの住んでいた Sesenheim の村も亦ゲエテの描いたのとは違っていたらしい。Tieck はわざわざこの村を尋ね、「後悔した」とさえ語っている。ベアトリチェも亦同じことであろう。けれどもこう云うベアトリチェはベアトリチェ自身を示さないにもせよ、ダンテ自身を示している。ダンテは晩年に至っても、所謂「永遠の女性」を夢みていた。しかし所謂「永遠の女性」は天国の外《ほか》には住んでいない。のみならずその天国は「しないことの後悔」に充ち満ちている。丁度地獄は炎の中に「したことの後悔」を広げているように。

僕はダンテ論を読んでいるうちに鉄仮面の下にある正宗氏の双眼の色を感じた。古人は「君看双眼色《きみみよさうがんのいろ》　不語似無愁《かたらざればうれひなきににたり》」と言った。やはり正宗氏の双眼の色も、——しかし僕は恐れている。正宗氏は或はこの双眼も義眼であると言うかも知れない。

二十二　近松門左衛門

僕は谷崎潤一郎、佐藤春夫の両氏と一しょに久しぶりに人形芝居を見物した。人形は役者よりも美しい。殊に動かずにいる時は綺麗である。が、人形を使っている黒ん坊と云うものは薄気味悪い。現にゴヤは人物の後に度たびああ云うものをつけ加えた。僕等も或はああ云うものに、――無気味な運命に駆られているのであろう。……

けれども僕の言いたいのは人形よりも近松門左衛門である。僕は小春治兵衛を見ているうちに今更のように近松を考え出した。近松は写実主義者西鶴に対し、理想主義者の名を博している。僕は近松の人生観を知らない。近松は或は天を仰いで僕等の小を歎いていたであろう。或は又天気模様を考えては明日の入りを気使っていたであろう。しかしそれは今日では誰も知らないことは確かである。唯近松の浄瑠璃を見れば、近松は決して理想主義者ではない。理想主義者では――理想主義者とは一体何であろう？　西鶴は文芸上の写実主義者である。同時に又人生観上の現実主義者である。（少くとも作品によれば）しかし文芸上の写実主義者は必ずしも人生観上の現実主義者ではない。いや、「マダム・ボヴァリイ」を書いた作家は文芸上にも又ロマン主義者だった。若し夢を求めることをロマン主義と呼ぶとすれば、近松も亦ロマン主義者であろう。しかし又一面にはやはり逞しい写実主義者である。「小春治兵衛」の河内屋から雁治郎の姿を抹殺せよ。（この為には文楽を見ることである。）そのあとに残るものは何でもない、人生の隅々へ目の届いた写実主義的戯曲である。成程そこには元禄時代の抒情詩もまじっているのに違いない。が、この抒情詩を持っているものをロマン主義者と呼ぶとすれば、――ド・リイル・ラダンの言葉に偽りはない。僕等は阿呆でないとすれば、いずれもロマン主義者になる訣である。

元禄時代の戯曲的手法は今日よりも多少自然ではない。しかし元禄時代以後の戯曲的手法よりもはるかに小細工を用いないものである。こう云う手法に煩わされないとすれば、「小春治兵衛」は心理描写の上には決して写実主義を離れていない。近松は彼等の官能主義やイゴイズムにも目を注いでいる。いや、彼等の中にある何か不思議なものにも目をつけている。彼等を死に導いたものは必ずしも太兵衛の悪意ではない。おさん親子の善意も亦やはり彼等を苦しませている。

近松は度々日本のシェエクスピイアに比せられている。それは在来の諸家の説よりも或は一層シェエクスピイア的かも知れない。第一に近松はシェエクスピイアのように殆ど理智を超越している。（ラテン人種の戯曲家モリエエルの理智を想起せよ。）それから又戯曲の中に美しい一行を撒き散らしている。最後に悲劇の唯中にも喜劇的場景を点出している。僕は炬燵《こたつ》の場の乞食坊主を見ながら、何度も名高い「マクベス」の中の酔っ払いの姿を思い出した。

近松の世話ものは高山樗牛以来、時代ものの上に置かれている。が近松は時代ものの中にもロマン主義者に終始したのではない。これも亦多少シェエクスピイア的である。シェエクスピイアは羅馬の都に時計を置いて顧みなかった。近松も時代を無視していることはシェエクスピイア以上である。のみならず神代の世界さえ悉く元禄時代の世界にした。それ等の人物も心理描写の上には存外屡《しばしば》写実主義的である。たとえば「日本振袖始」さえ、巨旦蘇旦《こたんそたん》兄弟の争いは全然世話ものの中の一場景と変りはない。しかも巨旦の妻の気もちや父を殺した後の巨旦の気もちは恐らくは現世にも通用するであろう。まして素戔嗚《すさのお》の尊《みこと》の恋愛などは恐れながら有史以来少しも変らない、、である。

近松の時代ものは世話ものよりも勿論荒唐無稽である。しかしその為に世話ものにない「美しさ」のあったことは争われない。たとえば日本の南部の海岸に偶然漂って来た船の中に支那美人のいる場景を想像せよ。(国姓爺《こくせんや》合戦)それは僕等自身の異国趣味にも未だに或満足を与えるであろう。

高山樗牛は不幸にもこれ等の特色を無視している。近松の時代ものは世話ものよりも必ずしも下にあるものではない。唯僕等は封建時代の市井を比較的身近に感じている。元禄時代の河庄《かわしょう》は明治時代の小待合に近い。小春は、――殊に役者の扮する小春は明治時代の芸者に似たものである。こう云う事実は近松の世話ものに如実と云う感じを与え易い。しかし何百年か過ぎ去った後、――即ち封建時代の市井さえ夢の中の夢に変った後、近松の浄瑠璃をふり返って見れば、僕等は時代ものの必ずしも下にいないことを見出すであろう。のみならず時代ものは一面にはやはり世話ものと同時代の大名の生活を描いている。しかもその世話ものほど如実と云う感じを与えないのは封建時代の社会制度の僕等を大名の生活とは縁の遠いものにしている為である。九重の雲の中にいらせられる御一人さえ不思議にも近松の浄瑠璃を愛読し給うた。それは近松の出身によるか、或は又市井の出来事に好奇心を持たれた為かも知れない。しかし近松の時代ものに元禄時代の上流階級を感じられなかったとも限らないのである。

僕は人形芝居を見物しながら、こんなことを考えていた。人形芝居は衰えているらしい。のみならず浄瑠璃も原作通りに語っていないと云うことである。しかし僕には芝居よりもはるかに興味の深いものだった。

二十三　模倣

紅毛人は日本人の模倣に長じていることを軽蔑している。のみならず日本人の風俗や習慣（或は道徳）の滑稽であることを軽蔑している。僕は堀口九万一氏の紹介した「雪さん」と云うフランス小説の梗概を読み、（「女性」三月号所載）今更のようにこの事実を考え出した。

日本人は模倣に長じている。僕等の作品も紅毛人の作品の模倣であることは争われない。しかし彼等も僕等のようにやはり模倣に長じている。ホイッスラアは油画の上に浮世画を模倣をしなかったか？　いや、彼等同志もやはり模倣し合っている。更に又過去に溯れば、大いなる支那は彼等の為にどの位先例を示したであろう？　彼等は或は彼等の模倣は「消化」であると云うかも知れない。若し「消化」であると云うならば、僕等の模倣も亦「消化」である。同じ水墨を以てしても、日本の南画は支那の南画ではない。のみならず僕等は往来の露店に言葉通り豚カツを消化している。

しかも模倣を便宜とすれば、模倣するのに勝ることはない。僕等は先祖伝来の名刀を揮いながら、彼等のタンクや毒瓦斯《どくガス》と戦う必要を認めないものである。しかも物質的文明はたとい必要のない時にさえ、おのずから模倣を強いずには措かない。現に古代には軽羅をまとった希臘《ギリシャ》、羅馬等の暖国の民さえ、今では北狄《ほくてき》の考案した、寒気に堪えるのに都合の善い洋服と云うものを用いている。

僕等の風俗や習慣の彼等に滑稽に見えるのもやはり少しも不思議ではない。彼等は僕等の美術には――殊に工芸美術にはとうに多少の賞讃をしている。それは唯目のあたりに見ることの出来る為と言わなければならぬ。僕等の感情や思想などは、必ずしも容易に見えるものではない。江戸末期の英吉利公使だったSir Rutherford Alcockは灸を据えている子供を見、如何に僕等は迷信の為にみずから苦めているかと嘲笑した。僕等の風俗や習慣の中に潜んだ感情や思想は今日でも、――小泉八雲を出した今日でもやはり彼等には不可解である。彼等は僕等の風俗や習慣を勿論笑わずにはいられないであろう。同時に又彼等の風俗や習慣もやはり僕等には可笑《おか》しいのである。たとえばエドガア・ポオは酒飲みだった為に（或は酒飲みだったかどうかと云う為に）永年死後の名声を落していた。「李白一斗詩百篇」を誇る日本ではこう云うことは可笑しいと云う外はない。この互に軽蔑し合うことは避け難い事実とは云うものの、やはり悲しむべき事実である。のみならず僕等は僕等自身の中《うち》にもこう云う悲劇を感じないことはない。いや、僕等の精神的生活は大抵は古い僕等に対する新しい僕等の戦いである。

しかし僕等は彼等よりも幾分か彼等を了解している。（これは或は僕等には寧ろ不名誉なことかも知れない。）彼等は僕等に一顧も与えていない。僕等は彼等には未開人である。しかも日本に住んでいる彼等は必ずしも彼等を代表するものではない。恐らくは世界を支配する彼等のサムプルとするにも足りないものであろう。が、僕等は丸善のある為に多少彼等の魂を知っていることは確かである。

なお又次手につけ加えれば、彼等も亦本質的にはやはり僕等と異っていない。僕等は（彼等も一しょにした）皆世界と云う箱船に乗った人間獣の一群である。しかもこの箱船の中は決して明るいものではない。殊に僕等日本人の船室は度たび大地震に見舞われるのである。

堀口九万一氏の紹介は生憎まだ完結していない。のみならず氏の加える筈の批評も載っていないのである。が、僕はそれだけにも、ふとこんなことを考えた為にとりあえずペンを走らせることにした。

二十四　代作の弁護

「古代の画家は少からず傑出した弟子を持っている。が、近代の画家は持っていない。それは彼等の金の為に、或は高遠な理想の為に弟子を教える為である。古代の画家の弟子を教えたのは代作をさせるつもりだった。従って彼等の技巧上の秘密も悉く弟子に伝えたのである。弟子の傑出したのも不思議ではない。」――こう云うサミュエル・バットラアの言葉は一面には真実を語っている。天賦の才はその為にばかり勿論生まれて来るものではない。しかし又その為に促されることも多いであろう。僕はこの頃フロオベエルのモオパスサンを教えるのにどの位深切を尽したかを知った。（彼はモオパスサンの原稿を読んでやる時、連続した二つ文章の同じ構造であるのさえやかましく言った。）しかしそれは何びとにも望むことの出来るものではない。（弟子に才能のある場合にしても）

今日の日本は芸術さえ大量生産を要求している。のみならず作家自身にしても、大量生産をしない限り、衣食することも容易ではない。しかし量的向上は大抵質的低下である。すると古人の行ったように弟子に代作させることも或は幾多の才人を生ずることになるかも知れない。封建時代の戯作者は勿論、明治時代の新聞小説家も全然この便法を用いなかったのではなかった。美術家は、――たとえばロダンはやはり部分的には彼の作品を弟子に作らせていたのである。

こう云う伝統を持った代作は或は今後は行われるかも知れない。のみならずそれは必ずしも一時代の芸術を俗悪にするとも限らないのである。弟子はテクニイクを修めた後、勿論独立しても差支ない。が、或は二代目、三代目と襲名することも出来るであろう。

僕はまだ不幸にも代作して貰う機会を持っていない。が、他人の作品を代作出来る自信は持っている。唯一つむずかしいことには他人の作品を代作するのは自作するよりも手間どるに違いない。

二十五　川柳

「川柳」は日本の諷刺詩である。しかし「川柳」の軽視せられるのは何も諷刺詩である為ではない。寧ろ「川柳」と云う名前の余りに江戸趣味を帯びている為に何か文芸と云うよりも他のものに見られる為である。古い川柳の発句に近いことは或は誰も知っているかも知れない。のみならず発句も一面には川柳に近いものを含んでいる。その最も著しい例は鶉衣《うずらごろも》（?）の初板にある横井也有の連句であろう。あの連句はポルノグラフィックな川柳集――「末摘花《すえつむはな》」と選ぶ所はない。

安どもらひの蓮のあけぼの

こう云う川柳の発句に近いことは誰でも認めずにいられないであろう。（蓮は勿論造花の蓮である。）のみならず後代の川柳も全部俗悪と云うことは出来ない。それ等も亦封建時代の町人の心を――彼等の歓びや悲しみを諧謔《かいぎゃく》の中に現している。若しそれ等を俗悪と云うならば、現世の小説や戯曲も亦同様に俗悪と云わなければならぬ。

小島政二郎氏は前に川柳の中の官能的描写を指摘した。後代は或は川柳の中の社会的苦悶を指摘するかも知れない。僕は川柳には門外漢である。が、川柳も抒情詩や叙事詩のようにいつかファウストの前を通るであろう、尤も江戸伝来の夏羽織か何かひっかけながら。

心より詩人わが
喜ばむことを君知るや。
一人だに聞くことを
願はぬ詞《ことば》を歌はしめよ。

二十六　詩形

お伽噺の王女は城の中に何年も静かに眠っている。短歌や俳句を除いた日本の詩形もやはりお伽噺の王女と変りはない。万葉集の長歌は暫らく問わず、催馬楽《さいばら》も、平家物語も、謡曲も、浄瑠璃も韻文である。そこには必ず幾多の詩形が眠っているのに違いない。唯別行に書いただけでも、謡曲はおのずから今日の詩に近い形を現わすのである。そこには必ず僕等の言葉に必然な韻律のあることであろう。（今日の民謡と称するものは少くとも大部分は詩形上都々逸と変りはない。）この眠っている王女を見出すだけでも既に興味の多い仕事である。まして王女を目醒ませることをや。

尤も今日の詩は――更に古風な言葉を使えば、新体詩はおのずからこう云う道に歩みを運んでいるかも知れない。又今日の感情を盛るのに昨日の詩形は役立たないであろう。しかし僕は過去の詩形を必ずしも踏襲しろと言うのではない。唯それ等の詩形の中に何か命のあるものを感ずるのである。同時に又その何かを今よりも意識的に摑めと言いたいのである。

僕等は皆どう云う点でも烈しい過渡時代に生を享《う》けている。従って矛盾に矛盾を重ねている。光は――少くとも日本では東よりも西から来るかも知れない。が、過去からも来る訣である。アポリネエルたちの連作体の詩は元禄時代の連句に近いものである。のみならず数等完成しないものである。この王女を目醒まさせることは勿論誰にも出来ることではない。が、一人のスウィンバアンさえ出れば――と云うよりも更に大力量の一人の「片歌の道守り」さえ出れば……

日本の過去の詩の中には緑いろのものが何か動いている。何か互に響き合うものが――僕はその何かを捉えることは勿論、その何かを生かすことも出来ないものの一人であろう。しかしその何かを感じていることは必ずしも人後に落ちないつもりである。こんなことは文芸上或は末の末のことかも知れない。唯僕はその何かに——ぼんやりした緑いろの何かに不思議にも心を惹かれるのである。

二十七　プロレタリア文芸

僕等は時代を超越することは出来ない。のみならず階級を超越することも出来ない。トルストイは女の話をする時には少しも猥褻《わいせつ》を嫌わなかった。それは又ゴルキイを辟易させるのに足るものだった。ゴルキイはフランク・ハリスとの問答の中に「わたしはトルストイよりも礼儀を重んじている。若しトルストイを学んだとしたらば、彼等はそれをわたしの素性の為と——百姓育ちの為と解釈するであろう」と正直に衷情を話している。ハリスは又その言葉に「ゴルキイの未だに百姓であることはこの点に——即ち百姓育ちを羞《は》じる点に露われている」と註している。

中産階級の革命家を何人も生んでいるのは確かである。彼等は理論や実行の上に彼等の思想を表現した。が、彼等の魂は果して中産階級を超越していたであろうか？　ルッテルは羅馬加特《カトリック》教に反逆した。しかも彼の仕事を妨げる悪魔の姿を目撃した。彼の理智は新しかったであろう。しかし彼の魂はやはり羅馬加特教の地獄を見ずにはいられなかったのである。これは宗教の上ばかりではない。社会制度の上でも同じことである。

僕等は僕等の魂に階級の刻印を打たれている。のみならず僕等を拘束するものは必ずしも階級ばかりではない。地理的にも大は日本から小は一市一村に至る僕等の出生地も拘束している。その他遺伝や境遇等も考えれば、僕等は僕等自身の複雑であることに驚嘆せずにはいられないであろう。（しかも僕等を造っているものはいずれも僕の意識の中《うち》に登って来るとは限らないのである。）

カアル・マルクスは暫らく問わず、古来の女子参政権論者はいずれも良妻を伴っていた。科学上の産物さえこう云う条件を示しているとすれば、芸術上の作品は——殊に文芸上の作品はあらゆる条件を示している訣である。僕等はそれぞれ異った天気の下やそれぞれ異った土の上に芽を出した草と変りはない。同時に又僕等の作品も無数の条件を具えた草の実である。若し神の目に見るとすれば、僕等の作品の一篇は僕等の全生涯を示しているのであろう。

プロレタリア文芸は——プロレタリア文芸とは何であろう？　勿論第一に考えられるのはプロレタリア文明の中に花を開いた文芸である。これは今日の日本にはない。それから次に考えられるものはプロレタリアの為に闘う文芸である。これは日本にもないことはない。（若しスウィッツルでも隣国だったとすれば、或はもっと生まれたであろう。）第三に考えられるはコムミュニズムやアナアキズムの主義を持っていないにもせよ、プロレタリア的魂を根柢にした文芸である。第二のプロレタリア文芸は勿論第三のプロレタリア文芸と必ずしも両立しないものではない。しかし若し多少でも新しい文芸を生ずるとすれば、それはこのプロレタリア的魂の生んだ文芸でなければならぬ。

僕は隅田川の川口に立ち、帆前船や達摩《だるま》船の集まったのを見ながら今更のように今日の日本に何の表現も受けていない「生活の詩」を感じずにはいられなかった。こう云う「生活の詩」をうたい上げることはこう云う生活者を待たなければならぬ。少くともこう云う生活者にずっと同伴していなければならぬ筈である。コムミュニズムやアナアキズムの思想を作品の中に加えることは必ずしもむずかしいことではない。が、その作品の中に石炭のように黒光りのする詩的荘厳を与えるものは畢竟プロレタリア的魂だけである。年少で死んだフィリップは正にこう云う魂の持ち主だった。

フロオベエルは「マダム・ボヴァリイ」にブウルジョアの悲劇を描き尽した。しかしブウルジョアに対するフロオベエルの軽蔑は「マダム・ボヴァリイ」を不滅にしない。「マダム・ボヴァリイ」を不滅にするものは唯フロオベエルの手腕だけである。フィリップはプロレタリア的魂の外《ほか》にも鍛えこんだ手腕を具えている。するとどう云う芸術家も完成を目ざして進まなければならぬ。あらゆる完成した作品は方解石のように結晶したまま、僕等の子孫の遺産になるのである。たとい風化作用を受けるにしても。

二十八　国木田独歩

国木田独歩は才人だった。彼の上に与えられる「無器用」と云う言葉は当っていない。

独歩の作品はどれをとって見ても、決して無器用に出来上っていない。「巡査」、「竹の木戸」、「非凡なる凡人」……いずれも器用に出来上っている。若し彼を無器用と云うならば、フィリップも亦無器用であろう。

しかし独歩の「無器用」と云われたのは全然理由のなかった訣ではない。彼は所謂戯曲的に発展する話を書かなかった。のみならず長ながとも書かなかった。（勿論どちらも出来なかったのである。）彼の受けた「無器用」の言葉はおのずからそこに生じたのであろう。が、彼の天才は或は彼の天才の一部は実にそこに存していた。

独歩は鋭い頭脳を持っていた。同時に又柔かい心臓を持っていた。しかもそれ等は独歩の中に不幸にも調和を失っていた。従って彼は悲劇的だった。二葉亭四迷や石川啄木も、こう云う悲劇中の人物である。尤も二葉亭四迷は彼等よりも柔かい心臓を持っていなかった。（或は彼等よりも逞しい実行力を具えていた。）彼の悲劇はその為に彼等よりもはるかに静かだった。二葉亭四迷の全生涯は或はこの悲劇的でない悲劇の中にあるかも知れない。……

しかし更に独歩を見れば、彼は鋭い頭脳の為に地上を見ずにはいられないながら、やはり柔かい心臓の為に天上を見ずにもいられなかった。前者は彼の作品の中に「正直者」、「竹の木戸」等の短篇を生じ、後者は「非凡なる凡人」、「少年の悲哀」、「画の悲しみ」等の短篇を生じた。自然主義者も人道主義者も独歩を愛したのは偶然ではない。

柔い心臓を持っていた独歩は勿論おのずから詩人だった。（と云う意味は必しも詩を書いていたと云うことではない。）しかも島崎藤村氏や田山花袋氏と異る詩人だった。大河に近い田山氏の詩は彼の中に求められない。同時に又お花畠に似た島崎氏の詩も彼の中に求められない。彼の詩はもっと切迫している。独歩は彼の詩の一篇の通り、いつも「高峯の雲よ」と呼びかけていた。年少時代の独歩の愛読書の一つはカアライルの「英雄論」だったと云うことである。カアライルの歴史観も或は彼を動かしたかも知れない。が、更に自然なのはカアライルの詩的精神に触れたことである。

けれども彼は前にも言ったように鋭い頭脳の持ち主だった。「山林に自由存す」の詩は「武蔵野」の小品に変らざるを得ない。「武蔵野」はその名前通り、確かに平原に違いなかった。しかしまだその雑木林は山々を透かしているのに違いなかった。徳富蘆花氏の「自然と人生」は「武蔵野」と好対照を示すものであろう。自然を写生していることはどちらも等しいのに違いない。が、後者は前者よりも沈痛な色彩を帯びている。のみならず広いロシアを含んだ東洋的伝統の古色を帯びている。逆説的な運命はこの古色のある為に「武蔵野」を一層新らしくした。（幾多の人びとは独歩の拓いた「武蔵野」の道を歩いて行ったであろう。が、僕の覚えているのは吉江孤雁氏一人だけである。当時の吉江氏の小品集は現世の「本の洪水」の中に姿を失ってしまったらしい。が、何か梨の花に近い、ナイイヴな美しさに富んだものである。）

独歩は地上に足をおろした。それから——あらゆる人々のように野蛮な人生と向い合った。しかし彼の中の詩人はいつまでたっても詩人だった。鋭い頭脳は死に瀕した彼に「病《びょう》牀《しょう》録」を作らせている。がこう云う彼は一面には「沙漠の雨」（?）と云う散文詩を作っていた。

若し独歩の作品中、最も完成したものを挙げるとすれば、「正直者」や「竹の木戸」にとどまるであろう。が、それ等の作品は必しも詩人兼小説家だった独歩の全部を示していない。僕は最も調和のとれた独歩を——或は最も幸福だった独歩を「鹿狩り」等の小品に見出している。（中村星湖氏の初期の作品はこう云う独歩の作品に近いものだった。）

自然主義の作家たちは皆精進して歩いて行った。が、唯一人独歩だけは時々空中へ舞い上っている。……

『改造』昭二・五月号

饒舌録（感想）

谷崎潤一郎

芥川君の「文芸的な、余りに文芸的な」と云うものを読んだ。それに対して別に応酬する意志はないし、そう云うことをしていたら際限はないが、ただ少しばかり感想を述べさせて貰おう。芥川君が必ずしも私に対してのみ物を云っているのでないように、私も芥川君にばかり答えるつもりはない。むしろ一般の人に読んで貰いたいのである。

ぜんたい小説に限らず有らゆる芸術に「何でなければならぬ」と云う規則を設けるのは一番悪いことである。芸術は一個の生きものである。人間が進歩発達すると同時に芸術も進歩発達する。予め「どうでなければならぬ」と云う規矩準縄《きくじゅんじょう》を作ったところで、なかなかそれに当て篏まるように行くものでない。たとえば昔の作劇術には時と所とが一致しなければいけないと云うような規則があった。しかしそんなことは結局行われずにしまった。日本でも平面描写とか、主観を交えてはよくないとか、シチ面倒臭い議論があったが、それもそう云う約束を破った優秀な作品が現われると、もうそんなことは滅茶苦茶になった。「話」のある小説ない小説もつまりはそれで、実際人を動かすような立派なものが出て来ればいいも悪いもあったものでない。自然主義の全盛時代にたまたま反自然主義の傑作が出ると、例の規則違反で以て何とか彼とかケチを附けられたこともあったが、此れは日本の文壇の悪い癖で、後世になれば物笑いの種である。（そう云えば近頃は、ブルジョア文学だと一も二もなくケナされる傾向がないこともない。）

しかしながら現在の日本には自然主義時代の悪い影響がまだ残っていて、安価なる告白小説体のものを高級だとか深刻だとか考える癖が作者の側にも読者の側にもあるように思う。これは矢張り一種の規矩準縄と見ることが出来る。私はその弊風を打破するために特に声を大にして「話」のある小説を主張するのである。芥川君も云っているように、恐らく日本ほど告白体小説の跋扈《ばっこ》している文壇はないであろう。小説と云うものはもともと民衆に面白い話をして聞かせるのである。源氏物語は宮廷の才女が、「何か面白い話はないか」と云う上東門院の仰せを受けて書いたものだ。シエクスピアの時代、近松西鶴の時代、春水種彦の時代も皆そうであった。近松は「国姓爺《こくせんや》合戦」が大当りを取った時、「野も山も国せんや〳〵にて御座候」と喜んでいる手紙がある。あまりギゴチなく考えずにそう云う無邪気な心持ちもあって欲しい。然るに今の文壇で面白い話は通俗的で、通俗的エコール低級と云う風に見る。そんな風潮であるからして実際にも高級なる通俗小説が極めて少い。告白小説必ずしも悪くはないが、そう云うものは全体の文芸作品の一分か二分を占めるくらいな比例であって然るべきである。作家の一生に一度はそう云う作品を書く、と云うくらいな程度が当り前である。兎にも角にも余りに窮屈な文壇ではある。のんびりとした気風のないのは敢て文壇のみではないが、此れも国民性の然らしむる所か。

こう云ったからとて私は作者に安易な道を執れとすすめるものではない。誤解をされる恐れはあるが、一と口に云えば今少し昔の芸人肌であれ、名人肌であれと云うのだ。芸術に精進する意気込みは今の作家より昔の名人上手の方が遥かに旺盛であったであろう。

○

構造的美観は云い換えれば建築的美観である。従ってその美を恣《ほしいまま》にするためには相当に大きな空間を要し、展開を要する。俳句にも構成的美観があると云う芥川君は茶室にも組み立ての面白さがあると云うだろうが、しかし其処には物が層々累々と積み上げられた感じはない。芥川君の所謂「長篇を絮々綿々《じょじょめんめん》書き上げる肉体的力量」がない。私は実に此の肉体的力量の欠乏が日本文学の著しい弱点であると信ずる。

失礼ながら私をして忌憚なく云わしむれば、同じ短篇作家でも芥川君と志賀君との相違は、肉体的力量の感じの有無にある。深き呼吸、逞しき腕、ネバリ強き腰、――短篇であっても、優れたものには何かそう云う感じがある。長篇でもアヤフヤな奴は途中で息切れがしているが、立派な長篇には幾つも幾つも事件を畳みかけて運んで来る美しさ、——蜿蜒と起伏する山脈のような大きさがある。私の構成する力とは此れを云うのである。

源氏物語は肉体的力量が露骨に現われていないけれども、優婉哀切な日本流の情緒が豊富に盛り上げられていて、首尾もあり照応もあり、成る程我が国の文学中では最も構造的美観を備えた空前絶後の作品であろう。しかし馬琴の八犬伝になると、支那の模倣であるばかりか大分土台がグラついて来る。徳川時代の歌舞伎劇の中には随分複雑な筋を弄した作品もあるが、ただ徒らに込み入っているだけで、事件の発展が自然でなく、幾何学的にシッカリ組み合わされてもいない。そのいい例は円朝の牡丹燈籠である。剪燈新話《せんとうしんわ》の牡丹燈之記は至極短篇ではあるが、あれはあれだけで纏まっていて、非常に気品の高いものである。が、それからヒントを得たと云われる牡丹燈籠は余計な筋が這入っているために興味の中心が幾つにも分れて統一がなく、場面々々の面白さが主になって、怪談としての感銘が薄く、気品もいやしくなっている。芥川君の挙げた諸作家——鏡花、白鳥、弴、正雄、春夫、浩二、寛等の諸君のうちで、構成的才能を多分に持ち合わせているのは鏡花氏だけではないだろうか。（里見君の「多情仏心」はまだ読んでいないので何とも云われぬ。）そして明治になってからの此の方面での最大の作品は恐らく紅葉の「三人妻」であろう。あれだけ立派に組み立てられた、完成された小説は日本古来の文学中にもその類が少い。

なおついでながら、西鶴は短篇作家であるけれども、ちょうどアラビアン・ナイトのように沢山の挿話から成り立っている長篇を読むような感じがある。もう何十年も前に読んだので忘れてしまったが、日本永代蔵《にっぽんえいたいぐら》や本朝桜陰比事《ほんちょうおういんひじ》の如き、話の種が滾々《こんこん》として尽きず、無尽蔵の感があるのには驚かされる。（幸田露伴博士の説に、本朝桜陰比事の作者は西鶴ではあるまいと云ってあったように思うが、それにしてもあれだけ多くの筋を考え出すことは容易でない。）

○

私には芥川君の詩的精神云々の意味がよく分らない。芥川君は、「話」らしい話のない小説とは最も詩に近いものであり、純粋なものであり、西洋で云えばジュウル・ルナアル、日本で云えば志賀直哉氏の諸短篇のようなものだと云う。そうして純粋であるか否かの一点に依って芸術家の価値は極まると云う。同君は又、「『話』らしい話のない小説を最上のものとは思っていない。……。第一僕の小説も大抵は話を持っている。」とも云う。「僕も亦今後側目《わきめ》もふらずに『話』らしい話のない小説ばかり作るつもりはない」とも云う。しかしながら、又、「僕はアナトオル・フランスの『ジャン・ダアク』よりも寧ろボオドレエルの一行を残したいと思っている一人」でもある。そうして芥川君自身はと云えば「頗る雑駁な作家である」と云う。「『話』らしい話のない小説は……あらゆる小説中、最も詩に近い小説である、」と云い、「僕の詩的精神とは最も広い意味の抒情詩で」あり、そう云うものなら何にでもあることは否定しないが、同時に通俗的興味のないものだとも云う。しかしスタンダアルの諸作の中には、詩的精神が漲り渡っているとも云う。自分自身を鞭《むちう》つと共に私を鞭ってくれると云う芥川君は「僕等は誰も皆出来ることしか出来ない。僕の持っている才能はこう云う小説を作ることに適しているかどうか疑問である。……僕の小説を作るのは小説はあらゆる文芸の形式中、最も包容力に富んでいる為に何でもぶちこんでしまわれるからである。」と云う。私は斯くの如く左顧右眄《さこうべん》している君が、果して己れを鞭っているのかどうかを疑う。少くとも私が鞭たれることは矢張り御免蒙りたい。

　畢竟するに、詮じ詰ればおのおの体質の相違と云うことになりはしまいか。言辞蕪雑、或いは礼を失したかも知れぬが、そこは平素の心安だてに赦して頂く。

○

「雑駁なことは純粋なことに若《し》かない」のは勿論である。しかしゲエテが古今の大詩人である大半の理由が雑駁なことにあると云うのは、少しく見当違いではないか。ゲエテの偉いのはスケールが大きくて猶且純粋性を失わないところにある。包容力の大きいのと雑駁とは違う。われらがゲエテに頭が下るのは「箱船の乗り合い」の如くあらゆるものが抛り込まれてありながら、毫も雑駁な騒々しい感じを与えず、それぞれ整然と収まるべき所に収まっている端正な姿にある。いったい独逸文学は思想の重みが勝ち過ぎて柔かみが乏しく、何処か窮屈なトゲトゲしい気持ちがあるので、どうも私には肌に合わないが、ひとりゲエテにはその風がない。真に悠々たる大河の如く、入江となり、奔湍となり、深淵となり、湖水となりして、千変万化しながらも、全体としては極めてゆるやかに、のんびりと流れつつある。その文章は秋霜烈日の気を裏《うち》に蔵しつつ、春風駘蕩たる雅致を以て外を包んでいる。紅葉山人のようなのどかさと流麗さがあって、而もストリンドベルクの如き鋭さと激しさとを底に隠しているのである。バルザックは圧倒的であるけれども幾分か鬼面人を喝《かっ》するような気味合いがあり、ドストイエフスキーは深刻であるけれども焦燥の嫌いが多分にある。ただゲエテのみは焦らず騒がず、天の成せる麗質をそのままそこへ投げ出して、森厳なる容貌に微笑を湛えているようである。品格に於てはトルストイと雖《いえども》到底及ばない。われわれの如き群小の徒は大山岳に打つかった如く、筆を投じて浩歎之《こうたんこれ》を久しゅうするばかりである。

◯

いったい東洋では、小説は外の文学に比べて卑しいものとされていたので、そのために発達しなかったのは惜しいことである。小説を単に婦女子の読み物とせず、書く方でも此れを男子一生の仕事とし、士君子が此れに携わるのを恥としなかったならば、そうして西洋のように政治問題や社会問題をテーマとして取り扱うような風潮にあったならば、随分立派な人物が傑れた作物を遺していただろうと思う。さしずめ日本外史や靖献遺言《せいけんいげん》の著者などは、きっと小説を書いたであろうし、又その方が、あの漢文の歴史よりは人心に訴うるところも多く、寿命も長かったであろう。日本外史は日本流の漢文としてはなかなかな名文だそうだけれども、私はちっともいいと思わない。同じ場面の描写でも、平家物語の和文の方がずっと繊細で生き生きとしている。山陽ほどの才人が何のために骨を折って、わざわざ支那の借り物の漢字ばかりで書いたのであろう。おまけに日本流の漢文にしたとは尚更おかしい。ほんとうの英語ではむずかしいから、ジャパニーズ・イングリッシュにしたと云うようなものである。そのくらいならなぜ一歩進めて国文で書かなかったのか、考えて見ると無駄な努力をしたものではある。こんな馬鹿馬鹿しい精力の濫費が、山陽以外にも沢山あったに違いない。そこへ行くと国文で書かれた藩翰譜《はんかんふ》や読史余論はさすがに立派で、今日になっても猶光輝を失わない。その文章の簡潔にして明確な点は森鷗外氏の歴史小説を想い出させる。鷗外氏やバアナアド・ショウのように、白石や徂徠《そらい》のような人物が創作に従事していたら、可なり異色のあるものが出来たかも知れない。返す返すも惜しい気がする。

○

むかしむかし更級《さらしな》日記の作者菅原孝標《たかすえ》の女《むすめ》は、十二の頃上総《かずさ》の国の国府にいて、「つれづれなるひるま、宵居などに、姉まま母などやうの人人の、その物語かの物語光源氏のあるやうなところどころ語るを聞くにいとどゆかしさまされど我が思ふままにそらにいかでかはおぼえ語らむ。いみじくも心もとなきままに等身に薬師仏をつくりて、手あらひなどして、人まにみそかに入りつつ、『京にとくあげ給ひて、物語の多く候ふなる、あるかぎり見せたまへ』と身を捨てて額をつき祈り申すほどに云云」と云っている。それから後年都へ上って、漸く人からいろいろの物語を借りて読むことが出来た。そうして「源氏の五十余巻、櫃に入りながら、ざい中将、とほぎみ、せりかは、しらら、あさうづなどいふ物語ども一袋とり入れて得て帰る心地の嬉しさぞいみじきや。はしるはしるわづかに見つつ心も得ず心もとなく思ふ源氏を、一の巻よりして人もまじらず几帳のうちに打ち臥して引き出でつつ見る心地、后の位も何にかはせむ」と喜んでいる。「夢にいと清げなる僧の、黄なる地の袈裟着たるが来て、『法華経五の巻をとく習へ』といふと見れど、人にも語らず習はむとも思ひかけず、物語のことをのみ心にしめて、我は此の頃わろきぞかし、さかりにならば形も限りなくよく、髪もいみじく長くなりなむ。光《ひかる》の源氏の夕顔宇治の大将浮舟の女君のやうにこそあらめと思ひける心、まづいとはかなくあさまし。」などとも云っている。こうして見ると文学少女の心持ちは昔も今も変りはないが、小説が読みたさに等身の薬師仏を造って祈ると云うのはさすがに平安朝である。それにあの時代の物語類は教育のある上流社会の読み物として、そう卑しまれてはいなかったようだ。従って小説道も一時は非常に進歩していたに違いなく更級日記の作者が読んだ「とほぎみ」、「せりかは」、「しらら」、「あさうづ」など云う作品は後世に伝わっていないけれども、随分その数も多かったであろう。今に残っている「堤中納言物語」の如きは実に気の利いた好個の短篇集で、腕に覚えのある作者でなければなかなか書けるものでない。「月にはかられて夜深く起きにけるも、思ふらむ所いとほしけれど、立ち帰らむも遠きほどなれば、やうやう行くに、小家などに例《いつ》おとなふものも聞えず、隈なき月に、ところどころの花の木どもも偏へに紛ひぬべくかすみたり。」と云う「花桜折る少将」の書き出し、「春の物とて詠《なが》めさせ給ふ昼つ方、台盤所なる人人、『宰相中将こそ参り給ふなれ。例の御にほひ、いとしるく』などいふほどに突《つい》居給ひて、……」とある「このついで」の書き出しなど、いきなり事件の中心へ筆を落している心にくさ、志賀君や里見君の短篇に似た鋭さがある。こう云う調子で発達して行ったら、日本の小説道は大したものになったであろうに、鎌倉時代以後却って反対に衰えてしまったのはどう云う訳か。現世的、享楽的な王朝時代の仏教が衰えて、禅宗や宋学が這入って来た影響であろうか。（つづく）

『改造』昭二・六月号

文芸的な、余りに文芸的な

芥川龍之介

二十九　再び谷崎潤一郎氏に答う

僕は谷崎潤一郎氏の「饒舌録」を読み、もう一度この文章を作る気になった。勿論僕の志も谷崎君にばかり答えるつもりではない。しかし私心を挟《さしはさ》まずに議論を闘わすことの出来る相手は滅多に世間にいないものである。僕はその随一人を谷崎潤一郎氏に発見した。これは或は谷崎氏は難有《ありがた》迷惑であると云うかも知れない。けれども若し点心並みに僕の議論を聞いて貰えれば、それだけでも僕は満足するのである。

不滅なるものは芸術ばかりではない。僕等の芸術論も亦不滅である。僕等はいつまでも芸術とは？　云々のことを論じているであろう。こう云う考えは僕のペンを鈍らせることは確かである。けれども僕の立ち場を明らかにする為に暫く想念《イデエ》のピンポンを弄ぶとすれば、――

(1)　僕は或は谷崎氏の言うように左顧右眄《さこうべん》しているかも知れない。いや、恐らくはしているであろう。僕は如何なる悪縁か、驀地《まっしぐら》に突進する勇気を欠いている。しかも稀にこの勇気を得れば、大抵何ごとにも失敗している。「話」らしい話のない小説などと言い出したのも或はこの一例かも知れない。しかし僕は谷崎氏も引用したように「純粋であるか否かの一点に依って芸術家の価値は極まる」と言ったのである。これは勿論「話」らしい話のない小説を最上のものとは思っていない云々の言葉とは矛盾しない。僕は小説や戯曲の中にどの位純粋な芸術家の面目のあるかを見ようとするのである。(「話」らしい話を持っていない小説――たとえば日本の写生文派の小説はいずれも純粋な芸術家の面目を示しているとは限っていない。)「詩的精神云々の意味がよく分らない」と言った谷崎氏に対する答はこの数行に足りている筈である。

(2)　谷崎氏の所謂「構成する力」は僕にも理解出来たように感じている。僕も亦日本の文芸に――殊に現世の文芸にこう云う力の欠けていることを必しも否むものではない。しかし若《も》し谷崎君の言うようにこう云う力の現れるのは必しも長篇に限らないとすれば、前に僕の挙げた諸作家もやはりこう云う力を持ち合せている。尤もこれは比較的な問題であるから、或標準の上に立って有無を論じても仕かたはないであろう。なお又僕の志賀直哉氏に及ばないのを「肉体的力量の感じの有無にある」と云うのは全然僕には賛成出来ない。谷崎氏は僕自身よりも更に僕を買い冠っている。「僕等は僕等自身の短所を語るものではない。僕等自身語らずとも他人は必ず語ってくれるものである。」メリメエは彼の書簡集の中にこう云う老外交家の言葉を引用した。僕も亦この言葉を少くとも部分的に守るつもりである。

(3)「ゲエテの偉いのはスケールが大きくて猶且純粋性を失わないところにある」と言う谷崎氏の言葉は中《あた》っている。これは僕にも異存はない。しかし雑駁である大詩人はあっても、純粋でない大詩人はない。従って大詩人を大詩人たらしめるものは、——少くとも後代に大詩人の名を与えしめるものは雑駁であることに帰着している。谷崎氏は「雑駁な」と云う言葉を下品に感じているのであろう。それは僕等の趣味の相違である。僕はゲエテに「雑駁な」と云う言葉を与えた。しかしそこには必しも「騒々しい感じ」を含んでいない。若し谷崎氏の語彙に従うとすれば、「包容力の大きい」と云う言葉と同意味にしても善いのである。唯この「包容力の大きい」と云うことは古来の詩人を評価する上に余り重大視されていはしないであろうか? ボオドレエルやラムボオを大詩人とする一群《ひとむれ》はユウゴオの上に円光をかけない。僕は彼等の心もちに少からず同情している。(元来ゲエテは僕等の嫉妬を煽動する力を具えている。同時代の天才に嫉妬を示さない詩人たちさえゲエテに欝憤を洩らしているのは少くない。しかし僕は不幸にも嫉妬を示す勇気もないものである。ゲエテは伝記の教える所によれば、原稿料や印税の外にも年金や仕送りを貰っていた。彼の天才は暫く問わず、その又天才を助長した境遇や教育も暫く問わず、最後に彼のエネルギイを生んだ肉体的健康も暫く問わず、これだけでも羨しいと思うものは恐らく僕一人に限らないであろう。）

(4)　これは谷崎氏に答えるのではない。僕等二人の議論の相違は「おのおの体質の相違になりはしないか」と云う谷崎氏の言葉に対し、ちょっと感慨を洩らしたいのである。谷崎氏の愛する紫式部は彼女の日記の一節に「清少納言こそ、したり顔にいみじう侍りける人、さばかり賢《さか》しだち、まなかきちらして侍るほども、よく見れば、まだいと堪へぬことおほかり。かく人にことならんと思ひ好める人は、かならず見おとりし、行く末うたてのみ侍れば、……もののあはれにすすみ、をかしきとも見すぐさぬほどに、おのづからさるまじく、あだなるさまにもなるに侍るべし。そのあだになりぬる人のはて、いかでかはよく侍らん」と云う言葉を残した。僕は男魂隆々たる清家の少女を以て任ずるものではない。けれどもこの文章を読み、（紫式部の科学的教養は体質の相違に言及するほど進歩していなかったにしろ）はるかに僕を戒めている谷崎氏を感じずにはいられなかった。今再び谷崎氏に答えるのに当り、こう云う感慨を洩らすのは議論の是非を暫く問わず、「饒舌録」の文章のリズムの堂々としている為ばかりではない。往年深夜の自動車の中に僕の為に芸術を説いた谷崎潤一郎氏を思い出したからである。

三十　「野性の呼び声」

僕は前に光風会に出たゴオガンの「タイチの女」（?）を見た時、何か僕を反撥するものを感じた。装飾的な背景の前にどっしりと立っている橙色の女は視覚的に野蛮人の皮膚の匂を放っていた。それだけでも多少辟易した上、装飾的な背景と調和しないことにも不快を感じずにはいられなかった。美術院の展覧会に出た二枚のルノアルはいずれもこのゴオガンに勝っている。殊《こと》に小さい裸女の画などはどの位シャルマンに出来上っていたであろう。――僕はその時はこう思っていた。が、年月の流れるのにつれ、あのゴオガンの橙色の女はだんだん僕を威圧し出した。それは実際タイチの女に見こまれたのに近い威力である。しかもやはりフランスの女も僕には魅力を失ったのではない。若し画面の美しさを云々するとすれば、僕は未にタイチの女よりもフランスの女を採りたいと思っている。

……

僕はこう云う矛盾に似たものを文芸の中《うち》にも感じている。更に又諸家の文芸評論の中にもタイチ派とフランス派とのあるのを感じている。ゴオガンは、――少くとも僕の見たゴオガンは橙色の女の中に人間獣の一匹を表現していた。しかも写実派の画家たちよりも更に痛切に表現していた。或文芸批評家は――たとえば正宗白鳥氏は大抵この人間獣の一匹を表現したかどうかを尺度にしている。が、或文芸批評家は、――たとえば谷崎潤一郎氏は大抵人間獣の一匹よりも人間獣の一匹を含んだ画面の美しさを尺度にしている。（尤も諸家の文芸評論の尺度は必しもこの二者に限っていない。実践道徳的尺度もあれば、社会道徳的尺度もあることは確かである。しかし僕はそれ等の尺度に余り興味を持っていない。のみならず持っていないことも不思議ではないと信じている。）勿論タイチ派は必しもフランス派と両立しないものではない。両者の差別はこの地上に生じた、あらゆる差別のように朦朧《もうろう》としている。が、暫く両端を挙げれば、両者の差別のあることだけは兎に角一応は認めなければならぬ。

所謂ゲエテ・クロオチェ・スピンガアン商会の美学によれば、この差別も「表現」の一語に霧のように消えてしまうであろう。しかし或作品を仕上げる上には度たび僕等を、――或は僕を岐路に立たせることは事実である。古典的作家は巧妙にもこの岐路を一度に歩いて行った。彼等に僕等群小の徒の及ぶことの出来ないのは恐らくはそこにあるのであろう。ルノアルは、――少くとも僕の見たルノアルはこう云う点ではゴオガンよりも古典的作家に近いのかも知れない。けれども橙色の人間獣の牝は何か僕を引き寄せようとしている。こう云う「野性の呼び声」を僕等の中に感ずるものは僕一人に限っているのであろうか？

僕は僕と同時代に生まれた、あらゆる造形美術の愛好者のようにまずあの沈痛な力に満ちたゴオグに傾倒した一人だった。が、いつか優美を極めたルノアルに興味を感じ出した。それは或は僕の中にある都会人の仕業だったかも知れない。同時に又ルノアルを軽蔑する当時の愛好者の傾向につむじを曲げたこともない訣ではなかった。けれども十年あまりたって見ると、——立派に完成したルノアルは未だに僕を打たない訣ではない。しかしゴオグの糸杉や太陽はもう一度僕を誘惑するのである。それは橙色の女の誘惑とは或は異っているかも知れない。が、何か切迫したものに言わば芸術的食慾を刺戟されるのは同じことである。何か僕等の魂の底から必死に表現を求めているものに。——

しかも僕はルノアルに恋々の情を持っているように文芸上の作品にも優美なものを愛している。「エピキュウルの園」を歩いたものは容易にその魅力を忘れることは出来ない。殊に僕等都会人はその点では誰よりも弱いのである。プロレタリア文芸の呼び声も勿論僕を動かさないのではない。が、それよりもこの問題は根本的に僕を動かすのである。純一無雑になることは誰にも恐らくは困難であろう。しかし兎に角外見上でも僕の知っている作家たちの中にはこの境涯にいる人もない訣ではない。僕はいつもこう云う人々に多少の羨望を感じている。……

僕は誰かの貼った貼り札によれば、所謂「芸術派」の一人になっている。（こう云う名称の存在するのは、同時に又こう云う名称を生んだ或雰囲気の存在するのは世界中に日本だけであろう。）僕の作品を作っているのは僕自身の人格を完成する為に作っているのではない。況や現世の社会組織を一新する為に作っているのではない。唯僕の中の詩人を完成する為に作っているのである。或は詩人兼ジャアナリストを完成する為に作っているのである。従って「野性の呼び声」も僕には等閑に附することは出来ない。

或友人は森先生の詩歌に不満を洩らした僕の文章を読み、僕は感情的に森先生に刻薄であると云う非難を下した。僕は少くとも意識的には森先生に敵意などは持っていない。いや、寧ろ森先生に心服している一人であろう。しかし僕の森先生にも羨望を感じていることは確かである。森先生は馬車馬のように正面だけ見ていた作家ではない。しかも意力そのもののように一度も左顧右眄したことはなかった。「タイイス」の中のパフヌシュは神に祈らずに人の子だったナザレの基督に祈っている。僕のいつも森先生に近づき難い心もちを持っているのは或はこう云うパフヌシュに近い歎息を感じている為であろう。

三十一　「西洋の呼び声」

僕はゴオガンの橙色の女に「野性の呼び声」を感じている。しかし又ルドンの「若き仏陀」（土田麦僊氏所蔵？）に「西洋の呼び声」を感じている。この「西洋の呼び声」もやはり僕を動かさずには措かない。谷崎潤一郎氏も谷崎氏自身の中《うち》に東西両洋の相剋《そうこく》を感じている。しかし僕の「西洋の呼び声」と云うのは或は谷崎氏の「西洋の呼び声」とは多少異っているかも知れない。僕はその為に僕の感じる「西洋」のことを書いて見ることにした。

「西洋」の僕に呼びかけるのはいつも造形美術の中からである。文芸上の作品は――殊に散文は存外この点では痛切ではない。それは一つには僕等人間は人間獣であることに東西の差別の少ない為であろう。(最も手近な例を引けば、某医学博士の或少女を凌辱したのは全然神父セルジウスの百姓の娘に対したのと異らない男性の心理である。)それから又僕等の語学的素養は文芸上の作品の美を捉える為には余りに不完全である為であろう。僕等は、——少くとも僕は紅毛人の書いた詩文の意味だけは理解出来ないことはない。が、僕等の祖先の書いた詩文——たとえば凡兆の「木の股のあでやかなりし柳かな」に対するほど、一字一音の末に到るまで舌舐めずりをすることは出来ないのである。西洋の僕に呼びかけるのに造形美術を通しているのは必しも偶然ではないかも知れない。

この「西洋」の底に根を張っているものはいつも不可思議なギリシアである。水の冷暖は古人も言ったように飲んで自知する外に仕かたはない。不可思議なギリシアも亦同じことである。僕は最も手短かにギリシアを説明するとすれば、日本にもあるギリシア陶器の幾つかを見ることを勧めるであろう。或は又ギリシア彫刻の写真を見ることを勧めるであろう。それ等の作品の美しさはギリシアの神々の美しさである。或は飽くまでも官能的な、——言わば肉感的な美しさの中に何か超自然と言う外はない魅力を含んだ美しさである。この石に滲みこんだ麝香《じゃこう》か何かの匂のように得体の知れない美しさは詩の中にもやはりないことはない。僕はポオル・ヴァレリを読んだ時、(紅毛の批評家は何と言うか知れない。）ボオドレエルの昔からいつも僕を動かしていたこう云う美しさに邂逅《かいこう》した。しかし最も直接に僕にこのギリシアを感じさせたのは前に挙げた一枚のルドンである。……

　ギリシア主義とヘブライ主義との思想上の対立はいろいろの議論を生じている。が、僕はそれ等の議論には余り興味を持っていない。唯街頭の演説に耳を傾けるように聞いているだけである。しかしこのギリシア的な美しさはこう云う問題に門外漢の僕にも「恐しい」と言っても差支えない。僕はここにだけ――このギリシアにだけ僕等の東洋に対立する「西洋の呼び声」を感じるのである。貴族はブウルジョアに席を譲ったであろう。ブウルジョアも亦プロレタリアに早晩席を譲るであろう。けれども西洋の存する限り、不可思議なギリシアは必ず僕等を、――或は僕等の子孫たちを引き寄せようとするのに違いない。

　僕はこの文章を書いているうちに古代の日本に渡って来たアッシリアの竪琴を思い出した。大いなる印度は僕等の東洋を西洋と握手させるかも知れない。しかしそれは未来のことである。西洋は――最も西洋的なギリシアは現在では東洋と握手していない。ハイネは「流《る》謫《たく》の神々」の中に十字架に逐われたギリシアの神々の西洋の片田舎に住んでいることを書いた。けれどもそれは片田舎にもしろ、兎に角西洋だったからである。彼等は僕等の東洋には一刻も住んではいられなかったであろう。西洋はたといヘブライ主義の洗礼を受けた後にもしろ、何か僕等の東洋と異った血脈を持っている。その最も著しい例は或はポルノグラフィイにあるかも知れない。彼等は肉感そのものさえ僕等と趣を異にしている。或人々は千九百十四五年に死んだドイツの表現主義の中に彼等の西洋を見出している。それから又或人々は——レムブラントやバルザックの中に彼等の西洋を見出している人々も勿論多いことであろう。現に秦豊吉氏などはロココ時代の芸術に秦氏の西洋を見出している。僕はこう云う種々の西洋を西洋ではないと言うのではない。しかしそれ等の西洋のかげにいつも目を醒ましている一羽の不死鳥——不可思議なギリシアを恐れているのである。恐れている？——或は恐れているのではないかも知れない。けれども妙に抵抗しながら、やはりじりじりと引き寄せられる動物的磁気に近いものを感じない訣には行かないのである。

僕は若し目をつぶれるとすれば、こう云う「西洋の呼び声」には目をつぶりたいと思っている。しかし目をつぶることは必しも僕の自由にはならない。僕はつい四五日前の夜に室生犀星氏や何かと一しょに久しぶりにパイプを啣《くわ》えながら、若い人たちと話している中《うち》に十年余りも忘れていたボオドレエルの一行を思い出した。（それは僕には実験心理的にも興味のある事実だったのに違いない。）それから不可思議な荘厳に満ちた一枚のルドンを思い出した。

この「西洋の呼び声」もやはり「野性の呼び声」のように僕をどこかへつれて行こうとしている。アポロに対するディオニソスに彼の偶像を発見した「ツァラトストラ」の詩人は幸福だった。現世の日本に生まれ合せた僕は文芸的にも僕自身の中に無数の分裂を感ぜざるを得ない。それも或は僕一人に、――何ごとにも影響を受け易い僕一人に限っていることであろうか？　僕はこの不可思議なギリシアこそ最も西洋的な文芸上の作品を僕等の日本語に飜訳することを遮《さまた》げているのではないかと思っている。或は僕等日本人の正確に理解することさえ（語学上の障害は暫らく問わず）遮げているのではないかと思っている。一枚のルドンは、――いや、いつかフランス美術展覧会に出ていたモロオの「サロメ」（？）さえこう云う点では僕に東西を切り離した大海を想わせずには措かなかった。この問題を逆にすれば、紅毛人の漢詩を理解しないのも当然であると言わなければならぬ。僕は大英博物館に一人の東洋学者のいることを聞き嚙っている。しかし彼の漢詩の英訳は少くとも僕等日本人には原作の醍醐味を伝えていない。のみならず彼の漢詩論も盛唐を貶《おと》して漢魏を揚げたのは万人の説を破っているにもせよ、やはり僕等日本人には容易に首肯することは出来ないのである。ピカソは黒んぼの芸術に新らしい美しさを発見した。けれども彼等の東洋的芸術に――たとえば大愚良寛の書に新らしい美しさを発見するのはいつであろう。

三十二　批評時代

批評や随筆の流行は即ち創作の振わない半面を示したものである。――これは僕の議論ではない。佐藤春夫氏の議論である。(「中央公論」五月号所載)同時に又三宅幾三郎氏の議論である。(「文芸時代」五月号所載)僕は偶然軌を一にした両氏の議論に興味を感じた。両氏の議論は中っているであろう。今日の作家たちは佐藤氏の言うように疲れているのに違いない。(尤も「僕は疲れていない」と主張する作家は例外である。)或は休みない制作の為に、(世界に日本の文壇ほど濫作を強いる所はない。)或は又身辺の雑事の為に、或は又争い難い年齢の為に、或は又、――事情はいろいろ変っているにしても、兎に角多少は疲れているであろう。現に紅毛の作家たちの中にも晩年には批評のペンを執って閑を潰したものも少くはなかった。……

佐藤氏はこの批評時代に一層根本的なものに触れることを必要であると力説している。三宅氏の「第一義的の批評」を要求するのも恐らくは佐藤氏と大差ないであろう。僕も亦各人の批評のペンにも血の滴ることを望んでいる。何を批評上では第一義的とするか？――それは各人各説かも知れない。その又各人各説であることに所謂「真の批評」の出現する事実上の困難はあるのかも知れない。しかし僕等は各人各説でも兎に角僕等の信条や疑問を叩きつける外はないのである。現に正宗白鳥氏は「文芸評論」や「ダンテに就いて」の中に立派にこう云う仕事をした。正宗氏の議論は批評的に多少の欠点を数え得るかも知れない。しかし後代の人々はいつかラッサアレも言ったように「我々の過失を咎めるよりも我々の情熱を諒とするであろう。」

三宅氏は又「批評をも全々（原）小説家の手に委ねておく事は、寧ろ文学の進歩発展を渋滞させる恐れがある」と言っている。僕はこの言葉を読んだ時、「詩人は彼自身の中に批評家を持っている。が、批評家は彼自身の中に詩人を持っているとは限らない」と云うボオドレエルの言葉だった。実際詩人は彼自身の中に批評家を持っているのに違いない。が、その批評家は彼の批評を「批評」と云う文芸上の或形式に完成する力を持っているかどうか？――それは又おのずから別問題である。三宅氏の所謂「真の批評家」の出現することを望むものは必しも僕ばかりに限らないであろう。

唯日本のパルナスは或因襲に捉われている。たとえば詩人室生犀星氏の小説や戯曲を作る時にはそれ等は決して余技ではない。しかし小説家佐藤春夫氏の時々詩を作る時にはそれは不思議にも余技である。（僕はいつか佐藤氏自身の「僕の詩は決して余技ではない」と憤慨していたのを覚えている。）若し「小説家万能」の言葉に相当する事実を数えるとすれば、これこそ正にその一つであろう。小説家兼批評家の場合もやはりこの事実と同じことである。僕は「鷗外全集」第三巻を読み、批評家鷗外先生の当時の「専門的批評家」を如何に凌駕しているかを知った。同時に又こう云う批評家のない時代の如何に寂しいものであるかを知った。若し明治時代の批評家を数えるとすれば、僕は森先生や夏目先生、と一しょに子規居士を数えたいと思っている。東京の悪戯《いたずら》っ児斎藤緑雨は右に森先生の西洋の学を借り、左に幸田先生の和漢の学を借りたものの、畢《つい》に批評家の域にはいっていいない。(しかし僕は随筆以外に何も完成しなかった斎藤緑雨にいつも同情を感じている。緑雨は少くとも文章家だった。)けれどもそれは余論である。……

批評家だった森先生は自然主義の文芸の興った明治時代の準備をした。(しかも逆説的な運命は自然主義の文芸の興った時代には森先生を反自然主義者の一人にした。それは或は森先生の目はもっと遠い空を見ていたからかも知れない。しかし兎に角明治二十年代にゾラやモオパスサンを云々した森先生さえ反自然主義者の一人になったのは逆説的であると言わなければならぬ。)僕は若し当代も批評時代と呼ばれるとすれば、——三宅氏は「吾々は来る可き日本文学の隆盛期に対して、殆ど絶望を感じないか」と言っている。若し仕合せにもこの言葉は三宅氏一人の感慨だったとすれば、僕等はどの位安んじて新来の作家たちを待てるであろう。或は又どの位不安になって新来の作家たちを待てるであろう。

所謂「真の批評家」は籾《もみ》を米から分つ為に批評のペンを執るであろう。僕も亦時々僕自身の中にこう云うメシア的欲望を感じている。しかし大抵は僕自身の為に——僕自身を理智的に歌い上げる為に書いているのに過ぎない。批評も亦僕にはその点では殆ど小説を作ったり発句を作ったりするのと変らないのである。僕は佐藤、三宅両氏の議論を読み、僕の批評に序文をつける為にとりあえずこの文章を艸《そう》することにした。

追記。僕はこの文章を書き終った後、堀木克三氏の啓発を受け、宇野浩二氏も批評の名に「文芸的な、余りに文芸的な」を使っていることを知った。僕は故意に宇野氏の真似をしたのでもなければ、なお更プロレタリア文芸に対する共同戦線などにするつもりではない。唯文芸上の問題ばかりを論ずる為に漫然とつけたばかりである。宇野氏も恐らくは僕の心もちを諒としてくれることであろう。

三十三　新感覚派

「新感覚派」の是非を論ずることは今は既に時代遅れかも知れない。が、僕は「新感覚派」の作家たちの作品を読み、その又作家たちの作品に対する批評家たちの批評を読み、何か書いて見たい欲望を感じた。

少くとも詩歌は如何なる時代にも「新感覚派」の為に進歩している。「芭蕉は元禄時代の最大の新人だった」と云う室生犀星氏の断案は中っているのに違いない。芭蕉はいつも文芸的にはいやが上にも新人になろうと努力をしていた。小説や戯曲もそれ等の中に詩的要素を持っている以上、――広い意味の詩歌である以上、いつも「新感覚派」を待たなければならぬ。僕は北原白秋氏の如何に「新感覚派」だったかを覚えている。（「官能の解放」と云う言葉は当時の詩人たちの標語だった。）同時に又谷崎潤一郎氏の如何に「新感覚派」だったかを覚えている。……

僕は今日の「新感覚派」の作家たちにも勿論興味を感じている。「新感覚派」の作家たちは、――少くともその中の論客たちは僕の「新感覚派」に対する考えなどよりも新らしい理論を発表した。が、それは不幸にも十分に僕にはわからなかった。唯「新感覚派」の作家たちの作品だけは、――それも僕にはわからないのかも知れない。僕等は作品を発表し出した頃、「新理智派」とか云う名を貰った。（尤も僕等の僕等自身はこの名を使わなかったのは確かである。）しかし「新感覚派」の作家たちの作品を見れば、僕等の作品よりも或意味では「新理智派」に近いと言わなければならぬ。では或意味とは何かと言えば、彼等の所謂感覚の理智の光を帯びていることである。僕は室生犀星氏と一しょに碓氷《うすい》山上の月を見た時、突然室生氏の妙義山を「生姜《しょうが》のようだね」と云ったのを聞き、如何にも妙義山は一塊の根生姜にそっくりであることを発見した。この所謂感覚は理智の光を帯びていない。が、彼等の所謂感覚は、――たとえば横光利一氏は僕の為に藤沢桓夫氏の「馬は褐色の思想のように走って行った」（?）と云う言葉を引き、そこに彼等の所謂感覚の飛躍のあることを説明した。こう云う飛躍は僕にも亦全然わからない訣ではない。が、この一行は明らかに理智的な聯想の上に成り立っている。彼等は彼等の所謂感覚の上にも理智の光を加えずには措かなかった。彼等の近代的特色は或はそこにあるのであろう。けれども若し所謂感覚のそれ自身新しいことを目標とすれば、僕はやはり妙義山に一塊の根生姜を感じるのをより新しいとしなければならぬ。恐らくは江戸の昔からあった一塊の根生姜を感じるのを。

「新感覚派」は勿論起らなければならぬ。それも亦あらゆる新事業のように（文芸上の）決して容易に出来るものではない。僕は「新感覚派」の作家たちの作品に、――と云うよりも彼等の所謂「新感覚」に必しも敬服し難いことは前に書いた通りである。が、彼等の作品に対する批評家たちの批評も亦恐らくは苛酷に失しているであろう。「新感覚派」の作家たちは少くとも新らしい方向へ彼等の歩みを運んでいる。それだけは何びとも認めなければならぬ。この努力を一笑してしまうのは単に今日「新感覚派」と呼ばれる作家たちに打撃を与えるばかりではない。彼等の今後の成長の上にも、引いては彼等の後に来る「新感覚派」の作家たちのしっかりと目標を定める上にもやはり打撃を与えるであろう。それは勿論日本の文芸を伸び伸びと進歩させる所以《ゆえん》ではあるまい。

しかし何と呼ばれるにもせよ、所謂「新感覚」を持った作家たちは必ず今後も現れるであろう。僕はもう十年あまり前、確か久米正雄氏と一しょに「草土社」の展覧会を見物した後、久米氏の「この庭の檜の木を見ても、「草土社」的に見えるのは不思議だよ」と感心していたことを覚えている。「草土社」的に見えるのは正に十年あまり以前の所謂「新感覚」の為に外ならなかった。こう云う所謂「新感覚」を明日の作家たちに期待するのは必しも僕の早計ばかりではあるまい。

若し真に文芸的に「新しいもの」を求めるとすれば、それは或はこの所謂「新感覚」の外にないかも知れない。（新しいことなどは何でもないと云う議論は勿論この問題の埒外にある訣である。）所謂「目的意識」を持った文芸さえ「目的意識」そのものの新旧を暫く問わないとすれば、（たとい新旧を問ったとしても、バアナアド・ショウの現れたのは千八百九十年代である。）実は大勢の前人の歩いて行った道である。況や僕等の人生観は、――恐らくは「いろは骨牌《がるた》」の中に悉く数え上げられていることであろう。のみならずそれ等の新旧は文芸的な――或は芸術的な新旧ではない。

僕は所謂「新感覚」の如何に同時代の人々に理解されないかを承知している。たとえば佐藤春夫氏の「西班牙《スペイン》犬《いぬ》の家」は未だに新しさを失っていない。況や同人雑誌「星座」（?）に掲げられた頃はどの位新しかったことであろう。しかしこの作品の新しさは少しも文壇を動かさずにしまった。僕は或はその為に佐藤氏自身さえこの作品の新しさを――引いてはこの作品の価値を疑っていはしなかったかと思っている。こう云う事実は日本以外にも勿論未だに多いことであろう。しかし殊に甚しいのは僕等の日本ではないであろうか？

『改造』昭二・六月号

饒舌録（感想）

谷崎潤一郎

大正十二年に罹災民となって流れて来てから、すっかり関西に居着いてしまって、そのせいかだんだん上方《かみがた》が好きになって来る。気候はよし、食い物はうまし、人の心ものんびりとしていて関東よりは住み心地がよく、このくらいならなぜもっと早く来なかったかと、今ではそう思うほどである。それで拠《よ》ん所ない用事でもなければめったに東京へは行く気にはなれない。たまに出て行くと昔の友達が待ち構えていて、彼方此方へ招待されて御馳走になるが、酒や食い物がまずいので一向舌の保養にはならず、東京と云う所はこうもひどい田舎だったかと今更のように驚ろかれる。ただ関西には昔馴染みの友達がいないのが寂しいけれども、私はそれほど友達を恋いしがるたちでもないから、いなければいないで済まして行かれる。此方にいる方がうるさい訪問客がないので、却って都合のいい点もある。そう云う訳で東京の方には何の未練もないのだが、ここに一つ難を云えば、関西にいると芝居のいいのを見ることが出来ない。活動写真も亜米利加物は来るけれども、欧羅巴物はさっぱり来ない。つまり「食うもの」には事を欠かないが、「見るもの」が不足である。

　ぜんたい私はそんなに芝居好きでもなく、関東にいた時分だって毎月欠かさず見に行くほどではなかったのだが、さて関西へ来てしまって見ようと思う時に見られないとなると、無闇に見たくなるものである。大阪にだって芝居がないことはないじゃないかと云う人もあろうが、いくら上方カブレがしてもどうもあれまではカブレられない。鴈治郎は東京で二三度見たけれども、いいと思ったのは河庄の紙治の花道の出だけである。昔高等学校の頃、故大貫晶川と一緒に歌舞伎座へ鴈治郎を見に行き、あの揚げ幕から紙屋治兵衛が出て来る形が「魂抜けてとぼとぼと」と云う心持ちをそっくりそのまま表わしているので、その時はちょっと感心させられたが、幕が進むに従って技巧がうるさくコセコセしていて、余計な詮鑿《せんさく》や穿き違えが多く、することなすこと悉く花道の印象を打ち壊してしまった。得意の出し物だと云われる「引窓」も見たが、これなどは一層下らない。大阪人はあれを名優名優と持て囃すので、当人もその気になり、ハタの者も大物扱いにするものだから、自然何となくふくらみが出来、大きい感じがするようなものの、脚本の解釈も幼稚であり、技巧の種類も底が知れていて単純であり、あのくらいの頭と腕なら東京の俳優にはいくらでもありそうに思える。単純でも生一本な美しさ、古典的の厳かさがあれば別だが、単純な癖にイヤに末梢神経的で濁っているのは遣り切れない。鰹の塩辛ならばいいが鴈治郎のは餡ころ餅の塩辛である。これを喰わされては顔を顰めずにはいられない。

鴈治郎にして猶且然りだから、鴈治郎ほどのふくらみや円みのないその余の若輩に至っては、嘸《さぞ》かし嫌味であろうと思う。さればと云って勘弥や猿之助に拮抗するほどの頭脳あり野心ある青年俳優も見当らない。従って旧劇も駄目、新劇も駄目である。歌舞伎俳優以外の劇団では宝塚に国民座とか云うものがあるが、これとて築地小劇場のような真面目なものでも高級なものでもないらしい。そこで私は、東京へ行くと舌の保養をあきらめて眼の保養をすることにしている。「今日は何処其処の料理を御馳走しましょう」と云われると、「そのくらいなら芝居を御馳走して下さい」と云う。大阪にだって東京の役者が来ることは来るが、困ったことには私が一番好きなのは菊五郎なのである。この人は先年一二度宝塚へ来たけれども、どう云う訳か東京で見るほど面白くなく、それに上方は嫌いと見えてもうあれっきりやって来ない。中車、梅幸、吉右衛門が見られても、菊五郎が見られなければ私に取っては芝居がないのも同然である。上方にうまいものがないと云われる鰻、天ぷら、そば等はそれぞれ相当に食える家のあるのを見つけた、だから上方に不足なものは「菊五郎の芝居」一つである。

○

菊五郎の芸に就いては私のようなしろうとが今更喋々するまでもないが、私は第一に彼の芸術家としての態度に多大の尊敬を払うものである。そうして彼の芸に関してはいろいろの讃辞を聞くけれども、彼の態度の立派さに就いては、特に際立って注意したものがないように思われるのは、どう云う訳か。それともそんなことは誰でも云っていることで、私が寡聞なのであろうか。

菊五郎は若い時分からしばしば傲慢であると云われた。吉右衛門をいじめると云うような噂もあって、そのために同情が吉右衛門に集まり、彼は世間から憎まれたような時代もあった。私は一二度楽屋で会っただけで、個人的に深く知るところはないのであるが、しかし公人の出所進退と云うものは、——それが前後一貫した立派なものであるかどうか。疚しいところや、曖昧なところや、表裏反覆常なきところがあるかどうか。と云うことぐらいは、そんなに親しく接触しないでも、遠く離れて、長い眼で見ていれば分るもので、「人焉《いづく》んぞ廋《かく》さん哉《や》」である。思えばもう三十年近くも前のことだが、その頃日本橋に住んでいた私は、先代菊五郎の愛子菊之助の葬式が水天宮の近所を通るのを、乳母に連れられて見に行ったことがある。何でもびしょびしょと雨の降る日で、長い行列が浜町の中之橋の方から人形町の方へ練って来た。会葬者は大概俥《くるま》で、幌に隠れていたけれども、歌舞伎役者の素顔が見たさにその大雨をものともしない見物人が集まって来て、往来はたいへんな混雑であった。狭い道路の両側が雨傘で一杯に埋まって、ぎっしり詰まった人込みの中を押し分けるようにして行列が通る。幌を掛けた人力車が何台も続く。その時今の菊五郎は、菊之助の弟で丑之助と云っていた。私より一つ歳上の彼はまだやっと十歳前後だったであろう。明治何年のことだったか確かな記憶がないのであるが、「あれ、あすこにいる児が丑之助ですよ」と云って、乳母が私に教えてくれたのは、可愛い円顔の色の白い、子供であった。（或いはお白粉をつけていたかも知れない。）その頃は堅儀の家の少年でも大人のような長い袂の着物を着、不断着にも黄八丈や糸織などの絹物を纏い、献上の角帯に表着きの下駄を穿くと云う時代だったから、まして役者の子の丑之助は兄の葬式の際でもあり、黒七子《くろななこ》の紋附に仙台平の袴を穿いていたであろう。しかし私に見えたのは幌の隙間から窺われるほんの肩から上だけであった。私はその時その円顔の子供の丑之助が、小さな黒の山高帽を冠っていたのが馬鹿に可愛らしく、「自分も冠ってみたいなあ」と羨ましく思ったことを未だにはっきりと覚えている。私が彼の存在を知ったのは実にその時からであった。そうして今も菊五郎の名を聞くと、小さな山高帽を冠った丑之助の姿を想い出し、俥の幌へ雨がざあざあ降りそそいでいる光景が眼前に浮かぶ。当時木挽町の芝居茶屋に菊岡と云うのがあって、私の家ではそのお茶屋から歌舞伎座へ行ったものだが、どう云う訳か帰りにはよく雨に降られて、母に抱かれて俥へ乗ると、役者の口跡《こうせき》や三味線の余韻がまだうっとりと尾を曳いている私の耳に、雨の脚がパラパラと幌を打つのが聞え、暗くじめじめと鎖された俥の中には母の着物に沁み込んでいる樟脳の匂いと幌の匂いとが融け合って、甘く蒸すように鼻を衝く。……そんな幼い頃のたわいのない出来事までが、丑之助の幌を想い出すにつれて想い出される。……

大分横道へ外れてしまったが、その可愛らしい丑之助は菊五郎になってからすっかり憎まれっ児になった。累代の名門の秘蔵っ児であるから、下っ葉の者に坊っちゃん坊っちゃんとちやほやされていい気になり、だんだん増長して傲慢不遜になると云うことは有りがちだけれども、しかし今日になってみると、菊五郎の傲慢は単なる坊っちゃんの空威張りや上っ面の生意気ではなく、もっとしたたかな気骨を蔵しているようである。俳優の中には名門の子でも変に如才なく、随分腰の低いのがあるが、そんなのは寧ろ卑屈で不愉快である。芸術家として傲慢の名を博することは決してその人の恥辱ではない。ただその傲慢の鼻っ柱をさまざまの辛苦艱難に遭ってもヘシ折られずに、最後まで押し通して行くと云う覚悟があっての傲慢ならば、世間も遂には服せざるを得ないであろう。そうしてそう云う傲慢は真に実力あり自信ある人でなければ、真似ようとしても真似ることは出来ない。菊五郎は勘弥に逃げられ、三津五郎に背かれ、しまいには吉右衛門に捨てられた。これは世間に伝うる如く彼が儕輩《せいはい》や後輩を圧迫し、威張り散らした結果であるか否かを知らぬが、たとえその噂の通りであったとしても、彼は自分の行動に就いては全責任を背負って立ち、逃げられたら逃げられたでビクともせず、立派に跡を引き受けて独立独行しているではないか。徒らに俗衆に媚び、ハタの思わくを気がねする芸人根性の多い中で、たまにはこう云う骨っ節の人もいた方がいい。

○

帝劇の一派を除いて殆んど凡ての歌舞伎俳優が松竹に属している今日、菊五郎一人が頑張っているのは、故田村氏に対する義理合いでもあるのか、それとも単なる江戸っ児の意地っ張りであるのか。義理を重んじてのことだとすれば、彼の人格にいよいよ輝やきを添える訳でありただの意地っ張りだとしても斯うまで徹底的なのは偉とするに足りる。贅六《ぜいろく》に対する江戸っ児の反感なぞは時勢後れの小感情だが、その感情を完全に実行にまで持ち来たしている力量に至っては敬服させられる。而もその力量が、彼の場合には政治的手腕でも経済的手腕でもなく、一に芸術的精進の力であり、その意地っ張りが俳優としての彼の純粋さを傷けないのみならず、却ってますますそれと一致することになるのだから、一概に小感情とも云い切れない。その意地に終始することが、菊五郎に取っては案外生きがいのある、有意義なことかも知れない。彼の門閥と地位とがあってこそ始めてあんな真似が出来るのでもあろうが、しかしそうだからと云って、菊五郎の境遇に生れれば誰にでも出来ると云うものではない。金持ちの家に生れて親の遺産を有り余るほど受け継いでいても、金銭にキタナイ奴はある。菊五郎とていろいろの方面からいろいろの誘惑があるであろう。彼の技量を以てしたら、孤城落日の市村座に立て籠ったり、自腹を切って多くの門弟を支えたりしないでも、もっと算盤《そろばん》の取れる道はいくらもあろう。歌右衛門などは金のためか野心のためか孰方《どっち》か分らないが、反覆常なき時代があった。節操と云うものがさまで問題にされていない俳優社会のことであるから、それほど批難を蒙らず面目を損することなしに、身をカワすことも出来るであろう。それをああやって居るところは、芸の力以上のもの、――一個の人格の力である。私は現代の有らゆる芸術家を見渡して、菊五郎の場合ほど芸と人格とがぴったり一致している例はないように思う。彼は実に何処へ出しても恥かしくない見上げた人間であるのみならず、まことに羨しい芸術家である。

○

私には舞踊のうまいまずいはよく分らないが、菊五郎のように際立って傑出したものは分るような気がする。彼の舞踊は見物を酔わせる前に自ら酔い、陶然として芸術三昧の境に飛遊している感じがする。（技巧は彼に劣るけれども石井漠君にも此の感じがある。）あすこまで来るにはやっぱり人格の力でなければ駄目であろう。私は彼の舞踊を見ると、立派な文学や美術品に接した時と同様に、一種の芸術的興奮を覚える。精神的にハチ切れるほど充実していなければ、小手先の芸でこんな感銘が人に伝わるものではない。

云い洩らしたが、彼は品行方正の方で、あれだけの美貌と肉体を声名とがありながら、若い時分にも浮いた噂はあまりなかったと聞いている。これも俳優には珍しいことである。

兎にも角にも菊五郎は、芸術家に限らず、いろいろの人間がお手本にしていい人である。

◯

菊五郎の芸風は、小説家にしたら何処か里見弴君に似ていないだろうか。「まごころ」を振り廻さないところは、前者の方が垢抜けがしているが、聡明なところ、熱っぽいところ、すっきりとして鋭利なところ、男性的でありながら線が細かくて気の届くところ、そして時々自分の実力を恃むあまり、穿き違えて脱線するところ。

小説家にも女形になれる人となれない人、踊りのある人とない人がある。里見君は女形になれる人で、且踊りのある人である、と云うような気がする。

◯

昔孔明と同じ時代に生れて、いろいろな方面で孔明とよく似ていながら、而もどの方面でも少しずつ孔明に劣っていた周瑜《しゅうゆ》と云う男は実に不幸だ。外の時代に生れれば一流の人物として通ったものを、孔明と云う途方トテツもない空前絶後の人間と時を同じゅうして生れ合わせて、おまけにタイプが似ていたのでは、周瑜の身になったらとても遣り切れなかったであろうと、芥川君が云っていた。

菊五郎と猿之助とは聊か孔明と周瑜の感がないであろうか。

私は猿之助も好きな俳優の一人である。その教養、その頭脳、その技量、孰れの点でも申し分はない。ただ気の毒なのは、彼がいろいろの方面で菊五郎に似、而も少しずつ劣っているかに見えることである。彼の容貌は菊五郎タイプであるが、菊五郎ほど整っていない。彼の肉体は菊五郎の如く健康で、筋肉が発達しているが、菊五郎よりは少しばかり身長が低い。彼も名門の出であるが、菊五郎ほどの累代の名門でない。年齢もほぼ同じであって、彼の方が僅かに若い。そうして彼も亦、舞踊を得意とし、熱っぽくって而も繊細な芸風を持ち、新時代に対する一隻眼を備えている。菊五郎がいなかったら、彼が菊五郎の地位と人気とを得ることは、必ずしも難事でなかろう。彼の出所進退は菊五郎と反対に、松竹を出て独立してみたり、又松竹へ逆戻ったり、キネマに首を突っ込んだりして変幻極まりなく、ひどく無節操に見えるが、それも彼の場合には同情出来る。彼の才幹を以てすれば満々たる野心を抱くのは当然であり、上に菊五郎が居られては功名を急いで焦慮するのも尤もである。二月の歌舞伎の伴内なども、余り人もなげに縦横無尽にやり過ぎて不評判だったが、あれも野心の畸形的現われだとすれば、私は寧ろその点を買いたい。これが劇壇だからいいようなものの、若し文壇で私が猿之助の地位に置かれ、菊五郎のような作家があったらどうか。下手をマゴつけば気が違って自殺するかも知れない。思っただけでも竦然《しょうぜん》とする。

しかし周瑜は自ら孔明に及ばずと知って浩嘆したのだが、自信の強い猿之助はそうは思っていないであろう。彼は周瑜よりも勇敢であり、それだけに幸福でもある。

周瑜は孔明に劣っていても、悉く孔明に掩われてはしまわずに、後世になれば矢張り周瑜だけの価値は認められている。猿之助たる者そう焦《あせ》るには及ばない。何と云っても彼に菊五郎ほどの品格がないのは、焦るせいもたしかにあろう。これを要するに猿之助の存在は劇壇に於ける一つの運命悲劇である。

『改造』昭二・七月号

饒舌録

谷崎潤一郎

前号で私は、上方にいると「食うもの」には事を欠かないが「見るもの」が不足だと云った。しかし此処にたった一つ「見るもの」がある。それは文楽座（焼失後は弁天座）の人形浄瑠璃である。菊五郎の芝居が東京でなければ見られないように、これは大阪でなければ見られない。

大阪人が文楽へ行くのは浄瑠璃を聴くためであって人形を見るためではない、人形はむしろ邪魔になるのだそうであるが、私はそれの反対で、浄瑠璃よりも人形の方が好きなのである。尤も此の頃たびたび人形を見に行くうちに浄瑠璃の方も耳馴れて来て、追い追い面白味が分って来たような気がするけれども、私は元来義太夫と云うものは嫌いであった。なぜ嫌いかと云うと、あの語り方がいかにもキタナラしい。太い、不自然な声を出して、熱して来ると顔じゅうへぎらぎら脂汗を浮かし、鼻だの口だのを滅茶滅茶に歪めて、見台を叩いたり仰け反ったり、七顛八倒の暴れ方をする。苟くも公衆の前でやるのに実に無作法千万である。中には懐ろから手拭いを出して、幾度もちいちいと洟《はな》をかんだり、かっと痰を吐く者もある。義太夫好きの九里四郎君に云わせると、語り物の場合に依ってはああして痰や洟汁をきれいに出し切ってしまわないと、充分に声が出せないので、実際必要に迫られるのだそうだが、さりとはキタナイ芸術である。昔はずいぶん貴人の前で語ったものだそうだのに、その時分からあんなに行儀の悪かったものだろうか。額や鼻の頭をおびんずる様のようにてらてらさせて、ぬらぬらした唇をへの字に曲げて、眼を白黒させながら、わはッ、いッひ、いッひひひなどと笑う時には、唾《つば》吐きや洟汁の飛ばッちりがあたり一面へ懸るような気がする。しかもそう云う無作法を、語る人間は少しでも遠慮することか、いい気になって精一杯に暴れ廻って見せるのだから、いよいよ以て助からない。義太夫を一段語ると道を十里を歩いたくらいの運動になると云う話だが、成る程あれだけ暴れたらそのくらいの利き目はあろう。

　いったい大阪人は東京人ほど見え坊でない。東京の通人は、通人になればなるほどイヤに勿体振って、遊びに行ってもなかなかオイソレと自分の芸を出さないものだが、大阪の通人はそうでないらしい。感興に乗れば田舎芸者の三味線に合わせてでも、芸と云う芸をあらいざらいさらけ出して裸踊りでもやりかねない。無邪気と云えば無邪気だけれども、隣り座敷のお客に取っては甚だ迷惑千万である。大阪人のこう云う気風を考えると、義太夫の無作法なのも偶然でない、さすがに郷土芸術たるに恥じないものがあるように思う。

○

が、此の無作法は一面たしかに大阪人の強味であって、長唄にしろ、常磐津《ときわず》清元《きよもと》にしろ、江戸の浄瑠璃は大阪の義太夫ほどのネバリもなければ、ガッシリとした、前後一貫した組み立てもない。しかし東京人の肌合いから云うと、そのネバリだの組み立てだのが実に毒々しくってイヤなのである。世話物は別として、時代物になると一つの狂言の中に必ず幾つかのむごたらしい切腹があり、幼君のおん身代りがある。その腹の切り方が又頗るアクドくって、大概の場合、最初に一と刺し脇腹へ突き立てて置いてから、喘ぎ喘ぎ長たらしいセリフを云ってうんうん呻って見せる。義太夫の作者は瀕死の人間を呻らせることがよっぽど好きだったに違いない。五段目の勘平なぞは全くただもう呻るが為めに切腹するようなものである。それから前にも云ったあのキタナラシイ泣き笑いのしかた、――そう云う趣味が、筋の不自然とか荒唐無稽とかは今更論外として、単に古典芸術として味わうのにも、今の人間、殊に東京の人間にはどうも取り着きにくいのである。

○

私の記憶するところでは、中学時代に二三度聴いたことのある昔の摂津大掾《せっつのだいじょう》は容貌も何処か高僧のような品があったし、語り方も珍しく行儀がよかったが、何しろ義太夫と云うものにはすっかり恐れをなしてしまって、越路や団平の全盛時代を私は全く知らないで通した。十五六年前に大阪へ来た時、たった一遍人に誘われていやいや文楽を覗いたことがあるけれども頭から性に合わないと極めてかかっていたのだから、ロクに身に沁みて聴きもしなかったし、況んや人形などにはとんと注意が及ばなかった。そして近年、と云ってももう二三年前のこと関西へ居を移してから久し振りで、東京の客を案内しがてら行ってみると、その時に又「蝶花形《ちょうはながた》」と云う小さい子供が斬り合いをするむごたらしいものを見せられたので、一層イヤになってしまった。そう云う訳でもう文楽は懲り懲りだと思っていたのだが、去年の十一月、ちょうどあの小屋が焼けた月に、「法然上人恵月影《ほうねんしょうにんめぐみのつきかげ》」と云う新作物を出したので、ふとした好奇心から這入って見ると、それが案外面白く、殊に法然上人の人形の首が馬鹿によかったので、以来人形芝居と云うものに段々惹き着けられるようになった。そうして今では毎月欠かさず弁天座へ出かけるのである。但し成るべく義太夫語りの顔つきだけは見ないようにしているが。

○

「法然上人恵月影」が面白かったのは、新作だけにサラサラとしていて、いつものアクドイ不自然な場面や組み立てが少く、上人の一代記をあっさりと述べていたからであった。それに原作者は上人の故郷たる美作《みまさか》の国の坊さんだそうで、なまじ新しい文士でないだけに気障《きざ》な近代的解釈がなく、古い浄土教の思想と情操とを、ただ有りのままに素直に唄っているのもよかった。義太夫の新作でも「金色夜叉」や「乃木大将」などは、想像しただけでもさぞ不調和であろうと思われるが、法然上人は時代物であるから、浄瑠璃の方も人形の方も在来の型と約束とを破ることなしに、充分に原作の心持ちを出していた。つまり私は、宗教と文学とが未だ分離しない以前の、云わば原始的の説教節でも聴くような気持ちであれを聴くことが出来たのである。時勢に捨てられて平素はあまり入りのない文楽座が、智恩院あたりの後援もあってか、その月は熱心な信者たちのお客で連日満員の盛況であったが、宗教文学としての浄瑠璃の持つ魅力は、到底一時流行した親鸞物の戯曲や小説などの俄かに及ぶところではないのをしみじみと感じた。

それに法然上人の如き有り難い聖者を生きた俳優が扮すると、どんな名優がやっても何となく生臭坊主らしくって、うそッぱちになるけれども、人形だとそう云う心配が少しもない。あの時の上人の首は特に新しく打たせたものかどうかを知らぬが、実に上人らしい慈愛と威厳との充ち溢れた、麗しい顔立ちであった。殊に壮年時代の首がよかった。若しほんとうにああ云う坊さんに行き遭ったら、私のような不信者でも覚えず足下に跪いて衣の袖に縋りたくなるであろう。兎にも角にも宗教劇に人形浄瑠璃を応用することは、百の新しき解釈を試みるよりも、遥かに有力な教化法であるに違いない。

○

　むかし人形芝居を見た時には不気味でグロテスクなように感じたが、見馴れて来るとなかなかそうでない、妙に実感があって、官能的で、エロチックでさえある。人形を使うのには主なる人形使いが上半身と右の手とを動かし、一人の助手が左の手を、他の一人の助手が両足を使う。そうして主なる人形使いは時々黒衣《くろこ》を脱いで、人形の衣裳と同じような派手な裃《かみしも》姿で現れる。私は最初、それを目障りであると思ったが、それも段々考えると、矢張りあれはあの方がいい。なぜかと云うのに、あの人形使いは実は人形を使うのではなくて、自分の肉体を人形の肉体に仮托しているのだからである。つまり人形の袂の中にあるものは人形使いの腕であり、人形の胴にあるものも亦人形使いの左の腕である。人形自身は纔かに首と手足の先とを持つばかりで、胴体もなければ腕も腿もない。女の人形の場合には腰から下は全くがらんどうで、足の先さえもなく、そのなまめかしい裾さばきの下で動いているものは、助手の両腕なのである。云い換えれば一個の人形は三人の生きた人間の肉体を借りて成り立つ。そうして主なる人形使いは最も多く自分の肉体を人形のために提供している人である。それ故文五郎が天網島《てんのあみじま》の小春を使う時、小春が懐ろ手をして溜め息をつこうとすれば、文五郎の肉体が溜め息をし、文五郎の手が小春の懐ろに入らなければならない。人形の体は凡べて宙に浮いているので、小春が据わる時は脚を使う助手が裾をつぼめて膝をふっくらとふくらませ、小春の腰であり臀であるべき部分は直ちに裃を着た文五郎の腕と胴とに接続する。かかる場合には何処までが人形の領分であり何処までが文五郎自身であるとも云えない。小春は文五郎の肉体から派出した美しい枝であり花である。花を賞でるには花と一緒に幹をも見なければいけないように、人形の面白味は人形使いと人形との一体になったところにある。人形使いは単に人形に依るのみでなく、自分の全身の運動を通して人形の心持ちを表現する。此の関係が私には非常に面白い。だから人形を見ると共に人形使いを見た方がいい。

先達《せんだって》、紋十郎の使った床下の仁木を見たが、これなどは最も両者の関係が密接な例の一つであった。仁木が花道へセリ出して来るのを見ると、長裃の両脚は全然紋十郎の脚なのである。そうして上半身だけが人形と紋十郎と別々で、ちょうど二人袴のように、肩衣を着た紋十郎と仁木とが一つ袴へ脚を突っ込んだ形で、紋十郎はしっかりと、前なる仁木のふところへ両手を入れて抱きしめているのである。それで悠々と例の足取りで花道を揚げ幕へ這入って行く。

○

人形は動く時よりもあまり動かずにいる時の方が、却って不思議に実感がある。たとえば今も云った小春が懐ろ手をしてうつむいている時、治兵衛が炬燵に足を入れて物思いに耽っている時、すし屋のお里が夜着の隙から白い襟足を見せて寝ている時など、じっと見ていると、へんに生き生きとした感じが迫って来る。それから屍骸になって倒れている時が、此れが又いかにも屍骸らしい実感があって、一層なまなましい。忠臣蔵の判官が切腹してからその屍骸を処置するところなど、ほんとうにたった今生きていた人が死んだと云う、無常迅速の感じがした。殊に悪魔的で物凄かったのは先代萩の土橋の殺し場で、舞台に仰《の》け反《ぞ》っている累《かさね》の屍骸がまだ死に切れずに、息をせいせい弾ませて胸を波打たせている姿であった。

こう云う凄さは、思うに人形なるが故に凄いのであって、生きた人間の芝居ではとても現わせるものではない。

〇

よく鴈治郎の盛綱がどうだとか、吉右衛門の熊谷が何だとか云うけれども、元来時代物の中に出て来る性格は極めて線の粗いもので、人形芝居以上に細かく現わせば却って不自然になり馬鹿々々しくなる。旧時代の日本の女性は喜怒哀楽に際しても、恐らくはあの物静かな人形の顔以上に露骨な表情はしなかったであろう。真に東洋風の慎ましやかな幽婉な婦人を戯曲に描けば、歌麿の美人がどれもこれも同じ顔をしているように、結局のところいくら描いてもタイプ以上の個性を出すことは出来ないであろう。過去の東洋人、――仏教や武士道で鍛え上げられた昔の日本人に取っては、ただ永遠に「一人の女性」があるのみである。私は人形の女の首を見ると、いつもそんなことを考える。そうして同じ人形が小春になったりお里になったり梅川になったりすることを、むしろ自然であるように感じる。

○

しかし今まで見たもののうちで最も感心させられたのは二十四孝の狐火であった。八重垣姫に狐が憑いてからの、あの幻想的な変化に充ちた複雑なしぐさは、いったい如何なる人形使いが考え出したものであろうか。恐らく一人の頭から生れたものではなく、時代を重ね、工夫を積んで、あれだけの手順と型とを完成するに至ったのであろうが、幻想的の要素に乏しい日本人にも猶あれほどのものが作れたとすれば、徳川時代の芸術家の中には矢張りなかなか偉い人がいたのだと思って、私は自然に頭が下った。昔はもっとあれどころでなく、無数の狐が舞台一面に出たのだそうだから、八重垣姫の振りもまだまだ更に幻想的で、千変万化を極めたのかも知れない。生きた俳優の芝居だと、あすこの場面は頗る簡単に改悪されてしまっているが、あの八重垣姫の身振りは人形でなければとても出来ない業だから、それも是非がなかろう。

要するに人形芝居は、官能的で、実感に充ちていると同時に、幻想的、悪魔的、病的要素が多分にある。

髪をおどろに振り乱した人形の「お化け」が恐いことは云うまでもあるまい。

文芸的な余りに文芸的な

『改造』昭二・八月号

芥川龍之介

三十四　解嘲

僕は何度も繰り返して言うように「筋のない小説」ばかり書けと言っている訣ではない。従って何も谷崎潤一郎氏と対蹠《たいせき》点に立っている訣ではない。唯こう云う小説の価値も認めて貰いたいと言っているのである。若し全然認めない論者があるとすれば、その論者こそ真に論敵である。僕は谷崎氏と議論を上下する上に誰にも僕の肩を持って貰いたくない。(同時に又谷崎氏の肩を持って貰いたくないことも勿論である)僕等の議論の是非を弁ずるのでないことは僕等自身誰よりも知っているつもりである。僕はこの頃雑誌の広告などに僕の「筋のある小説」さえ「筋のない小説」と云う名をつけられているのを見、俄かにその文章を作ることにした。「筋のない小説」とはどう云うものかも容易に理解しては貰われないらしい。僕は僕の弁じられるだけは弁じた。二三の僕の知人は正当に僕の説を理解している。あとはもう勝手にしろと言う外はない。

三十五　ヒステリイ

僕はヒステリイの療法にその患者の思っていることを何でも彼《か》でも書かせる——或は言わせると云うことを聞き、少しも常談を交えずに文芸の誕生はヒステリイにも負っているかも知れないと思い出した。虎頭燕頷《ことうえんがん》の羅漢は暫く問わず、何びとも多少はヒステリックである。殊に詩人たちは余人よりもはるかにヒステリックな傾向を持っているであろう。このヒステリイは三千年来いつも彼等を苦しめつづけた。彼等の或ものはその為にとうとう発狂してしまったであろう。が、彼等はその為に彼等の喜びや悲しみを一生懸命にうたい上げた。——こうも決して考えられないことはない。

若し殉教者や革命家の中に或種のマゾヒストを数え得られるとすれば、詩人たちの中にもヒステリイの患者は必しも少くはないであろう。「書かずにはいられぬ心もち」は、即ち樹下の穴の中へ「王様の耳は馬の耳」と叫んだ神話中の人物の心もちである。若しこの心もちがなかったとしたならば、少くとも「痴人の告白」（ストリンドベリイ）などは生れなかったのに違いない。のみならずこう云うヒステリイは往々一時代を風靡している。

「ウエルテル」や「ルネ」を生んだのもやはりこの時代的ヒステリイであろう。更に又全ヨオロッパを挙げて十字軍に加わらせたのも、——しかしそれは「文芸的な、余りに文芸的な」問題ではないかも知れない。癲癇《てんかん》は古来「神聖な病」と云う名を与えられている。するとヒステリイもことによれば、「詩的な病」と呼ばれるであろう。

ヒステリイを起しているシェエクスピイアやゲエテを想像するのは滑稽である。従ってこう云う想像をするのは彼等の大を傷けると思うかも知れない。が、彼等の大を成すものはこのヒステリイの外にある彼等の表現力そのものである。彼等の何度ヒステリイを起したかは心理学者には或は問題であろう。しかし僕等の問題は表現力そのものに存している。僕等はこの文章を作りながら、ふと太古の森の中に烈しいヒステリイを起している無名の詩人を想像した。彼は彼の部落の人々の嘲笑の的になったのであろう。けれどもこのヒステリイの促進した彼の表現力の産物だけは丁度地下の泉のように何代も後に流れて行ったであろう。

僕はヒステリイを尊敬しているのではない。ヒステリックになったムッソリニは勿論国際的に危険である。けれども若し何びともヒステリイを起さなかったとしたらば、僕等を喜ばせる文芸上の作品はどの位数を減じたであろう。僕は唯この為にヒステリイを弁護したいと思っている。いつか女人の特権になった、——しかし事実上何びとにも多少の可能性のあるヒステリイを。

前世紀の末も文芸的にはヒステリイに陥っていた。ストリンドベリイは「青い本」の中にこの時代的ヒステリイに「悪魔の所為」の名を与えている。悪魔の所為か善神の所為かは勿論僕の知る所ではない。しかし兎に角詩人たちはいずれもヒステリイを起していた。現にビルコフの伝記によれば、あの逞しいトルストイさえ半狂乱になって家出したのはつい近頃の新聞に出ていた、或女人のヒステリイ患者と殆ど寸分も変っていない。

三十六　人生の従軍記者

僕は島崎藤村氏のみずから「人生の従軍記者」と呼んでいたことを覚えている。が、近頃又広津和郎氏の同じ言葉を正宗白鳥氏にも加えていると云うことを仄聞した。僕は両氏の用いられる「人生の従軍記者」と云う言葉をはっきり知っていない訣ではない。それは恐らくは近来の造語「生活者」に対する意味を持っているのであろう。けれども若し厳密に言えば、苟くも娑婆界に生まれたからは何びとも「人生の従軍記者」になることは出来ない。人生は僕等に嫌応なしに「生活者」たることを強いるのである。嫌応なしに生存競争を試みさせなければ措かないのである。或人びとは自ら進んで勝利を得ようとするであろう。それから又或人びとは冷笑や機智や詠嘆の中に防禦的態度をとるであろう。最後に或人びとはどちらも格別はっきりした意識を持たずに「世を渡る」であろう。しかしいずれも事実上はやむにやまれない「生活者」である。遺伝や境遇の支配を受けた人間喜劇の登場人物である。

彼等の或ものは勝ち誇るであろう。彼等の或ものは又敗北するであろう。但しどちらも寿命のある限りは、——僕等は皆ペエタアの言ったように確かに「いずれも皆執行猶予中の死刑囚である」。この執行猶予の間を何の為に使うかは僕等自身の自由である。自由である？——しかしそこにもどの位の自由のあるかは疑わしいであろう。僕等は実に種々雑多の因縁を背負って生まれている。その又種々雑多の因縁は必しも僕等自身さえ悉く意識するとは定《き》まっていない。古人はとうにこの事実を Karma の一語に説明した。あらゆる近代の理想主義者たちは大抵このカルマに挑戦している。しかし彼等の旗や槍は畢《つい》に彼等のエネルギイを示したのにとどまるばかりだった。彼等のエネルギイを示すことはそれ自身勿論意味を持っている。単に近代の理想主義者たちばかりではない。僕等はカアネギイのエネルギイにも力丈夫に感ずることは確かである。若し力丈夫に感じないとすれば、誰も実業家や政治家の立志譚は読みたがりはしないであろう。しかしカルマはその為に少しも脅威を失ったのではない。カアネギイのエネルギイを生んだものはカアネギイの背負って来たカルマである。僕等は皆僕等のカルマの為に頭を下げる外はないであろう。若し僕等に、——少くとも僕に「あきらめ」の天恵の下るとすれば、それは唯ここにだけある訣である。

僕等は皆多少の「生活者」である。従って逞ましい「生活者」にはおのずから敬意を生ずるものである。即ち僕等の永遠の偶像は戦闘の神マルスに帰らざるを得ない。カアネギイは暫く問わず、ニイチェの「超人」も一皮剝いで見れば、実にこのマルスの転身だった。ニイチェのセザアル・ボルジアにも讃嘆の声を洩らしたのは偶然ではない。正宗白鳥氏は「光秀と紹巴」の中に「生活者」中の「生活者」だった光秀に紹巴を嘲らせている。（こう云う正宗白鳥氏の「人生の従軍記者」と呼ばれるのは正に逆説的であると云わなければならぬ。）これは一光秀の嘲笑ではない。僕等は何も考えずにいつもこう云う嘲笑を放っているのである。

僕等の悲劇は、――或は喜劇はこの「人生の従軍記者」にとどまり難いことに潜んでいる。しかも僕等「生活者」のカルマを背負っていることに潜んでいる。けれども芸術は人生ではない。ヴィヨンは彼の抒情詩を残す為に「長い敗北」の一生を必要とした。敗るる者をして敗れしめよ。彼は社会的習慣即ち道徳に背くかも知れない。或は又法律に背くことであろう。況や社会的礼節には人一倍余計に背く筈である。それ等の約束に背いた罰は勿論彼自身に背負わなければならぬ。社会主義者バアナアド・ショウは彼《か》の「医者のディレンマ」の中に不徳義な天才を救うよりも平凡な医者を救い上げることにした。ショウの態度は少くとも合理的であると言わなければならぬ。僕等は博物館の硝子戸の中に剝製の鰐を見ることを愛している。しかし一匹の鰐を救うよりも一匹の驢馬を救うことに全力を尽すのに不思議はない。動物愛護会も未だ嘗《かつ》て猛獣毒蛇を愛護するほど寛大ではないのはこの為であろう。がそれは人生に於ける、言わばHome Ruleの問題である。もう一度ヴィヨンを例に引けば、彼は第一流の犯罪人だったものの、やはり第一流の抒情詩人だった。

或女人は「わたしの一家に天才のないことは仕合せです」と言った。しかもその「天才」と云う言葉は少しも皮肉な意味を持っていなかった。僕も亦僕の一家に天才のないことに安んじている。(勿論僕のこう云うのは天才の属性に背徳性を数えている訣でも何でもない。)田園や市井の人々には古今の天才たちよりも「生活者」の美徳を具えているものも多いであろう。紅毛人は「人として」の名のもとに度たび古今の天才たちの中にも、「生活者」の美徳を数えている。が、僕はこの新らしい偶像崇拝も信用していない。「芸術家として」のヴィヨンは暫く問わず、「芸術家として」のストリンドベリイは僕等の愛読に価している。しかし「人として」のストリンドベリイは、――恐らくは僕の尊敬する批評家XYZ君よりもはるかにつき合い悪《にく》いことであろう。従って僕等の文芸上の問題はいつも畢に「この人を見よ」ではない。寧ろ「これ等の作品を見よ」である。尤も「これ等の作品を見よ」と言っても、何世紀かは大河のようにこれ等の作品を見る前に流れ去ってしまうであろう。しかもその又何世紀かは或は一本の藁のようにこれ等の作品を忘却の中へずんずん押し流してしまうであろう。若し芸術至上主義を信じないとすれば、(こう云う信仰を持っていることは必ずしも食う為に書いていることと矛盾しない。少くとも食う為にばかり書いていない限りは）詩を作るのは古人も言ったように田を作るのに越したことはない。

僕は島崎藤村氏は勿論、正宗白鳥氏も「人生の従軍記者」でないことを信じている。如何に両大家の才力を以てしても、古来一人もいなかったものに忽ちなってしまう道理はない。僕等は皆僕等の中に「光秀と紹巴」とを持ち合せている。少くとも僕は僕自身に関することには多少の紹巴になる代りに僕以外の人々に関することには多少の光秀になる傾向を持ち合せている。従って僕の中の光秀は必しも僕の中の紹巴を嘲笑しない。けれども幾分か嘲笑したい心もちのあることは確かである。

三十七　古典

「選ばれたる少数」は必しも最高の美を見ることの出来る少数かどうかは疑わしい。寧ろ或作品に現れた或作者の心もちに触れることの出来る少数であろう。従ってどう云う作品も、――或は又どう云う作品の作者も「選ばれたる少数」以外に読者を得ることの出来るものではない。が、それは「選ばれざる多数の読者」を得ることと少しも矛盾していないのである。僕は「源氏物語」を褒める大勢の人々に遭遇した。が、実際読んでいるのは（理解し、享楽しているのを問わないにもせよ）僕と交っている小説家の中ではたった二人、――谷崎潤一郎氏と明石敏夫氏とばかりだった。すると古典と呼ばれるのは或は五千万人中滅多に読まれない作品かも知れない。

しかし万葉集は源氏物語よりもはるかに大勢に読まれている。それは必しも万葉集の源氏物語を抜いている所以ではない。のみならず又両者の間に散文と韻文と云う堀割りの横わっている所以でもない。単に万葉集の作品は一つ一つとり離して見れば、源氏物語よりもずっと短いからである。元来東西の古典のうち、大勢の読者を持っているものは決して長いものではない。少くとも如何に長いにもせよ、事実上短いものの寄せ集めばかりである。ポオは詩の上にこの事実に依った彼の原則を主張した。それからビイアス(Ambrose Bierce)は散文の上にもやはりこの事実に依った彼の原則を主張した。僕等東洋人はこう云う点では理智よりも知慧に導かれ、おのずから彼等の先駆をなしている。が、生憎彼等のように誰もこう云う事実に依った理智的建築を築いたものはなかった。若しこの建築を試みるとすれば、長篇源氏物語さえ少くとも声価を失わない点では丁度善い材料を与えたであろうに。(しかし東西両洋の差はポオの詩論にも見えないことはない。彼は彼是《かれこれ》百行の詩を丁度善い長さに数えている。十七音の発句などは勿論彼には「エピグラム的」の名のもとに排斥されることであろう。)

あらゆる詩人の虚栄心は言明すると否とを問わず、後代に残ることに存している。いや、「あらゆる詩人の虚栄心」ではない。「彼等の詩を発表した、あらゆる詩人の虚栄心は」である。一行の詩も作らずに彼自身の詩人であることを知っている人々もないことはない。（彼等は大小は暫く問わず、彼等の詩的生涯の上に最も平和だった詩人たちである。）しかし性格や境遇の為に兎に角韻文か散文かの詩を作ってしまった人々だけに詩人の名を与えるとすれば、あらゆる詩人たちの問題は恐らくは「何を書き加えたか」よりも「何を書き加えなかったか」にある訣であろう。それは勿論原稿料による詩人たちの生活に不便である。若し不便であるとすれば、――封建時代の詩人、石川六樹園は同時に又宿屋の主人だった。僕等も売文と云うことさえなければ、何か商売を見つけるかも知れない。僕等の経験や見聞もその為に或は広まるであろう。僕は時々売文だけでは活計の立てることの出来なかった昔に多少の羨しさを感じている。しかしこう云う現世も亦後代には古典を残しているであろう。勿論食う為に書いたものも古典にならないと限った訣ではない。（若し或作家の姿勢として見れば、唯「食う為に書いている」のは最も趣味の善い姿勢である。）唯アナトオル・フランスの言ったように後代へ飛んで行く為には身軽であることを条件としている。すると古典と呼ばれるものは或はどう云う人々にも容易に読み通し易いものかも知れない。

三十八　通俗小説

所謂通俗小説とは詩的性格を持った人々の生活を比較的に通俗に書いたものであり、所謂芸術小説とは必しも詩的性格を持っていない人々の生活を比較的詩的に書いたものである。両者の差別は誰でも言うようにはっきりしていないのに違いない。けれども所謂通俗小説中の人々は確かに詩的性格の持ち主である。これは決して逆説ではない。若し逆説的であるとすれば、こう云う事実そのものの逆説的に出来ている為である。唯何びとも青年時代には多少彼の性格の上に詩的陰影を落し易い。しかしそれは年をとるのにつれ、次第に失われてしまうのである。（抒情詩人はその点では実に永遠の少年である。）従って所謂通俗小説中の人々は老人ほど滑稽に陥り易い。（但しこの所謂通俗小説は探偵小説や大衆文芸を含んでいない。）

追記。この文章を草し終った後、僕は新潮座談会に出席した為に鶴見祐輔氏の啓発を受け、所謂通俗小説と紅毛人の所謂 Popular novel との差別を考え出した。僕は所謂通俗小説論はポピュラア・ノヴェルには通用しない。ベンネット（Arnold Bennett）は彼のポピュラア・ノヴェルに Fantasies の名を与えている。それは事実上あり得ない世界を読者の為に広げて見せるからであろう。こう云う意味は必ずしも幻怪の気のあると云う意味ではない。唯人物なり事件なりの上に文芸的に真の刻印を打っていない世界と云う意味であろう。

三十九　独創

現世は明治大正の芸術上の総決算をしている。なぜかは僕の知る所ではない。何の為かも僕には不可解である。しかし現代日本文学全集と云い、明治大正文学全集と云う文芸上の総決算は勿論、明治大正名作展覧会も亦やはり絵画上の総決算である。僕はそれ等の総決算を見、如何に独創と云うことの困難であるかと云うことを感じた。古人の糟粕を嘗めないなどとは誰でも易々と放言し易い。が、彼等の仕事を見ると、（或は仕事を見てもかも知れない。）今更のように独創と云うことの手軽に出来ないのを感じるのである。

僕等はたとい意識しないにもせよ、いつか前人の蹤《あと》を追っている。僕等の独創と呼ぶものは僅かに前人の蹤を脱したのに過ぎない。しかもほんの一歩位、――いや、一歩でも出ているとすれば、度たび一時代を震わせるのである。のみならず故意に反逆すれば、愈《いよいよ》前人の蹤を脱することは出来ない。僕は義理にも芸術上の反逆に賛成したいと思う一人である。が、事実上叛逆者は決して珍らしいものではない。或は前人の蹤を追ったものよりも遥かに多いことであろう。彼等は成程叛逆した。しかし何に叛逆するかをはっきりと感じていなかった。大抵彼等の反逆は前人よりも前人の追従者に対する反逆である。若し前人を感じていたとすれば、――彼等はそれでも反叛したかも知れない。けれどもそこには必然に前人の蹤を残しているであろう。伝説学者は海彼岸の伝説の中に多数の日本の伝説のプロトタイプを発見している。芸術も亦穿鑿《せんさく》して見れば、やはり粉本に乏しくない。（僕は前にも言ったように必しも作家たちは彼等の粉本を用いていないことを意識していなかったことを信じている。）芸術の進歩も――或は変化も如何に大人物を待ったにもせよ、一足飛びには面目を改めないのである。

しかしこの遅い歩みの中にも多少の変化を試みたものは僕等の尊敬に価している。（菱田春草はこの一人だった）新時代の青年たちは独創の力を信じているであろう。僕はそのいやが上にも信じることを望んでいる。多少の変化はそこ以外にどこにも生じて来るものではない。昔から世界には前人の造った大きな花束が一つあった。その花束に一本の花を挿し加えるだけでも大事業である。その為には新らしい花束を造る位の意気込みも必要であろう。この意気込みは或は錯覚かも知れない。が、錯覚と笑ってしまえば、古来の芸術的天才たちもやはり錯覚を追っていたのであろう。

唯この意気込みにもはっきりと錯覚を認めるものは不幸である。はっきりと錯覚を認めるものは？——しかし彼等も亦おのずから多少の錯覚を持っているかも知れない。僕はこう云う問題には何とも言われない一人である。けれども明治大正の芸術上の総決算を見、如何に独創と云うことの容易に出来ないかを感じずにはいられなかった。明治大正名作展覧会を観た人々はいろいろの画の可否を論じている。しかし少くとも僕一人は可否を論じている余裕さえない。

四十　文芸上の極北

文芸上の極北は——或は最も文芸的な文芸は僕等を静かにするだけである。僕等はそれ等の作品に接した時には恍惚となるより外に仕かたはない。文芸は――或は芸術はそこに恐しい魅力を持っている。若しあらゆる人生の実行的側面を主とするとすれば、どう云う芸術も根柢には多少僕等を去勢する力を持っているとも言われるであろう。

　ハイネはゲエテの詩の前に正直に頭を垂れている。が、円満具足したゲエテの僕等を行動に駆りやらないことに満腔の不平を洩らしている。これは単にハイネの気もちと手軽に見て通ることの出来るものではない。ハイネはこの「ドイツ・ロマン主義運動」の一節の中《うち》に芸術の母胎へ肉迫している。あらゆる芸術は芸術的になるほど、僕等の情熱（実行的な）を静まらしてしまう。この力の支配を受けたが最後、容易にマルスの子になることは出来ない。そこに安住出来るものは――純一無雑の芸術家たちは勿論、阿呆たちもやはり幸福である。しかしハイネは不幸にもこう云う寂光土《じゃっこうど》を得られなかった。

　僕はプロレタリアの戦士諸君の芸術を武器に選んでいるのに可也《かなり》興味を持って眺めている。諸君はいつもこの武器を自由自在に揮うであろう。（勿論ハイネの下男ほども揮うことの出来ないものは例外である。）しかし又この武器はいつの間にか諸君を静かに立たせるかも知れない。ハイネはこの武器に抑えられながら、しかもこの武器を揮った一人である。ハイネの無言の呻吟は或はそこに潜んでいたであろう。僕はこの武器の力を僕の全身に感じている。従って諸君のこの武器を揮うのも人ごとのようには眺めていない。就中《なかんずく》僕の尊敬している一人はこう云う芸術の去勢力を忘れずにこの武器を揮って貰いたいと思っていた。が、それは仕合せにも僕の期待通りになったようである。

他人は或はこう云うことも一笑に附してしまうであろう。それは僕も覚悟の前である。僕の見る所は浅いかも知れない。よし又浅くなかったにしろ、十年間の経験は一人の言葉の他人には容易にのみこまれないのを教えている。しかし僕は兎も角も人並みに努力をつづけながら、やっとこの芸術の去勢力の大きいことに気づき出した。従って唯これだけのことでも僕にはやはり一大事である。文芸の極北はハイネの言ったように古代の石人と変りはない。たとい微笑は含んでいても、いつも唯冷然として静かである。

『改造』昭二・八月号

饒舌録（感想）

谷崎潤一郎

先月の「改造」に戸川秋骨先生の「飜訳製造株式会社」なる一文が出ている。あの中には大分同感の議論があった。

と云うのは、此の頃われわれの創作を英独仏の諸国語に訳し、彼の地で出版したり上演したりすることが一つの流行になっている。私の「愛すればこそ」なぞも、今巴里の日本大使館に居る旧友エリセーフ君の肝煎《きもい》りで最初に仏蘭西語に訳され、次いで独英の飜訳が出来、上演もされたとか、される筈だとか云われている。それらはそれぞれ飜訳者から出先きの日本大使館を通じて東京の外務省へ飜訳許可の紹介があり、外務省の情報部は更にそれを原作者たる私の許へ取り次ぐのである。ところが此の間又伊太利の大使館から、私の旧作「恐怖時代」を飜訳して彼の地で上演させたいからと云う紹介があった。私は今迄そう云う問い合わせに接すると、自分の作品が西洋へまで知れるようになれば結構だと云う風に、のんきに考えて、いつも快く承諾していたのだが、しかし今度は手紙の意味を改めて読み直してみて、ちょっと妙な気持がした。それは外でもないのだが、成る程日本の文芸が西洋へ紹介されることは無論結構には違いない、けれどもそれはわれわれの中に優れた作品が沢山あって、日本にはこう云う立派な小説や戯曲があると云う評判が自然と西洋へまで聞え、そして遂には西洋人の方から進んで日本語や日本文学を研究し、彼等の手に依ってそれらのものが彼等自身の国土へ紹介されるのでなければならない。然るに外務省の情報部から伝達された在羅馬日本大使館よりの手紙に依ると、詳しい様子は分らないけれども、私の「恐怖時代」が飜訳されるのは、私の名前やあの戯曲の噂が遠く伊太利へまで響き渡ったと云うような訳合いからではなく、何か向うに、日本の文化を宣伝するのを目的とする特別な協会のようなものが、在留邦人に依て組織されていて、実はそれらの人々の企てであるらしい。私はこれまでそんなことまでは気が付かずにいたのだが、羅馬ばかりでなく、巴里にも、伯林にも、倫敦にも、それぞれ日本人がそう云う協会を作っていて、前の「愛すればこそ」の飜訳なぞも矢張りその方面の仕事ではなかったのだろうか。そう云えばあれを仏訳した人は巴里の大使館の書記官だか書記生だかであった。（無論助手には仏蘭西人やエリセーフ君等を頼むのであろうが。）私はそれらの協会が外務省あたりの後援に依るものか、或いは全く民間有志の手になるものか、その孰れであるかを知らぬが、兎に角日本人自らが無理に日本の現代文学を欧米諸国の文壇へ押し売りするのは、御親切は忝いけれども、原作者たるわれわれ――少くとも私――に取っては可成り有り難迷惑である。いや、原作者の迷惑はなお忍ぶべしとするも、それは彼等の目的とする日本文化の宣伝になるどころか、秋骨先生も云っておられるように、却って国辱になりはしないかと思う。

ぜんたい文化と云うものを商品扱いにして、出先きの支店で宣伝すると云う考えからして間違っている。一国の文化が真に燦然として他国を凌ぐ輝きをもつものならば、何も此方から売り込みに行かずとも、招かずして諸方からそれを求めに来るであろう。又そうしなければほんとうに理解して貰えるものではない。それも絵画とか、工芸美術品とか、比較的外人にも分り易く、且商品化され易いものならば格別、文学の如きは理想を云えば実際日本の国へ来て、親しく風俗習慣を見、原語で読んで貰わなければ、到底完全には分らないのである。しかしそう云ってもいられないから、飜訳に依って味わわれることも決して一概に悪いとは云わない。ただ問題は、外人の方から進んで価値を発見するまで、われわれの方は何処までも受け身でありたい。近頃はよく、日本の文壇も随分程度が高くなったとか、欧羅巴の現状に比べても遜色ないとか、亜米利加なんかよりは進んでいるとか云うようなことが云われている。私も自分たちの書く物が現在の西洋の作品に比べて恥かしいようなものであるとは信じないけれども、さればと云って、何もわれわれは西洋人と同じ程度であることを自慢するには当らない。況んやそんなことを自分の方からエラそうに吹聴するのは滑稽である。思うに羅馬在留の邦人が私の「恐怖時代」を選んだのは、伊太利の国民性とか趣味とか嗜好とかを顧慮し、そしてあの戯曲の持つ南国的な強い色彩、残酷な血だらけな世界が、きっと彼等に受けるであろうと云うようなことを考えたのではないであろうか。もし果してそうだとすれば、ちょうど製造業者がこれは亜米利加向き、これは仏蘭西向きと云う風に、御得意先きの好みを考えて輸出向きの品物を造るのと全く同じ心理であり、私の作品は輸出品並みに取り扱われた訳なのである。尤も近来は輸出品と雖も猥《みだ》りに外国の趣味に迎合せず、少し気の利いた貿易商はそんな古い手を使わないで、寧ろ本邦固有の趣味を以て外国のそれを征服しようとする。仮りに「恐怖時代」の表現する血だらけな世界が伊太利人に喜ばれたとしたところで、それが結局何であろう。「日本にだってあなた方のお好みになるようなコッテリしたものがございます」と云うだけのことではないのか。「この戯曲は日本で随分読まれました、これを以て見ても日本国民とは甚だ性情が似通っております」と云うような、一片の外交辞令の道具に役立つくらいが関の山ではないのか。それにつけても往年この戯曲が初めて「中央公論」誌上に発表された時、余り残酷過ぎると云う廉《かど》で発売禁止の厄に遭ったことを思えば、それが今更外務省のお取り次ぎで日本文学の宣伝に使われるのが笑止でならない。

○

くれぐれも誤解を避けるために云う、私は決して「西洋人になんか読んで貰わないでも沢山だ」と云うのではない。出来るなら読んで貰いたいことは勿論である。私は又、折角われわれの作品を外国へ紹介しようとして努力している人々に対して、その熱心と好意とには感謝こそすれ、少しでも悪意や反感があるのではない。日本人はとかく政府が肩を入れている仕事だと、何の彼のとケチを附けたがる癖があるが、そんな気は私には毫頭ない。愛国的な動機と目的から企てられた仕事であることは諒としている。けれども今も云うようにその肝心の目的は少しも達せられないばかりか、却って外人の軽侮を招き、引いては原作者にも迷惑を及ぼす道理であることを、痛切に彼等に悟って貰いたいのである。

実際秋骨先生の言の如く、何処の国に自分の国の文学を廻らぬ舌でわざわざ不自由な外国語に訳し、「どうぞ此れを御覧下さいまし」と云って触れ歩く奴があるであろう。「さすがに国自慢のイギリス人でもシエクスピアやミルトンを日本語に訳そうとはしなかった」のである。

「私は寡聞にして、まだ自国のものを他国語に訳したという例を、外国の文学上で耳にした事がない。蓋しそういう事があるかも知れないが、恐らくそれは稀有《けう》の例であろう」である。ちょっと考えれば分ることだが、我が日本の文壇にもいろいろの外国文学、――仏蘭西文学、露西亜文学、昔は支那文学などが輸入されたけれども、それらは悉く彼等から見れば外国人たるわれわれ日本人の手に依って移植されたので、未だ嘗て仏蘭西人なり、露西亜人なり、又は支那人なりが、自ら彼等の国のものを日本語に訳して、流行《はや》らせに来たと云う話を聞かない。たとえそんな真似をしたところで、日本の文壇は日本人の手に依らなければ動かされる筈のものではない。自分の娘が別嬪《べっぴん》だからと云って、わざわざ他人のお気に召すような装いをさせて、呼ばれもしないのに余所の家へ押し掛けて行って秋波を使わせる奴があるだろうか。親の不了見は云うまでもないとして、そう云う親馬鹿に引っ張り廻される娘こそいい災難である。

〇

こう云うと、或いは説をなす者があろう、——それは成る程理屈としては通るけれども、しかし日本語は西洋人には非常に難解な言葉であるから、英仏独等の国々の関係とは訳が違う。仏蘭西の文学を亜米利加に紹介するとか、独逸のものを英吉利へ持って行くと云う場合には、自分の方から押し売りをせずとも向うからやって来るだろうが、日本の場合はそうは行かない。向うから来るのを待っていた日には、いつまで立っても来ないかも知れない。だから日本の文学に於いてはそう云う事情を考えて、特別の計らいも已むを得ないと。これは一応尤ものように聞えるが、私はそう云う異論に対して答えるであろう、

――いかに難解なものであろうと、それが真に価値ある芸術であるならば、いつかは人に知られずに終る筈がないと。昔歌麿や北斎が浮世絵の版画を作っていた時代に、誰か彼等の作品が後世斯くの如く欧米に喧伝されることを予想しただろう。彼等はてんで外国と云うものの存在をすら頭に置いていなかっただろう。彼等ばかりか、日本人全体が誰もあれを押し売りしようとはしなかった。彼等が世界に知れ渡ったのは、恰も草木が成長し、花を咲かせ実を結ぶように、全く彼等の作品が持つ輝やきが自然と外に発したのである。断って置くが、彼等が有名になった頃の日本は、今のような一等国でも強国でもなかった。宣伝機関なぞは云うまでもなく持っていなかった。地球の隅に日本と云う一小国のあることを知っている者さえ少い時代であった。それでもそれだけの値打ちのあるものは結局知れずにはいないのである。

○

明治以後の芸術家のうちで、一番早く欧米にその名を知られた者は九代目団十郎ではなかっただろうか。(貞奴《さだやっこ》のように此方から出かけて行った者は例外。)「団十郎はえらいもんだ、団十郎と云えば西洋へまで響いていて、団十郎が風邪を引くと彼方の新聞にも出るそうだ」と、子供の時分に私はそんなことをしばしば聞かされた。果してそれほど有名であったかどうか分らぬが、歌舞伎劇は浮世絵に比べると西洋人にはずっと取り附きにくいものであるにも拘らず、団十郎ほどの俳優になれば矢張り知れずにはいなかったのである。否、ひとり団十郎のみではない、私は日本の旧劇の持つ特殊の味わいと魅力とが、今や徐ろに外国のその方面から認められつつあるのを見て、隠忍自重していれば正しきものは遂には勝つと云う真理を、今更のように感じるのである。日本の歌舞伎劇は決して進んで宣伝をしなかった。それは外国人に対して鎖された門戸でないまでも、長い間殆どそれと同様な状態にあった。仮りにも名を知られた歌舞伎役者が一座を組織して外国へ興行に行くと云うようなことは、実際出来なかったのでもあるが、幸いにして今迄に一度もなかった。クローデル大使が斡旋して帝劇の連中を巴里へ呼ぶと云うような噂もあったが、そう云ういらざるおせっかいが沙汰止みになったのは結構である。ウイリアム・バトラー・イエーツは亜米利加で伊藤ミチヲ君の舞踊を見て大いに参考になったらしいが、(“Four Plays for Dancers” by W. B. Yeats の後記参照。)何も分らない西洋人にそう云うものと梅幸の「土蜘《つちぐも》」などと一緒にされてはたまらない。外国へ出稼ぎに行くのは河合ダンスか宝塚の歌劇か天勝の奇術ぐらいにして置いて、ほんとうにいいものは、真に先方から辞を厚うして招聘される機運になれば格別、先ずそれまではどっしりと本国に根を据えているべきだ。

○

クローデル大使で思い出したが、あの先生が妙な道楽から何だか擽ぐったいような舞踊劇を書き下ろして、幸四郎にやらせろの、菊五郎でなければいけないのと勝手な註文を出すのに、東京の一流の大劇場が無闇にへいへいと有り難がっているのなども、あんまり見っともよくない図だ。私は上演は見なかったが、読んだところでは愚にもつかない作品であった。それを第一新聞などが持て囃すのがよろしくない。太郎冠者なみに扱ったらいい。

幸四郎がテッド・ショウンに道成寺を教えたのなぞも、悪いことではないけれども、ちょっと考え物だと思う。ショウンは亜米利加へ帰ってから、その直伝《じきでん》の道成寺を東洋土産として上演し、苦心談の一節に幸四郎を褒めちぎって、「彼は立派な芸術家であり且立派な人格者である」と云っているが、成る程褒めるのは当り前である。随分親切な人もあるものだと思ったか知れない。いつぞや石井漠君に会ったら、「なんです、松本幸四郎ともあろう者が、いくら相手が西洋人だからと云って、あの道成寺を自ら手取り足取りして教えないでもいいじゃありませんか」と云っていたのには私も至極同感であった。自分の芸を鼻にかけてお高く止まるのは良くないことに極まっているが、若しテッド・ショウンがあの程度の日本人の芸人であったら、幸四郎は果してあんなに親切に教えただろうか。況んやそれが亜米利加三界へ持ち廻られて、亜米利加風が加味されたところの、悪飜訳にも等しい「道成寺」がれいれいしく披露される光景を思えば、私は竦然《しょうぜん》とせざるを得ない。そんなにまでして日本の芸術を見て貰わずともよいではないか。

話が少し脱線した。

○

文学は歌舞伎劇よりも更に一層西洋人には難解であるが、それでもそれが価値のあるものである限り、私はきっと理解される時が来ることを信ずる。たしか高浜虚子氏であったか、「俳句の境地を飜訳に依って外国人に分らせることは不可能である。彼等自ら日本語を学んで、原作に就いて会得《えとく》して貰うより仕方がない。そうして恐らくはそう云う時期が案外遠からず来るであろう」と云っておられるのを、何かの雑誌で読んだことがある。言葉の性質が余りに違うから飜訳して見せると云うのは却って誤まった考えで、違い過ぎていればこそ猶更うっかり飜訳なぞは出来なくなる。兎に角われわれは当分落ち着いて、先方からそう云う特志家の出るのを待っているがいい。たとえ飜訳するにしても、彼等の手に依って彼等の国語に訳されるのが当然である。向うが何とも云わないのに此方から騒ぐのは不見識も甚しい。殊に宣伝機関を設けて輸出向き飜訳を押し売りにするなどは沙汰の限りである。

私は「恐怖時代」に就いては、前の行きがかりもあるので、承諾はしたものの、これから以後はそう云う企てに対してはキッパリお断りしようと思う。

『改造』昭二・九月号

饒舌録（感想）

谷崎潤一郎

今からもう十何年も前、嘗て芥川君はこんなことを云ったことがある。——「あなたは創作をしている途中で、いったい己は何のために骨を折ってこんな仕事をするんだろう。これを書いたところで何になるんだろうと、そんな気が起ることはありませんか。シェンキウイッチは、もしもそう云う気が起ったら悪魔だと思えと云っていますね。」

私はそれに対して何と答えたか覚えていないが、多分私にもそう云う経験がないことはない。そうしてそれは、創作熱の最も衰えている際に起る気持ちで、云う迄もなく作家に取っては甚だ危険な時機であり、誰しも一度はそう云う経験があるであろう旨を述べたと記憶している。

芥川君は此の、シェンキウイッチの所謂「悪魔」に見込まれたのであろうか。

が、創作熱がなくなっただけで人は容易に死ねるものでない。芥川君はその手記の中に、食慾も色慾もなくなったと云っている。しかし生来甚だ君に旺盛であった読書慾はどうなっていたろうか。好きな本を読むことさえが詰まらなくなったであろうか。或は又、全く読書慾ばかりでは生をつなぐに足りないのであろうか。

芥川君の自殺の動機が哲学的思索の結果であるや否やは知らず、少くともその手記に発表されたところだけでは、哲学的であるとは云えない。氷のような病的な神経の世界と云い、ぼんやりとした不安と云い、単に気分を述べているのみで、冷酷なる自己解剖は施してない。もちろん故人が世人に読ませる意志を以て書き遺したものでないから、――又そんな必要は認めなかったでもあろうから、――此の手記だけで故人の自殺を批評することは早計であろう。ぼんやりとした不安とは何であるか、故人の明敏を以てしてそれが今少しはっきりと説明出来なかった筈はない。故人は或いはほんとうのことは世人に知らせたくなかったかも知れない。

「いや、なんのかのと余りうるさく云ってくれるな、黙って静かに死なせてくれ給え。」

と、今頃は地下でそう云っているでもあろう。

それにつけても、故人の死にかたは矢張り筋のない小説であった。

○

多くの作家は、不断に旺盛な創作熱を持ってはいない。大概の場合、それは週期的に、間歇的にやって来るのである。今日の如きジャアナリズムの時勢に於いて、職業的作家は真に書かないではいられないで書くことよりも、新聞雑誌の編輯者に鞭撻されて書くことの方が多いけれども、それでも全然創作熱を感じない時には、いくら書こうにも書く訳に行かない。そう云う場合に、金が欲しさに耻を忍ぶことの出来る人は別として、苟くも芸術に忠実な者は再び感興が戻って来るまでじっと待つより仕方がない。ところでそれが直きに戻って来ることもあり、何年たってもとうとう戻らずにしまうこともあり、要するにミューズの神様の思し召し次第で、作家自身は自分で自分をどうすることも出来ないのだから、これで生活し、妻子を養って行こうとするのは、云わば危い綱渡りのような渡世である。

金のために物を書くなどと云うことが夢にも出来なかった芥川君は、此の渡世の危さを人一倍痛感していたに違いない。菊池君が大毎の客員を辞したとき、芥川君はひとり同社にとどまっていたが、「ろくに仕事もしないくせに月給を貰うんで、新聞社には済まないんだけれど、僅かな金でも月々きまった収入がないと僕は非常に不安なんでね」と云っていた。思うに神経質な故人は、シェンキウイッチの所謂「悪魔」に附け込まれそうな運命にあることを、甚しく恐れていたのであろう。実際君の作風には、いかにも悪魔が狙いそうな弱々しい傾向が早くから見えていた。もちろん弱々しいと云うことは常に必ずしも或る作品の欠点ではなく、それが特色であることもあり、芥川君にもそう云うもので美しい作品があるにはあるが、それならそれで、もっと思い切って弱々しいところを打ちまけてしまうか、然らずして君の持ち前であるあの端正な風格を是非とも保ちたいのなら、創作の量をずっと少くすべきであった。今の普通の作家に比べて決して多作の人ではなかったが、もっと減らして、出来るだけ創作熱の蓄積を心がけた方がよかった。こんな道理は誰よりもよく承知していながら、君は一面に、書かずにいるとなお書けなくなりそうだと云うような、強迫観念に似たものを持っていたのではないだろうか。私はひそかにそうであったろうと想像し、その心持ちに限りない傷ましさと同情を感ずる。神経衰弱だと云ってしまえばそれまでだけれども、神経衰弱も亦その人の体質なり性質なりの一部であるから、一概に病人扱いする訳に行かない。

（此項つづく）

芥川龍之介全集編纂につき謹告

今回芥川龍之介全集を編纂致しますについて俳句歌書翰其他を汎く蒐集致したいので、それ等の材料御所持の方は左記條項御承知の上どうか私達に一時御貸し願ひたいと存じます。尚此旨御心當りの向へも御傳達願へると幸甚です。

一　御郵送は至急に願ひます。
一　材料は凡て肉筆を希望します。
一　書翰は御差支の部分は公刊の際削除しても宜しうございます。
一　取捨選擇は私達に御一任願ひます。
一　御貸與の品は複寫の上順次書留郵便で御返送致します。
一　御送附は東京市神田區南神保町十六番地岩波書店内佐佐木茂索宛に願ひます。

芥川龍之介全集編纂同人（いろは順）

小穴隆一　久米正雄
谷崎潤一郎　小島政二郎
恒藤恭　佐藤春夫
室生犀星　佐佐木茂索
宇野浩二　菊池寛
久保田万太郎

昭和二年九月

『改造』昭和二年十月号より

『改造』昭二・十月号

饒舌録（感想）

谷崎潤一郎

芥川君の葬式の帰りに、泉、里見、水上、久保田の諸君と一緒に小石川の偕楽園へ落ち合っていろいろ追懐談をした。その時里見君の話に、「近頃芥川君は小説を書くのが実につらい、実にむずかしいと云って頻りにコボしていたそうだ。僕はそれを人伝《ひとづて》に聞いたので、今更そんな気の弱いことではいけない、むずかしいことは始めから分っているのだから、どうか力を落さずに、是非奮発して押し通してくれ給えと、人を介して同君に忠告したことがあった。そうしたら大いに有り難いと云って感謝していたそうだがね」と云うことであった。これはいかにも里見君と芥川君との気質の相違を対照的に見せていて面白い。水上君は又例のキビキビした調子で、「芥川君の作品には随分前から疲れが見えていたね。僕は一ぺん同君の前で失礼ながら君は非常に疲れていると直言したことがあるんだよ。そうしたら、全く君の云う通りだ、自分でもそれはよく分っているんだと云っていた。」――と、そんなことを云って、「要するに芥川君は小説はまずかったと思うね。才人ではあるが小説家ではなかったね。僕は此の説を三田の連中の前で公言したら、怪しからんことを云うと云って大いに攻撃されたがね」と云うのであった。攻撃した人はどう云う意味合いだったか知らぬが、私は水上君の意見に徹頭徹尾賛成であった。そしてこう云うことを云った。――芥川君は実際小説家ではなかった。小説を書くには不向きな人だった。若しあの人が徳川時代に生れて琴棋書画の趣味の中に生き、昔風の文人墨客として立って行けたら、思う存分に才能を発揮することが出来たかも知れない。つまり時勢が悪かったのだ。一と時代早く世に出たらもっと傑出したであろうと。すると水上君は、なあに、昔風の文人墨客でなくっても、今の時勢でももっと適当な境地があったのだ。たとえばエッセイストになったらどうだったろう。僕はあの人がセチ辛い文壇などへ飛び込まないで、大学のプロフェッサーでもしていて、傍ら夏目漱石論でも書いてくれたらば、可なりわれわれを啓発しただろうと思って甚だ惜しい気がする。仮りに小説家になるにしても、やはり夏目さんのように四十ぐらいまで学者生活をして、それから書き始めたらもっと大きくもなれたろうし、長続きもしたか知れない、と、そうも云った。私は此の説にも一応は同感した。人間と云うものは処世術を誤まると飛んだ不幸を持ち来たすことがある。芥川君は聡明な人だったが、第一歩の踏み出しを間違えて文壇へ足を入れたために、あんなことになったのかも分らない、と、ちょっとそんな気もした。けれども又考え直して見ると、故人は恐らく神経質で四方八方へ気がねをするたちであったから、エッセイストになったとしても、果たして自己の信ずるところを無遠慮にズバズバと云い切れたかどうか。森鷗外氏のことをほんのちょっと悪く云ってさえ、あんなに気にしていた程だから、一層自分に関係の深い夏目漱石論なぞはトテも思い切って書けなかったであろう。書いても曖昧な、奥歯に物の挟まったような、さぞ読んで気持ちの悪いものが出来たであろう。芥川君に欠けているのはエッセイストたるの見識、学殖、批評眼にあらずして、それを発表する勇気なのである。生前、私なぞに対しても、極く打ち解けた場合にはずいぶんアケスケにいろいろの意見を述べたものだが、そんなときには私はいつも故人の批評眼の正確にして卓越していること、その趣味の広汎なこと、学問の幅の広いこと、古今東西の芸術はもとより人物評などでも可なり細かく、皮肉なところを見ていることにしみじみ感心したもので、ただの茶飲み話をしてさえ教えられることが多いのだから、せめて此の人が何か纏まった評論でも書いてくれたら、どんなにか文壇を益するか知れないと思ったくらいだった。見識や批評眼のない者に勇気は要らない、が、人を傾聴せしむるに足る立派な意見を持ちながら、而も勇気がないこと、――此れ実に悲しむべき芥川君の欠点であった。

文壇と云うところはセチ辛いかも知れないが、しかし世間は何処へ行ったってそうそう楽な所はない。たとえば政治家、官吏、実業家等の社会はどうか。

○

私は実業家の方面はよく知らないが、政治家や官吏の社会に比べれば文壇の方がずっと住み心地がいいだろうと思っている。嫉妬排擠、讒誣《ざんぶ》中傷は勿論何処の社会にもある。しかし文壇人は一般に正直で単純である。人を憎むことはあっても、陰険な詐略を以て人を陥れ、起つ能わざる打撃を与えて自ら快とするような残忍な行為を敢てする者は絶対にない。反感があれば露骨に表白するまでで、アトはあっさりと忘れてしまう。多少根に持つことはあっても進んで相手を排撃するまでには至らず、遠くの方でぶつぶつ悪口を云うくらいなものである。中には卑怯な小細工をしたがる者もあるだろうが、政治家や役人などの悪辣な手段に比べれば、それも極く罪のない子供瞞しのいたずらのようなもので、一人前の男子なら歯牙にかけるにも足らぬものである。芸術家は生活振りが放縦であるの、廃頽的であるのと、教育家や警視庁あたりは目の敵にして、危険思想や堕弱な習慣はみんな文壇の罪のように云うけれども、その実私は、文壇の方が一般の社会に比べて道徳の標準が一段高いように思う。文壇人には、当今の大臣や代議士や役人の如く衆人の前で見え透くようなうそをついて恬然《てんぜん》としている者は一人もない。われわれはそんな胆力もずうずうしさも持ち合わせない。われわれだって悪いこともするし罪も犯すが、人からそれを指摘され、自分でも悪かったと云うことが分れば、男らしく告白して社会に謝し、その責めを負う。決して何処かの国の政治家の如くうそや非行がバレかかっても鷺を烏と云いくるめて、自ら免れて恥ずるところなく、傲然と社会の上層にのさばっているようなことはしない。仮りに松島事件のような裁判沙汰が文壇の間に起ったら、あんなに被告と証人の陳述がひどく喰い違うことはなく、事件の真相は訳なく明白になり、誰が悪いかは直きに極まってしまうであろう。いや、恐らくは関係者一同「自分にも幾分の罪はあります」と云うだろう。そのくらいの良心を皆われわれは持ち合わせている筈である。一つには小説家や文人の私行に就いては世間が好奇心の眼を以て見るので、告白する必要のないことまでも隠して置けない立ち場にある。引き合いに出すのは恐縮であるが武者小路君の家庭の事件など、批難する意味でか冷やかす意味でかたびたび新聞の材料になる。武者小路君はああ云う人だから、聞かれれば差し支えのない限りどんどん云う。政治家共だったら下手ッ隠しに隠すようなことを、サラサラと云って除ける。こう云うしきたりには弊害もあるけれども、勢い文壇には虚偽や猫ッ冠りが存在しないことになって、如何ばかりそこの空気を明るく晴れやかに、清潔にさせているか知れない。

ところで私は、嘗て芥川君と此の話をしたことがあった。芥川君も私と同意見で、「全くそうですよ。まだしも文壇が一番無邪気でいいですよ。僕はこの間大学のプロフェッサー連の軋轢《あつれき》の激しいことを聞きましたが、そのやり方が陰険で女性的で而も悪辣を極めているには、聞いて実にあきれましたよ。学者なんてひどいもんですな。あれじゃあ僕なんか一日もいられやしない。夏目先生が逃げだしたのも尤もですよ。」と云っていた。そうして見ると芥川君は、たとえ大学の教授になっても夏目先生よりもっと早く逃げ出したことであろう。彼は自ら一番住み心地がいいとしていた文壇にさえ住むに堪えなかったのである。

何と云う傷ましい人であることか。

○

芥川君の芸術は、その小説は、所謂「小説」として読んだら或いは飽き足らないかも知れない。それは此の世に生活するのに最も不向きな体質と気質とを持ち、而も最も多方面な才能に恵まれ、最も明晰な頭脳を備えた一つの魂の、苦悶の歴史と見るときに私は多大の価値を感じる。その苦悶も決して大袈裟な、傷ついた猛獣の如き呻りではない。微かなあえぎ、喘息病みの息のようなものが多く作品を通じて聞かれる。君は新進作家時代にしばしば形式の完成と云うことを主張されたが、そんなことは君の作品に於いては実はどうでもいいことである。晩年の故人は恐らく私の此の説を首肯されたことであろう。

兎にも角にも、もっと馬鹿であるか、もっと健康であるか、孰方かであればもっと幸福に暮らせたであろうに。

○

正宗白鳥氏の「中央公論」の劇評を読んで、感じたことの二三を記し、併せて同氏の教えを乞いたい。

たしか去年の暮れだったかに、帝国ホテルの一室に於いて、久し振りに——と云うよりもむしろ初めて白鳥氏とただ二人きりで、一時間ばかり茶を飲みながら雑談をする機会があったが、そのとき私は、文壇では読む脚本、——レーゼドラマというものを頭から軽蔑する風がある。「読んでは面白いが、舞台にはかけられない」と云う一言の下に片附けてしまって、そう云うものは真の脚本ではないとする。しかしながら読んで価値のあるものならば、それも一種の芸術であることはたしかである。舞台に上演出来ないものは脚本とは云えないと云うなら、それは名前の争いであって、ほかに何とでも名を付けたらいい。けれども上演に不適当であると云う一事を以て、その作品の芸術的価値までが上演出来る脚本よりも劣っているように看做されるのだったら、不都合である。そうして事実はその反対の場合の方が多いように思われる。と云ったら、白鳥氏も同感され、「それは私が疾《と》うから云っていることなんだ」と云われた。

われわれが創作をする場合に、その取り扱う内容の種類に依って、普通の小説の形式より仮りに私が脚本の形式に於いて表現する方が、扱い易く、且効果を出し易い時がある。仮りに私なら私がそう云う作品を書く場合には、頭の中に一箇の空想の舞台を作る、そうしてそこにいろいろの人物を登場させ、いろいろのセリフやしぐさをさせ、実際の芝居を見るが如くに感じ、さてそのままを紙上へ写し取る。この過程は幾分か自ら努めてもそうするのだが、時には自然と舞台が脳裏に浮かんで来て、否でも応でも脚本の形式を取らなければならなくなる。そう云う作品に接する読者は、やはりめいめいの脳裏に空想の舞台を作り、作者の空想が見たのと同じ芝居を見せられる。作者はそこまでは予想している。けれども空想の舞台と実演の舞台とは違うのだから、それが俳優の手に依って劇場で演ぜられるのに適するかどうかは、問題にしていない場合も有り得る。

私がこんなことを云い出したのは外でもない。いったい芝居と云うものはそれが夢幻劇であれば勿論空想の美しさには及ばないし、されぱと云って写実劇に於いても、――或いは写実劇であればあるほど、一層わざとらしい、うそらしい感じを伴うものである。何しろそれぞれの個性や生活を持った俳優と云う生きた人間が寄り集まって、或る一個人の頭から出た一つの世界を組み立てるのであるから、その性質上、どうしてもちぐはぐになり易いもののように思われる。たとえば自然主義の戯曲など、日常生活の一方の壁を取り除いたように演ぜられなければならないと云うが、それは観客に「そのつもりで見るべきものである」と云う手心をさせるだけのことで、事実日常生活の通りに演ぜられる芝居なんてあるものじゃなかろう。少くとも私は、そんな芝居を日本で一度も見たことがない。イプセンやストリンドベルクの劇を優秀な俳優が演ずれば面白いには違いなかろうが、その面白さはほんとうらしいことにあるのではないと思う。（此の事は先へ行ってから述べる。）

ケーベル博士は、音楽の演奏を聴くよりも音譜を読んでその音楽を空想した方が楽しいと云われた。そうして此の事は脚本に就いても幾らか真である。久保田万太郎君の戯曲を読めば、私は自分の脳裏の舞台に殆んど完全にあの世界を再現することが出来るが、仮りにあれの実演を見たらその美しい世界は却って壊されてしまうであろう。私自身の乏しい経験から云っても、嘗て一度も自分の作品が自分の思い通りに舞台の上に再現されたことはなかった。私はいつも、それを舞台監督や俳優の罪であると云うよりも、大部分は芝居そのものの欠陥から来るのだと云う風に感じた。それは作品が読む脚本であって真の脚本でない証拠だと云われそうだが、私のものは兎に角、久保田君のものなどが実演に適しないと云うことになれば、芝居の領域がそれだけ狭いことを意味する。

いつであったか帝劇へ露西亜のオペラがかかったとき、廊下で芥川君に会ったら、「オペラと云うものを初めて見たが、舞台装置や扮装なんかをイヤに事々しく写実的にして、それで出て来る俳優がみんな歌ばかり唄っているのは、何だか変に不調和だな。オペラなんて馬鹿馬鹿しいもんだな。日本の能の方がよっぽど自然だ」と云っていた。能楽と比べて孰方が余計自然であるかは今私の問うところでないが、しかしたとえば「カルメン」の大詰め、ドン・ホセがカルメンを殺して慟哭するところなぞは、歎き、悲しみ、怨み、悶えて、天に訴え地に転《まろ》び俯す心持ちを表わすのに、歌を唄って表わすより外表わしようがない。あれを写実で演じたら必ず誇張的になって、わざとらしい、騒々しいものになるに極まっている。

だから芝居で真に迫った殺人の光景だの、真に迫った悪人だのを見たいと云うのはそもそも無理な註文である。

『改造』昭二・十一月号

饒舌録（感想）

谷崎潤一郎

前号に於いて、私は芝居と云うものがどうしてもわざとらしい感じを伴うものであることを云った。舞台上の自然主義とか、写実主義とか云ったところで、結局何処までも舞台上の約束であって、事実日常生活の通りに演ぜられる芝居なぞが、決してあるものでないことを云った。尤もそう云えば芝居に限らず凡べての芸術が皆幾分かそうではあるが、芝居は此の点が特に著しい。それは前にも述べた通り、完全な一人の頭から出来るのでなく、個々の人間が寄り集まって演じるのだから、何としてもバラバラになり易く、それに俳優一人一人の人柄や臭みが邪魔をすることは防ぎようがない。幸にしてその人柄に牽引力がある場合には、それが所謂「持ち味」となって珍重せられるが、そうなれば観客は俳優その人を好くのであって、彼が演出する戯曲の内容的価値とは関係がない。そうして皮肉にも、名優と云うものは多く個人的魅力の強い俳優なのである。名優は「その役になりきる」と云うが、実は反対で、たとえば鴈治郎は紙治になっても盛綱になっても鴈治郎であり、その鴈治郎であるところが喜ばれる。が、たまたま鴈治郎が嫌いな人だったら、彼の扮するどの役を見ても真っ先に臭みが鼻に附いて、到底出し物のよしあしなどを判別する余裕はないであろう。徳川時代に俳優が「河原乞食」として卑しめられていた頃には、舞台以外に接触する機会が少かったからまだよかったが、近頃のように彼等の社会的地位が進み、俳優である一方に紳士夫人令嬢として素顔を曝す場合が多くなると、尚更その人の生地の臭みが舞台の上へまで附いて廻って、われわれの空想を打ち壊す。「寺島君」「波野君」「喜熨斗《きのし》君」等を考えずには、菊五郎や吉右衛門や猿之助の劇を見ることが出来なくなる。

ひそかに思うに、こう云う弊害を芝居から除き去ろうと云うのは、畢竟無駄な努力ではなかろうか。ずぶの素人から俳優を養成しても、舞台へ出せばやはり身に附いた癖があるもので、就中最も身に附いて離れないのはその人の肉声である。われわれはほんの一行のセリフを聞き、声を聞いただけで、「ああ、あのいつもの役者だな」と云う感じが、芝居そのものの興味よりも先へ来る。明治以来坪内博士の文芸協会を始めとして、上山草人の近代劇協会やその他類似の新劇運動がずいぶん興ったり亡んだりしたが、私は実は、めったにああ云うものを見に行ったことがなかった。と云うのは、あの時分の所謂新劇の俳優なるものは、大概は中学校以上の学歴を持ち、在来の歌舞伎役者に比べて頭脳もあり教養もあると云うことを誇りとし、それを身上にしていたのだが、しかし今日ならば兎も角、あの頃の時勢としては、中学や専門学校に学んだ程の青年で俳優などになろうと云うのは、そう云っては失礼だけれど、あまり質のいい学生ではなかった。先ず大抵は学校の成績も芳しくなく、放蕩に身を持ち崩して中途で退校させられたのや、ちょっと男っ振りがよくって女に持てる代りには色魔と云う以外に取り柄のないのや、文士になろうとしてなり損ねたのや、要するに学生の中の食い詰め者が多かった。無論少数の例外はあろうし、その当時から今日に及んで俳優として相当の名を成した者は、やはりそれだけの天分があったのであろうが、大部分は不良青年の集まりであった。それで新劇の舞台を見ると、どうも私には食い詰め者や道楽息子や色魔や低能児の生地が見え透いて、――私自身が当時は親不孝の食い詰め者だったせいもあろうが、――彼等俳優の境遇が身に詰まされて、その方が芝居よりも実感的に悲惨であった。私なぞは職業の関係上、個人的に彼等と接触する機会が多く、その人柄や内幕を知っているので、なおそうであった。

新派の芝居が廃れたのも、恐らくそう云うことが余程原因になってはいないか。新派俳優にはその人柄に一種独得の臭みがある。歌舞伎俳優の臭みはそれが都会人を惹き着ける持ち味となっているのだが、新派俳優のは、都会人、――分けてもそう云う感覚に鋭敏な東京人の肌に合わない。出し物の下らないことよりも何よりも、此れが新派の衰えた所以ではあるまいか。

○

斯かる見地から考えると、小劇場などと云うものにも私は深い疑いを持つ。云うまでもなく、小劇場に於いては、観客席と舞台との距離が接近するから、従って俳優は余り不自然な化粧や扮装をする訳に行かない。彼等は日常生活に於ける場合と余り違わない様子をして舞台に現れる。だから観客には、彼等俳優の自然の皮膚の色が見えるばかりでなく、時として肌理《きめ》の粗さや細かさや、鼻の穴の真っ黒なところや、鼻毛や鼻糞や襟垢までも分ってしまう。つまりそれだけ仮面の下から露骨に生地が見え透くのである。斯くの如くにして観客の空想を戯曲の世界へ導くことは余程むずかしい。ほんのちょっとした表情をしてもわざとらしいことが直ぐに眼につく。先年物故したエレオノラ・デューゼは心の底から劇中の人物に同化することが出来、舞台で泣く時はほんとうに涙を流したそうだが、そう云う天才的の俳優が演じてこそ理想的であろうけれども、われわれが普通日本で見せられる小劇場なるものは、多く舞台の経験の浅い、漸く養成されたばかりの俳優たちが演ずるのである。その出し物が表現派の飜訳物であろうと、或いは日本の新作品であろうと、畢竟するに舞台の上でしゃべっているのは文学少年少女どもであると云う気持ちを、余人は知らず、私は忘れ去ることが出来ない。蓋し小劇場は一般の劇壇に刺戟を与え、新しい空気を注入する点で確かに必要な存在であり、その方面に興味と利害とを有する者は参考に見に行く価値はあろうが、それ以上の何物でもない。殊に飜訳物などは舞台で見るよりも本で読んだ方が、不純な媒介が這入らないだけ却って完全に鑑賞し得る場合が多い。

ところでこれは余談であるが、若し私の好きな歌舞伎俳優、――たとえば松助とか、中車とか、羽左衛門とか、菊五郎とか、そういう役者たちが小劇場へ出場し、彼等が日常生活の生地をその儘現わして、久保田万太郎君の戯曲とか、いつぞやの小山内氏の「息子」のようなものを素直に自然に演じてくれるのであったら、私はそれこそ喜んで見に行くであろう。彼等はめいめい固有の持ち味が濃厚であるから、完全に戯曲中の人物になりきることは出来ないかも知れないが、それならそれで、私は彼等の持ち味そのものを楽しむことが出来る。俳優に限らず、凡べてその道で叩き上げた一流の芸人になると、素で出しても何となくその人柄に奥床しい味いがあって、名人の落語家《はなしか》などが日常の茶話をしているのを聞くと、高座の上とはまた自ら異った趣があり、何の奇もない片言隻語にも不思議に惹きつけられるものだが、小劇場であったら、つまりそう云う個人的の魅力にしんみりと接することが出来そうに思う。

それと同じような理由で、若い美しい女優を見るには小劇場が一番いい。お客は彼女の滑かな皮膚や、生え揃った睫毛や、すずしい瞳や、真珠のような歯並び迄も残す所なく味わうことが出来るのである。こんなことを云うと甚だ不真面目に取られそうだけれど、事実小劇場へ行くお客の心理には、半ば無意識的にもせよそう云う性慾的の動機が多分に含まれてはいないだろうか。芝居を見に行くと云うよりも生地のままなる美少年や美少女を見に行く。――正直に云うが、少くとも私などはそうである。

○

私の云わんと欲するのは、戯曲本位、内容本位の演劇などと云うものは要するに一種の夢想であって、実現し得べきものでないから、それよりも寧ろ形式本位、俳優本位に甘んじた方がいいと云うのである。そうして実際の劇壇が、現にその通りなのである。俳優本位、形式本位でない劇団はいくら脚本の選定に苦心したところで、結局は立ち行かない。ここで芥川君をまた引き合いに出すが、嘗て同君は沢正の芝居を口を極めて罵倒していた。「あんな馬鹿馬鹿しいものはないな、あんなものなら僕だってもっと巧くやれるな」と云っていた。私も恐らくは見たらそんな気がするだろうと思って、まだ一遍も覗いたことはないのだが、兎にも角にもあの一座があれだけの人気を博するようになったのは、俳優本位だからである。此の傾向は歌舞伎劇が廃れて新時代劇の世になろうとも、苟くも芝居と云うものの続く限り永久にそうであろうと思う。早い話が映画劇でさえスタアー・システムではないか。映画劇中の最も高級なる独逸物でさえヤニングスやクラウスの人気で客を呼ぶのではないか。

要するに舞台芸術の価値なるものは、半分以上俳優の個人的魅力、もっと突っ込んで云えば肉体的魅力にある。但し、勿論魅力と云ったところで美貌の男女優に限るのではない。美男や美女でも一向魅力のない人もある。団十郎や団蔵の如きは決して美男子ではなかったけれども、最も特異なる容貌の持ち主であった。大体に於いて、如何に顔立ちが美しくても頭の働きの鈍い者は何となく魅力に乏しいものだが、さればと云って肉体的条件を欠如していては、到底俳優として大を成すことは出来ない。

〇

正宗白鳥氏は九月号の中央公論の劇評の中で「人生のための芸術」と云う言葉を使っておられる。この言葉は広くも狭くもいろいろに解せられるので、適確の意味を捕捉するのに苦しむが、一時の流行語であった「考えさせる劇」と云うようなもののことであるならば、前にも云う通り直接戯曲を読んだ方が捷径であり、芝居にそれを求めたところで恐らく失望に終りはしまいか。芝居はあらゆる芸術の中で一番享楽的、官能的、肉感的、性慾的分子が多いのであるから、どうしても先ず感覚に訴えて味わわねばならない。全然享楽的気分を去り、恰も学校へでも行く積りで物を教わりに行く芝居などと云うものが、事実あるべき筈がない。

私は芝居は、お客は娯楽半分で見物に行き、興行師は俳優本位で狂言を組み立て、それで一向差支えのないものと思う。俳優にして優秀な技倆と魅力とを持ち、観客にして洗錬されたる趣味と感覚とを有するならば、官能や肉体の美を通して何かそれ以上の永遠なるものを、精神的の美を感じ得られる。俳優の或る一瞬間の表情、眼つき、ポーズの中にでも、優れた絵画や彫刻を見るのと同じような不滅の美しさを汲み取ることが出来る。形式の美もそこまで来れば内容の美と同じことである。そうして芝居を見物に行く一般の民衆は学者や思想家ではないのであるから内容的価値のものよりも形式的価値のものの方が感じ易い。学問はなくても、高い形式美を味わうだけの鋭い感覚の所有者はある。感覚と云うものは使えば使うほど洗錬されて来るものである。

○

以上私は、分り易く云うために芝居の静的方面、絵画的方面を例に引いて、動的方面、音楽的方面に云い及ぶ暇がなかったが、孰れにしても芝居を見るには感覚が大切であることは云うまでもない。学問や識見や思想なぞも必要だが、三味線の音色のよしあしも分らないような人間だったら、芝居を云為《うんい》する資格はないと云ってよい。

私はしばしば自分の作物が上演される場合に、稽古に立ち合ったり、劇中の性格の解釈につき俳優から質問されたりしたことがあるが、常に感じるのは新劇の人たちより歌舞伎劇の人たちの方が新しいものに対しても理解が早いと云うことである。これは何故かと云うに、一に全く熟練されたる感覚を持っているからだと思う。歌舞伎劇の俳優たちは長い間の伝統に依って芸に対する感覚が妙に鋭く発達している。彼等は頭で理解しないでも感覚で嗅ぎつける。形式から内容に這入って行ける。舞台の上の坐作進退に関しては、ちっとやそっと学問をして飜訳物で近代文学をかじったくらいの青年では、太刀打ちが出来ないのも当然である。それと同じで、劇評にしても専門の所謂劇評家の批評より、都会の下町のお嬢さんや奥さんの方が往々成る程と頷かれるようなことを云う。

人の感覚と云うものは、習慣に依り、種族に依り、地方地方に依って随分違う。歌舞伎俳優のような専門家は芸に対する感覚が特別に広いが、一般にお客の側から云うと、東京人は菊五郎風のスッキリとした芸の味わいを解するが、鴈治郎のうまみは大阪人でなければ分らない。それ故一つの芝居を甲の人は面白いと感じ、乙の人はつまらないと感じても、既に感覚の相違であるから議論をするだけが野暮である。一人は此の鰻がうまいと云い、一人がまずいと云ったところで、二人の舌が違う以上は如何とも仕方がない。

○

正宗氏は私が菊五郎を褒めたのに対し、「厄年」の芝居を例に引いてさんざん菊五郎をコキ卸された。

私もあの「厄年」を見たが、私に云わせれば菊五郎の扮する悪人がうすっぺらなものであっても、真の悪人らしくなくっても、そんなことは一向問題でないのだ。あの芝居は菊五郎のものとして決して出来のいい方ではなかったけれども、しかし事件がサラサラと運んで行くところに、あっさりとした、上等の米の飯でお茶漬けを食うようなうまみはあった。菊五郎という役者は世話物で鍛えたせいか、妙にああ云うサラサラとしたものをやるとその人柄に附いている魅力が出る。真の悪人にはならなくっても何か菊五郎一流の美が現れる。それが私は好きなのである。

が、「厄年」を評し、菊五郎を評している正宗氏が、何故にあの中の朝妻船の踊りに就いて一言も云っていないのであろうか。これが私には不思議であった。舞踊を除いて菊五郎を論ずるのは無理であり、又あの場面が「厄年」の中でも一等よかった筈であるのに。

○

私は何も歌舞伎劇ばかりを謳歌し、新しい芝居を否定する積りではない。けれど少くとも今のところ歌舞伎劇の外には、人の感覚に訴え、人を酔わせるだけの舞台上の美がないことも事実である。私は沢正の「金色夜叉」よりはいかに不出来でも菊五郎の「厄年」を取る。

完成された美であっても古くなれば飽かれる道理だから、いつまでも歌舞伎劇で満足する訳には行かないし、いずれはそれに取って代るべき演劇様式が生れなければならないが、それにはわれわれ日常の生活の形式がもっと整って来なければ、芝居ひとりが生れ変ることは出来ないと思う。西洋文化と東洋文化とが雑然渾沌として入り乱れ、秩序もなければ均整もない今の世の有様では、そう簡単に行くものではない。歌舞伎劇は徳川時代の文明が爛熟の域に達した時に最も進歩した。芝居は外の芸術よりも、社会的、物質的条件に左右されることが甚だ多い。それは凡べての芸術の中で最後に発達するものである。まだ新しい音楽さえ生れないのに、何として新しい芝居が生れよう。

○

世の中には、物に酔える性質の人と酔えない性質の人とある。後者のような人に取っては、歌舞伎劇のみならず、凡そ芝居と云うものは悉く無用の長物であろう。私の見るところを以てすれば、正宗氏は酔えない性質の人であり、それを誇りとしているかに思われる。此の人が劇場へ出入りをして抑も何を求めようとするのか。

『改造』昭二・十二月号

饒舌録（感想）

谷崎潤一郎

今度改造社の円本から「幸田露伴集」が出るに就いて、何か提灯を持てと云う山本社長の註文である。露伴氏の如き偉大なる先輩に対して私のような若輩が今更提灯を持つと云うのも滑稽の沙汰だが、しかし円本の読者はひろい。何十万と云う人々である。そうしてその多くは二三十台の若い連中であろうから、既に半ばは文学史上の人物たる露伴氏の功績、地位等を、よく知っていない人もあるであろう。私の如き若輩をさえ「大家」と呼び、時には可哀そうにも「老大家」と呼ぶ今の時勢では、われわれと露伴氏との隔たりが、年数から云ってもいかに大きいものであるかを理解していない方面もあろう。で、主としてそう云う人々のために書くことにする。

○

ちょうど私の父親ぐらいの年配の老人は、芝居と云うと団十郎と五代目菊五郎の評判をする。「わたしたちの眼にゃあ成田屋があるもんだから、吉右衛門の活歴《かつれき》なんざあまるで子供芝居ですよ」とか、「どうも五代目が死んじまってからは芝居を見る気がしませんな」とか、老人どもは此の二人を芝居道の神様扱いにする。われわれより十年か二十年早く生れてその神様を見ることが出来たのを、自分たちの手柄のように云う。一時、団菊亡き後の劇壇に団蔵が返り咲きをしたのなぞも、団蔵自身が実際名優だったのにも依るが、一つには彼が団菊の存生時代に彼等と拮抗していたと云う事実に依ることも多いであろう。「あれは団十郎や菊五郎に楯をついたほどの役者だ」と云うような噂が、「団菊」を神様扱いにする迷信から、彼を生きた国宝のように偉く思わせたのであろう。今の歌右衛門が旧俳優中で威張っているのも、矢張り成田屋や五代目の相手役として当時随一の女形であったことが、何となく重味を附けているのではなかろうか。

が、幸いにして文壇の方は劇壇に比べるとたいへんに様子が違う。中車羽左衛門以下吉右衛門に至るまで何かと云うと「団菊」を引き合いに出されるように、われわれの作品が一々紅葉露伴のものに比較されて、「紅露を見た眼では見られませんな」などとやられては全くたまったものではないが、小説の読者は芝居の見物ほど迷信的でない。それに文壇には幸か不幸か歌舞伎の如き魅力ある伝統がなかったために、劇壇に比べればずっと時勢に伴って進歩した。しかしながら、明治の文壇に於ける「紅露」の地位は、恰も劇壇の「団菊」にあたる。今の「中央公論」や「改造」になお露伴氏が活躍しているのは、ちょうど五代目菊五郎が帝劇の舞台へ現われるようなものである。これが芝居道であったら非常な出来事に違いない。

○

団菊の死んだのは私の中学時代であった。だから私も彼等の舞台をまんざら知らないでもないが、老人連が余り神様扱いにする反感もあってか、名優には違いないとしても、果たしてどれほどのものであったか疑わしいような気がする。少くとも当時の彼等の演出をそのまま今日の見物に見せたら、何と云うか分ったものでない。今の六代目や勘弥の方が面白いというかも知れない。要するに老人連が団菊を持ち上げるのは、いくら持ち上げても今の若い者には見ることが出来ないからである。

そこへ行くと文学の方は都合がいい。そうそう老人を威張らしては置かない。われわれは今日の眼で改めて紅露の作品を見、文壇に於ける此の二名優の価値を批判することが出来るのである。

私は可なり早熟であったから、少年時代からずいぶん生意気な本を読んだ。ちょうど老人が団菊の時代にあこがれるように、私も始めて紅葉露伴の作品を貪り読んだ頃をおもうと、云いようのないなつかしさを覚える。そして私は、どちらかと云うと、紅葉よりは露伴の方に早く親しみ、一番最初は露伴の方が好きであった。これは一つには、露伴の作品は仏教思想などを背景にして哲学的色彩を帯び、なかなかむずかしい小説だと云われたもので、子供の癖にそれを読みこなすと云うのが、我れながら偉そうに思えたからである。当時、私の級を受け持っていた小学校の先生に哲学や文学の好きな人があって、此の先生が常に露伴を褒めていた。紅葉よりも露伴の方がずっとえらい、第一学問が非常にある、だから書く物にも思想的の深みがあって、通り一ぺんの小説とは類が違う。あれはただの小説家ではない。と云っていた。その後中学校へ行ってからも、たしか今の学習院の教授をしておられる福井久蔵氏が先生であったが、やはり同じようなことを云って、紅葉よりも露伴の方を持ち上げていた。これは余談であるが、勝海舟翁なども「露伴はえらい、余程ひろく本を読んでいる。学問のない男は小説を書いても直きに種が尽きてしまうが、あの男はまだまだいくらでも伸びるだろう」と云っていたそうで、直接翁の話を聞いた人から私は又聞きしたことがある。(海舟伯の文芸談は「氷川清話《ひかわせいわ》」か何かにも載っている筈である。)そう云う訳で、その頃の学者とか教育家とか政治家とか、知識階級の方面には露伴の方が評判がよかった。徳田秋声氏の話にも、氏が高等学校時代にほんとうは露伴の弟子になりたかったのだが、あまり尊敬し過ぎてしまって、その門を叩くのが恐ろしく、それで紅葉山人の許へ行ったのだと云っておられた。で、たとえば「対髑髏《たいどくろ》」などと云う作品を、少年の私は頗る愛読したものであった。紅葉の物は思想とか観念とか眼じるしになるものがなく、ちょっと見ると何の奇もない客観的の作品であるから、写実の妙とか、会話の機微とか組み立てのうまさとか云うものが、却って子供には分りにくかった。それに露伴の文章は古典の趣味が豊富であったので、読みながらその出典を考えるのが一つの興味であり、たまたまそれを捜しあてると、自分もたいそう学者になれたような気がした。「対髑髏」と云えば、あれは何処か「雨月物語」の「青頭巾」を想わせる。そうして一層よく似ているのは「二日物語」と「白峰」である。これは勿論露伴氏が「白峰」を頭に置いて書かれた物に違いないが、秋成が「雨月物語」に書き、馬琴が「弓張月」に書いたその同じ題材を再び取り扱うと云うことは、余程の自信を以てかかられたのであろう。馬琴のはあまりに好かなかったが、「白峰」と「二日物語」とは私は殆んど暗誦するくらいに繰り返し読んだ。

当時露伴氏は少年の読み物をもときどき書かれたが、「少年世界」の夏季増刊号へ出された「休暇伝」の如きは、少年物ながら結構布局の整っている点、変化に富み教訓に富み、幅があり厚みがある点、まことに欝然たる大家の作品である。西洋ならばゲエテとかトルストイとか云うような人が童話を書いたらば斯うもあろうかと思われるような、貫禄と品格がある。あれはその後どの単行本に這入ったのか、久しく読んだことはないが、子供の時の印象は案外正確なものであるから、恐らく今読んでも立派なものに違いあるまい。

○

紅葉山人の死はたしか団菊の歿年とほぼ同時代であったと思うが、その死と共に硯友社《けんゆうしゃ》の諸家は凋落した。これはちょうど高山樗牛の死と共に樗牛を取り巻く姉崎嘲風畔柳芥《くろやなぎかい》舟《しゅう》の連中が次第に忘れられたのと同じく、一方の旗頭がいなくなるとそれを担いでいた人々は一本立ちが出来なくなってしまうものと見える。私は当時の露伴対紅葉、——乃至硯友社の関係が、いかなる状態にあったかを知らない。が、作物の上では紅葉に対して明かに一敵国の観があった露伴氏も、硯友社の衰えた頃からだんだん文壇を遠ざかった。ついで自然主義が文壇を風靡した頃は、森鷗外一人を除いて前の時代の作家たちは殆んど影をひそめてしまった。自然主義前派の人々が当時の新しい作家や批評家にいかに迫害されたかは、被迫害者の一人であった泉鏡花氏の話を聞いても一半を想像することが出来る。

「いや、書いたものの悪口を云われるどころではありません、何処でも私の原稿などは買ってくれないのを、ようようのことで或る本屋を見付けて、そこから単行本を出そうとすると、自然主義の人たちが徒党を組んでその本屋へ押しかけて行って、君の店ではなぜあんなものを出版するんだと、抗議を持ち込むと云う始末です。だからしまいには出版屋までが手を引くような有様で、これには弱ってしまいました。」──それで鏡花氏はしばらく逗子に佗び住まいをして、逼息しておられたということであった。後藤宙外が郷里の秋田県だか猪苗代湖畔だかへ隠遁したのも、多分その時分だったであろう。聞くところに依ると、露伴氏も頗る不平で、好きな釣りに浮き身を窶して悶々の情を慰めていた時代もあると云う。読売新聞に「心のあと」を発表してから後、氏は時代の圧迫を受けてか、或いは自己の内部に情熱が尽きたのか、全く創作を断念したかに見え、京都の帝大の教授になったりして、学者としての本領に立て籠るかの如くに見えた。若し氏の文筆生活が実際あの時で終っていたならば、氏は文学史の上に今の半分も業績を残さずにしまったであろう。私は嘗て大正八九年頃、本誌へ「芸術一家言」を草した折に、紅露二家の作物を比較し、小説家としてはどうも紅葉の方が上であるように思われると云ったが、それは私の当時の偽わらざる感想であった。大概の作家は時勢と共に押し流され、二十年三十年の年所を閲《けみ》した後になって見れば読むに堪えないのが常だけれども、紅葉のものには今日読んで見ても渾然としていて、古典の品格を保っている作品が沢山ある。此の点に於いて露伴氏はいささか紅葉に劣る。「対髑髏」はつい二三日前読み直して見たが、これはさすがに立派なものだ。独逸の浪漫派の作品に比べても遜色はなかろう。「二日物語」は手許にないが、これも恐らくは永久に「雨月物語」の「白峰」と光輝を争うことが出来よう。が、何と云っても紅葉よりは生硬な作物を多く残している。なまじ思想や哲学があるだけに、それが却って眼障りになる嫌いがあり、渾然たる感じを傷けているところもある。そう云う点で、私は一時氏の作品を好まなかった時代もあった。

○

紅葉は夭折《ようせつ》したには違いないが、しかし恐らくは文学的の生命はもう枯渇していたであろう。もっと長生きをさせたところであれ以上伸びはしなかったであろう。しかるに露伴氏は、長年月の雌伏の後、——その間には自然主義が勃興してやがて衰亡し、氏と同じく学者にして小説家を兼ねた漱石が出てそうして死んでしまった後、俄然として捲土重来した。私の記憶に誤まりがなければ、「改造」の誌上へ発表された「運命」が復活の最初ではなかろうか。私はあれを読んだ時の興奮を今でも忘れることが出来ない。人或いは、あれは史伝であって小説ではないと云うかも知れない。けれどもそれは余りに小説と云うものの近代的な形式に囚われ過ぎた考えである。斯く云う私もそんな風に考えた時もあるけれども、今はそうは思わない。所謂「小説」ではないにもせよ、芸術家たる露伴氏の学殖と情熱とを傾注し、真骨頂を躍如たらしめているところの「創作」であると云わずして何であろう。正に小説以上の小説、小説にして叙事詩を兼ね、史伝を兼ねているものである。分量こそ比較的に短いが、それでいて一巻の平家物語や太平記にも匹敵すべき規模を有し、一篇の中に小宇宙を蔵している大作である。文章は昔風の和漢混交体であるが、少しも古臭い感じがなく、潑溂とした新味があり、万鈞の重味があるのは不思議である。驚天動地の出来事を叙し、波瀾重畳を極め、幾多の大英雄小英雄を紙上に生かして躍らせている手腕は、ただの歴史家の仕事ではない。永井荷風氏は鷗外の「澀江抽斎」や「伊沢蘭軒」を歴史小説と呼んでおられるが、そう云うならば露伴氏の「運命」や「幽情記」以下の諸篇、その他「蒲生氏郷」の如きをも小説として差し支えないであろう。日常茶飯の日記の一ページのようなものが小説として通る世の中に、これが小説でないと云うのはよっぽどおかしい。いつぞやも述べた通り、彼は全く西洋風、此れは純粋に東洋風ではあるが、その体裁はスタンダールの歴史物の書きざまに似ている。勿論露伴氏の方が遥かに名文ではあろうが。

○

去年か一昨年の「改造」に出た「観画談」というものは、どう云う訳か創作欄に載っていなかったが、あれは文体は全然われわれの用うるのと同じ言文一致、取材も現代で、いかなる意味に於いても今日の小説として通るものだった。そうして露伴氏の創作力が毫も昔日と変らないことを証するに足る傑作で、なつかしくも紅葉と轡《くつわ》を並べた頃の俤もあり、全作品を通じても秀れたものの一つであろうと思われるのに、何故か評判にもならないでしまった。その後に出た「骨董」と云うのも頗る面白い。就中「活死人」は最も幽玄高邁の作であった。ああ云う作品に接すると時勢も糞もあったものでない。達人の書くものは時代思潮に関わりがなくとも、いつの世にも古今を通じて光彩を放つ。露伴氏の如きは正にそれである。「あの男はまだまだ伸びる」と云った海舟伯の予言は中《あた》った。今ではたしかに紅葉や漱石を凌いでいると私は思う。

〇

露伴氏はたいへんな物識りで、馬琴や秋成の比ではなく、国漢文学はもとより、仏教に通じ、英文学も出来、歴史地理博物物理の方面にまで亘《わた》っているのには驚く。物識りの方ではこれも有名な内田魯庵氏さえが、「あんな男はめったに出るもんではないよ、五百年に一人ぐらいしか生れない人間だよ」と云われたと云う話を、私は木村毅君から聞いた。が、えらいのは物識りである点よりも、それほどの学者でありながら、少しも学者肌でなく、熱情漢である点である。私は個人的に知るところは少いけれども、作品を見れば随所にそれが感じられる。村上喜剣を書いた「奇男児」などと云う小説は、傑作と云うほどではないが、しかし熱情漢でなければ書けない。某氏はいつか露伴氏を訪問したら、褌《ふんどし》を締めていないのか、股間の一物があぐらの下から隠見したのには閉口したと云っていた。糖尿病の癖に酒も飲めば菓子もたべる、口を開けばチャキチャキの江戸弁である、それで学者なのだから、鷗外や漱石とは大分肌合いが違っている。

まだいろいろ書きたいことがあるのだが、実は私も近頃はときどきお邪魔に上るので、あまり書きたてるとそう云う時にキマリが悪いし、締め切りの時間も迫っているから、いずれ又の機会に譲ろう。そして「饒舌録」もまる一年続いたから、一と先ず此れを以て打ち止めとする。

新潮合評会　第四十三回（一月の創作評）

日本に於けるクリップン事件　谷崎潤一郎

藪の中　芥川龍之介

※一九二七（昭和二）年二月号の「新潮」に掲載された「新潮合評会」第四十三回には二十六名の作家が取り上げられているが、ここには芥川龍之介、谷崎潤一郎、志賀直哉の三名分を抄録した。なお志賀直哉の箇所には、後半部が他の作家の部分と差し違えられて組まれるという原稿整理上のミスがあったが、ここではそれを修訂して収録した。（編者）

新潮合評会　第四十三回（一月の創作評）

一

徳田秋声　芥川龍之介
近松秋江　堀木克三
久保田万太郎　藤森淳三
広津和郎　○
宇野浩二　中村武羅夫

中村　今月は作品の数が多いので、作品箇々について運んで行かないで、作家に依って批評していただきたいと思いますが……

『彼』（女　性）
『彼』（第二）（新　潮）
『玄鶴山房』（中央公論）
『貝　殻』（文芸春秋）

芥川龍之介

中村　芥川氏にも短いものですけれども三つ四つ……
芥川　僕のはまア片々たるものだから見逃して貰いたい。
堀木　「改造」でしたか「中央公論」でしたか、短いもの、あれはいいですね。（玄鶴山房）
徳田　ああ云うものは面白い。二つとも面白いね。
芥川　僕は「女性」のあれが一番自信を持っている。
久保田　私は「新潮」の（第二）の方が宜いな。
徳田　もう少し詳しく書いて欲しいな。
芥川　駄目ですよ、くたびれてしまって書けない。
徳田　ちょっと分らぬ所があるね。
宇野　少し楽をしているように見えるが、よく見ると矢張り芥川流に凝っている、どれもこれも。「文芸春秋」のは僕には一番思いつきらしくて面白くない。

徳田　面白くない。

芥川　僕はあれは一晩で書いてしまったのだ。原稿がなくて、何か間に合せなくちゃならぬと云うので、僕もどうでも斯うでも努めなくちゃならぬと云うんで、やっと書いたのです。アレはまア唯小説家の手帳のような意味で読んで貰えば好い。……

徳田　あのなかの「失敗」なんかは舞台でやって面白いじゃないか。

近松　僕は芥川君の「女性」の「彼」と云うのを新年の物では第一番に読んだのですが、尤も雑誌が一番早く来たからでもあるが、何だか、果敢《はか》ない感じがした。作者の私が云っているように果敢ない。若い秀才が、無惨に死んでいった気持ちが一寸《ちょっと》胸に来た。

芥川　第一の彼にも第二の彼にも、殆ど嘘のことは書いていない。第一の彼は何をしても寂しい。第二の彼はどこへ行っても寂しい。

中村　「彼」の第一の方は複雑なものだが、一種の型に入っていると思いますね。「新潮」の方が潤いがあって……

徳田　アレだけの人の生活を、ああ云う風に唯印象的に書いたと云うことは無理ですからね。そう云うことをねらって書いたのでないでしょうが、第一なんかはおしまいの勝敗見たようなもの、ああ云う観念、芥川君にはよくああ云うものが出るが、——それがねらい所なんでしょうが、必ずしも初めからあれを狙って書いたんじゃないでしょうな。後でつけたものでしょうね。

芥川　附けたものだ。ねらい所じゃない。

中村　僕は芥川さんの作品の癖だろうと思う。終いに三行位結論めいたものをつけるのは。どの作品にでも……

芥川　自分には分らないけれどもそうかも知れない。

徳田　それは邪魔にならない。

中村　あっても宜いけれども、幾つも続けて読むと目立って来る。其点からも「新潮」の方が、小品的だけれども、もっと渾然として気持よく……

徳田　書かれて居る男が大体面白いからね。

中村　ああ云う風な書き方でも素直だし……

宇野　「新潮」のは細工してないと云う意味でしょう。

中村　そうです。

宇野　というと、「女性」の方のはもっと小説的な書方をやっても宜いじゃないかと云う気がしますね。

芥川　僕のは其位で御免被りたいね。

久保田　嘗て「寒さ」という小説を読んであれに出て来る物理の教官たちの会話を戯曲的といったことがありました。「彼」第二の「四」に於ける彼と僕との会話にも同じことがいえます。

芥川　そうですか。それは作者は思いも寄らない冥加だ。

藤森　僕はちょっと非難したいのですが、美しく、すっきりと書いていることは認めるんだが、どうも何と云うか……（この間に誰かの「物足りないんでしょう」と僕に云った言葉が抹殺されている、藤森後記）

藤森　そう、何か物足りない。あまりすっきりしすぎていると云っては可笑しいが、云ってみるとプレンソーダのような物足りなさ……プレンソーダも僕は飲むんだが……

芥川　僕の気持からは、出来るだけ筆数を少くしたかったのだ。

藤森　僕は「新潮」のを読んだのですがね。僕はそれよりも何時かの海辺の事なんか書いた小品めいたものの方がコクがあると思う。

近松　僕は「新潮」のよりか「女性」の「彼」の方が好きですな。

徳田　「第二」の方がちょっと人を興奮させる作品だ。

芥川　憂鬱にはならないですか。

徳田　憂鬱にはならない。

藤森　「藪の中」なんか僕は好きですね。

芥川　ああ云う作品は近頃の僕は書きたくないんだ。

『九月一日前後のこと』（改　造）
『日本に於けるクリップン事件』（文芸春秋）

谷崎潤一郎

芥川　僕は谷崎氏の作品に就て言をはさみたいが、重大問題なんだが、谷崎君のを読んで何時も此頃痛切に感ずるし、僕も昔書いた「藪の中」なんかに就ても感ずるのだが話の筋と云うものが芸術的なものかどうかと云う問題、純芸術的なものかどうかと云うことが、非常に疑問だと思う。筋の面白さと云うものが……

藤森　けれども谷崎氏のは別として「藪の中」なんかは筋ばかりの面白さじゃないですか。

芥川　僕の筋の面白さと云うのは、例えば大きな蛇がいるとか、大きな麒麟《きりん》がいるとか、謂わば其の面白さ。そう云うものが芸術的なものかどうかと云うことは、僕は余程疑問だと思う。

徳田　筋に矢張り芸術的なものがあるのじゃないですか。人生の事実としてそう云う生活を、誇張した生活をしている場合に芸術的だと云える。

芥川　併し其の筋の面白さが俗人にもわかる筋の面白味の場合は別ですね。谷崎君の小説によく出て来るアレが、本当の芸術的なものかどうかと云うことに疑問を持っている。

堀木　筆力が豊富なんじゃありませんか。

芥川　それは十分以上に認めています。

中村　面白い筋を芸術的に現す、筋だけの面白さでなしに、面白い筋が芸術的な表現になっていれば、筋の面白いと云うことも差支ないじゃないか。あなたの言われたるようなことを押し詰めて行くと、結局後期自然主義か何か、ああ云う風になるかも知れない。

芥川　そうかも知れない。しかし筋の面白さと云っても、奇怪な小説だの、探偵小説だの、講談にしても面白いと云うような筋を書いて、其の面白さが作品其物の芸術的価値を強めると云うことはないと思う。

中村　筋の面白さを強めることはいけないだろうけれども、書いてあることが、どんなに具象的に書かれて居っても、筋が面白いために、芸術的価値が低下するというようなことはないと思う。

芥川　筋が面白いために芸術的の価値が低下すると云うことはない。それは積極的ではない。併し谷崎氏のは往々にして面白いと云う小説と云うものに、其筋の面白さで作者自身も惑わされることがありやしないか。

中村　僕は今の文壇の傾向から云えば、筋を無視した作品があまり尊重され過ぎていやしないかと思うのだが。

芥川　僕は、ああ云うものを書き出した時分は、そう云うことも考え、そう云うことを実際にもやって来ているけれども、滅多に褒められたことはなかった。それは今でも変らないでしょう、兎に角僕は話としての興味よりも外の興味のあるものを書きたい。

中村　作品の善い悪いは、筋なんかで定《き》めていないからね。矢張り筋の目立つ作品は、通俗的な意味に取扱われていて、筋のない或場合の気持とか、或生活の断片とか云うものを書いた方が尊重されている。

芥川　それはある。生活の断片と云っても話の筋があるには違いないけれども、口で話して斯う云う話がありましたと云うようなことは面白い話でなく、書かれて初めて面白い話でなければ芸術的でないかと思う。尤も通例の聞き手としてね。

広津　田山さんなんかも昔は、そう云った小説の梗概を書くと云うようなことは、ベラボウな話だと云っている。

近松　田山氏の小説には、筋と云うものはあんまり持合せない人ですからね。僕は中村君の説に賛成する。

堀木　文壇の傾向はそうかも知れないけれども、谷崎氏の場合は、芥川氏の説に同感する。

広津　僕は余り好きでなさ過ぎるか知れぬが、潤一郎氏のような考え方は芸術的……

芥川　君の谷崎氏に対する考え方の中には、谷崎君の文章の大きな金魚が尾ひれをふっているような、堂々たる所を認めなさ過ぎると思う。

近松　金魚とは好い譬《たと》えだね。

広津　足音の大きい所だけを認めていると云っているよ。足音のドシンドシンと云う大きい所は認めているけれども、本当に心から面白かったのはないのだ。

堀木　あの人のは筋と筆の豊富さ……

広津　今度のは普通の地震記事なんだ。今度のは面白く読んだ。

宇野　僕は詰らなかった。第一、小説じゃないし……こういうものを見ると、この人の文章は古くて実に常套的だ。

広津　僕はあの中に出て来る小野哲郎と云う男、アレと僕は中学時分に同級なんだ。あの男が地震を予言して、自分で八卦か何か立てていた。そんなことが事実に共鳴があるので、小野哲郎が出て来たので面白かった。無論小説としてでなく、地震記事としてだ。

芥川　もう一つ谷崎氏の作品に対して言わして貰えば、僕は谷崎君の影響を受けたことも沢山あったし、今も谷崎氏よりも自分を鞭《むちう》つような気持で言っているんだが、谷崎氏は美と云うことと、華美と云うことを、混同して居るような所があると思う。絢爛としてなければ美でないと云うような考がひどくある。

広津　それは性質だな。

芥川　華美も美には違いない。だが、しかし、それでなければ美でないと云う考え方はいけない。

広津　そうじゃない。

芥川　可成りそう云う所があると思います。

近松　芥川君の審美評に就て云えば、どっちかと云えば、谷崎君のは大きな金魚の尾ひれを華美にふるのが美と云う所はあるですね。僕はあなたの標準の方が賛成ですがね。

徳田　文章が豊艶ですからね。

近松　無論豊艶である。趣味が華美である。けれども寂《さ》びということも美の一要点だ。

徳田　派手な人なんだから仕方がない。

近松　それが谷崎君の特色で良い所ではあるが。

広津　「馬の糞」なんと云う中で明に示している。

芥川　例えば喰い物にしても、味の濃いと云うものと、味の良いと云うことの差別がハッキリしないと思う。味の濃いと云うことと味の良いと云うことは、筋が違うと思う。

広津　人に依るね。

久保田　しかし谷崎君は味の濃いものが味の最もいいものと主張しうるだけのハッキリした強さをもっている。

芥川　それはあるのだ。谷崎君の「麒麟」と云う小説の冒頭の二三頁なんかは誰にも書けないよ。僕は未だにあの二三頁は尊敬している。

宇野　あの文章は、明に藤村の影響を受けているなあ。あの時分の「新思潮」の連中は大貫畠川が一番ひどかったが、大抵藤村張りの文章を書いていた。

広津　「秘密」以後だね。イヤなのは。

久保田　（広津氏に）それじゃ「羹《あつもの》」はどうですか。

広津　それをよんでいないんですよ。

芥川　久保田君の好きだと云うのは、「羹」が好きだと云うよりは「羹」の或部分が好きなんでしょう。

堀木　谷崎氏の美の見方も……。一種の力で、久保田さんが言われたように、そうして見せると云う力。その点正宗さんなどもそうだ。あの幻覚があのガッシリした建物を見せるような力。それだけでも異常の力が正宗氏や谷崎氏には……。

広津　そう云う力もないのじゃないが、「人を殺したが」と云うようなものは力があるが……。

近松　谷崎君のは昔からのもので、氏としては陳套と云えば陳套だが、それが、昔からの谷崎氏の生れながらの特徴なんだ。正宗氏のはずっと前に書いた「微光」時代と今とを較べると、この頃はまるでいたずらをやっているような気持がする。

堀木　そう云う力を持っているということは世の中でも認めて居るが、それは世評の通りに私も認めたいと思う。

広津　全然無視なんかしてない。感心したかと云うと感心出来ない。

芥川　僕は勿論感心している。しかし感心出来ない場合もあるのだ。

広津　随分前に女の足を描写した。アレは何の興味もない。

芥川　僕はそう云う点にも興味があるが……

近松　広津君は矢張り人生派だな。

藤森　人生派だ。

芥川　唯女の足を描くにしても千言万語を費すよりか、一語でそれだけの効果の強いものがある。

中村　谷崎氏のああ云う芸術はこっちへ入って来ない。水を飲んで胃から腸《ちょう》にしみて行くように浸み込まない。初期の「幇間《ほうかん》」とか「少年」とか云うものは割に惹つけられたけれども、近頃の物は芸術的感興が乏しい。

久保田　「羹」は極めてリアリスティックなものです。東京生れの高等学校の学生の生活を書いたもので……

芥川　僕はリアリスティックでないものも好きなんだ。

近松　しかしあの人の「本牧《ほんもく》夜話」と云うような物はなかなか痴情的で物凄いものですよ。

藤森　「本牧夜話」はよかった。

近松　現実味のあるものには凄いものがありますよ。そう云うものに却て深く入って……

藤森　恋愛痴情と云うものを描いたものとして、あれは傑作と云っていい。僕もこの作者は元あまり好きでなかったんだが、あれには感心した。

近松　それから私は又ああ云うものも好きですね。「無明と愛染」と云うようなものは、谷崎君の道楽が多過ぎるけれども、ああ云うものは好きですね。うまいけれども深刻味は孰方《どっち》か云ったら「本牧夜話」の方が……

徳田　国文学式のものだ。滝口入道とも違うけれども、鳥渡《ちょっと》ああ云った側のものだな。谷崎君のエロティックな点は……

藤森　ゴーチェなんかもっと瑰麗《かいれい》だ。（誰かが谷崎氏を豊麗と云った筈だが、それが抹殺されている。藤森後記）

芥川　詩人のゴオチェは偉いかも知れない。小説家のゴオチェは知れたものだ。

近松　エロチシズムは畢竟《ひっきょう》谷崎君の道楽に過ぎないと思う。同じ道楽でも「無明と愛染」は良い所があるが……

藤森　「本牧夜話」は良いですよ。凄みでもアレは惻々《そくそく》として人に迫るものがあるからな。

『暗夜行路』（改　造）
『曇　日』（新　潮）
『山　形』（中央公論）

志賀直哉

『親　友』（黒　潮）

堀木　志賀氏のは潑剌たる感じが少し欠乏していないですか。
広津　今度読んだのはみんな同じような感じ――薄ぼけた感じで、印象が残らない。
藤森　薄ぼけていますね。
徳田　「山形」なんかはあれだけでは本当にわからないものだ。作者にはわかっているのだろうけれど。父子の関係や心持がもっと説明されていないと。
芥川　「暗夜行路」はうまいよ。十二月から一月にかけて、ぎゅッと握りしめた所が離れて来たような気がしてうまいですよ。
堀木　この月のはあまりよくない。
芥川　今月よりは先月の方が面白い。
広津　けれどリズムは同じだな、先月の最後のコッだって同じだよ。
芥川　同じと云えば同じコッだけれども。
広津　感心はしたのだけれども。
徳田　「曇日」というのは志賀氏自身の事を書いたものだろうか、或は実感に空想を交えて書いたものだろうか。
中村　自分の事でしょう。

藤森　僕はそうじゃないと思う。
中村　作者に聴いて見なければ分らないけれども、僕の判断によれば自分の事ですよ。
徳田　自分の事のように手元へ引寄せて書いてはあるが。
藤森　あれは木屋町へ泊るんじゃないですか――子供を連れ寡婦《ごけ》さんと結婚するとかいうあれでしょう。
徳田　子供に対する感じなんか書いてあるが、それが深入していない。
広津　深入しないわ、子供の表情なんか書いてあるけれども。
徳田　あれはどういう所に興味を持って書いたのだろうか、ちっとも興味がないな。
藤森　それはある日の出来事をスケッチしたというだけのものじゃないかな。
徳田　事件としては大きな事件ですからね。結婚という……。
藤森　あなたの去年「中央公論」に書かれた短かい小説ね、「神経衰弱」とかいう、ああいったものじゃないのでしょうか。
徳田　私の？　どうもあの人の意図がちっとも分らないのだな。
藤森　それは「神経衰弱」の方がジックリした所があるか知れませんけれども。
久保田　「黒潮」に「親友」というものがあります。旧作と断ってありますが、そういったその志賀さんの自分の直接交渉のない世界を取扱ったものです。志賀さんの初期のものには「正義派」だの「剃刀」だののようなかたちの上で全く自分をかけ離れた世界を書かれたものがいろいろあります。私はときどきはまたそういった全く違った世界へも眼を向けられんことを古い読者の一人として志賀さんにこの際希望したく思います。――やや遅れても「真鶴」のような作品があります。

藤森　昔「中央文学」という雑誌に「或る朝」というのがあった。やっぱり旧作と書いてあったが、あれはいいものだった。炬燵の上で子供が西郷隆盛の銅像だとか云って威張ったりする……

広津　お婆さんが出て来たり……。

藤森　そう。あれはずいぶんいいものだった。

広津　「親友」にしても「正義派」なんかより面白くないな。

近松　僕は昔から志賀直哉氏のものを、まずいと思ったことは一度もないですがね、しかしながら、いつも半面像《プロフィル》を書いているような気がして、非常に完成された芸術だということに不満を感ずるのだな、たとえば徳田君の「あらくれ」「爛《ただれ》」というようなものでなくてもいいけれども、先刻話題になった、広津柳浪氏の「雨」のようなものでもよし、兎に角人生の全局を書いたものでないと、ただ耳なら耳、鼻なら鼻だけ書いたものを一流の文学として、最上級の極印を許してしまうことには、容易に賛成しかねる。私はもっと、文学に対する理想が高い。自分では無論書けないが、兎に角理想は、もっと高いつもりだ。同じ、一寸した短い物でも、――今の標準から言ってはどうか知らんが、一葉女史の、

「わかれ道」なんかは、三四頁のものですけれども、人生の全運命が哲学的に出ている、――モウパッサンなんかのものには、短いものもあり、ほんの一寸した筆すさびといったものもあるが、どこか、もっと触れているね。

広津　モウパッサンのものは、箇々のもので図を描いている、全体の。

近松　全局を描いている。ところが志賀氏のは、如何にヴィヴィットに書いてあっても物足りない、それは、格別悪いものもないか知らんが、襤褸《ぼろ》は出していないけれども、あれを以って、今日一流の芸術を成した人だと、奉ってしまうのは、あまり文壇そのものが、安価ということになるね。

徳田　何か物足りないような――何でも揃っていて何か物足りない、というような気がするね。

広津　裸になっていないという……

芥川　志賀さんは生一本過ぎるのだ、直截に言えば、灰汁がなさすぎるのだね。

広津　もう一つ言えば臆病なんだ。

宇野　もう一ついえば、その点才能がないのだと思うな。

近松　然り、僕も才能がないのだと思う。一寸したプロフィルを書く以上の才能が……

広津　「濁った頭」――なんかの系統で打ッつかって行ったらいいんだろうが。

宇野　その打ッつかって行けないのが、つまり才能がないのだと思う、臆病ということが……

広津　僕は才能がないとは思わない。もっとも、努力も勇気も総て才能という意味にすれば、そうだが……

宇野　昔の文学者は知らないが、志賀直哉みたいな人は、名前を成さずに成したように認められる、ということは近松秋江氏に近いな。（宇野後記。僕がいった言葉ではない。第一、何のことだか分らんじゃないか。）

近松　そうですかね。これはこれは。

広津　外部から刺戟を与えられればぐんぐん動くんだけれども、黙って見ていたら、引っ込んで行く精神的無性者なんだな。

芥川　そうじゃない、善くなろうという努力が強いのだ。善というものに対する努力が強いのだ。

藤森　近松さんを例に引かないでもいいが、志賀氏は近松さんのように裸にはなりきれないところがある……

近松　裸になるということは愚なことだ。

藤森　そうばかりも云えないでしょう。

広津　呑気なんじゃないかな。

芥川　呑気じゃない。自分の運命を狂わせない智慧をちゃんと持っているのだ。

徳田　それはその人に会ってよく話して見ないと分らないが。
広津　この前合評会で僕の言ったことに志賀君憤慨したことがあるが、併し今度のような作は僕の云うようなところがあるね。
堀木　そうですね。殊に志賀氏は世間的の評判があるのだから、そういう批評は十分蒙っていいですな。
藤森　今度のなんかおざなりの作品ですよ。
徳田　「山形」の、おやじとおじさんの気持なんかちっとも入っていないね、入る必要はないか知れんけれども。
近松　志賀氏程度の成功を以って第一流の芸術とされちゃ困る。あまりに文壇の人気が小成に安んじているよ。
広津　アク嫌いなんだな。「濁った頭」時代のアクは出してもいいんだが。
芥川　それよりもあの作品は均整の取れていないのが嫌いなんじゃないかね。「あわれな男」なんかは嫌いじゃないと思う。
広津　「あわれな男」なんかでも、発表する前は随分迷っていたんだろう、何年かしまって置いたっていう話だから。
近松　僕は何だか、あの人の書くものは、三井の旦那のお能のような気がする。
広津　三井の旦那というのは僕は感じないが、平民を近づけないと云ったようなところはある。やっぱり芸術的貴族趣味の人だ。

近松　宝生新や、梅若万三郎なんかのお能でなく三井の旦那のお能のような気がするのだ、いつでも。

日本に於けるクリップン事件

谷崎潤一郎

クラフト・エビングに依って「マゾヒスト」と名づけられた一種の変態性慾者は、云う迄もなく異性に虐待されることに快感を覚える人々である。従ってそう云う男は、――仮りにそれが男であるとして、――女に殺されることを望もうとも、女を殺すことはなさそうに思える。しかしながら、一見奇異ではあるけれども、マゾヒストにして彼の細君又は情婦を、殺した実例がないことはない。たとえば英国に於いて一千九百十年の二月一日に、マゾヒストの夫《おっと》ホーレー・ハーヴィー・クリップンは、彼が渇仰の的であったところの、女優で彼の細君なるコーラを殺した。コーラは舞台名をベル・エルモーアと呼ばれ、総べてのマゾヒストが理想とする、浮気で、我が儘で、非常なる贅沢屋で、常に多数の崇拝者を左右に近づけ、女王の如く夫《おっと》を頤使《いし》し、彼に奴隷的奉仕を強いる女であった。その犯罪が行われた正確な時刻は今日もなお明かでないが、前記一千九百十年の二月一日午前一時以後、コーラは所在不明になり、誰も彼女を見た者がない。夫《おっと》クリップンは人に聞かれると、妻は転地先で病死した旨を答えていた。が、五箇月を経てからスコットランド・ヤードの嗅ぎつける所となり、刑事が彼に説明を求めると、彼は極めて淡白に、「死んだと云ったのは謔《うそ》なんです。実は一月三十一日の晩に夫婦喧嘩をしましてね、それをキッカケに妻は怒って家出をしちまったんですが、多分亜米利加へ行ったんだろうと思うんです。亜米利加は妻の生国で、いい男があったらしいから、きっとその男の所へ行ったんでしょう。アレが死んだと云い触らしたのは、そうでも云って置かないでは世間体が悪いものですからね」と、直ちに澱《よど》みなく陳述した。そうして刑事をヒルドロップ・クレセント三十九番地の自宅へ案内し、家じゅうを隈なく捜索するに任せた。此れで事件は曖昧の裡に葬られ、彼の嫌疑は一往晴れたにも拘わらず、クリップンは何に慌てたか、翌日急に何処かへ姿を晦《くら》ましてしまった。それが七月十二日で、同十五日に刑事が再び彼の留守宅を捜索したところ、石炭を貯蔵してある地下室の床の煉瓦の下から、首と手足のない一個の人間の胴であろうと思われる肉塊を発見した。コーラが見えなくなってから、実に五箇月半の後であった。

私は茲にホーレー・ハーヴィー・クリップン事件を叙述するのが目的でない。だから成るべく簡単にして置くが、彼に就いて特筆すべきは、此のクリップンこそ、無線電信の利用に依って逮捕せられた最初の犯罪者であった。彼は一旦アントワープに逃げ、七月二十日亜米利加へ向って同港を出帆する汽船モントロス号へ、ミスタア・ジョン・ロビンソンなる仮名の下に乗船した。然るに此のロビンソン氏には彼の息子と称する一人の美少年の同行者があって、それがどうも、男装をした女らしいと云うところから、遂に船長ケンダル氏の疑いを招き、ケンダル氏より無線電信を以てその筋へ照会するに至った。斯くして同月三十一日、リヴァプールより跡を追いかけた警官のために、船中に於いて彼と男装をした女とは捕縛せられた。ではその女は何者であるかと云うに、エセル・ル・ネーヴと云う者で、クリップンが可愛がっていたタイピストであった。即ち彼はだんだん細君に飽きが来ていて、此のタイピストを情婦に持っていたのである。

私は読者諸君に向って、此の事に注意を促したい。と云うのは、マゾヒストは女性に虐待されることを喜ぶけれども、その喜びは何処までも肉体的、官能的のものであって、毫末も精神的の要素を含まない。人或は云わん、ではマゾヒストは単に心で軽蔑され、飜弄されただけでは快感を覚えないの乎《か》。手を以て打たれ、足を以て蹴られなければ嬉しくないの乎と。それは勿論そうとは限らない。しかしながら、心で軽蔑されると云っても、実のところはそう云う関係を仮りに拵え、恰もそれを事実である如く空想して喜ぶのであって、云い換えれば一種の芝居、狂言に過ぎない。何人と雖、真に尊敬に値いする女、心から彼を軽蔑する程の高貴な女なら、全然彼を相手にする筈がないことを知っているだろう。つまりマゾヒストは、実際に女の奴隷になるのでなく、そう見えるのを喜ぶのである。見える以上に、ほんとうに奴隷にされたらば、彼等は迷惑するのである。故に彼等は利己主義者であって、たまたま狂言に深入りをし過ぎ、誤まって死ぬことはあろうけれども、自ら進んで、殉教者の如く女の前に身命を投げ出すことは絶対にない。彼等の享楽する快感は、間接又は直接に官能を刺戟する結果で、精神的の何物でもない。彼等は彼等の妻や情婦を、女神の如く崇拝し、暴君の如く仰ぎ見ているようであって、その真相は彼等の特殊なる性慾に愉悦を与うる一つの人形、一つの器具としているのである。人形であり器具であるからして、飽きの来ることも当然であり、より良き人形、より良き器具に出遇った場合には、その方を使いたくなるでもあろう。芝居や狂言はいつも同じ所作《しょさ》を演じたのでは面白くない。絶えず新奇な筋を仕組み、俳優を変え、目先を変えて、やって見たい気にもなるであろう。マゾヒストが一とたびそう云う願望に燃え、何とかして古き相手役、古き人形を遠ざける必要に迫られた時には、マゾヒストであるがために、却って恐ろしい犯罪に引き込まれがちであり、そうして又、普通の人より一層容易にそれを為し遂げ得ることは、読者にも想像が出来るであろう。なぜなら彼は彼の病的な本能の故に、たとえ内心では相手を嫌うようになっても、嫌忌の情を男らしく、堂々と表白することを欲しない。欲しないのみならず、彼の性質としては先天的にそれが出来ない。もう此の女はイヤだと思いながら、女が依然として暴威を振って、彼を叱ったり殴ったりすると、矢張その刹那は、その快感に負かされて誘惑される。彼の弱点を握っている女は、全く油断をし、心を許し、いよいよ傲慢な態度を続ける。男はセッパ詰まる所まで誘惑に引き擦られて行き、そのためになお胸中に憎悪を貯え、だんだんあがきがつかなくなって、結局何か陰険な方法で、相手の女を除き去るより外に手段がなくなってしまう。（散々人形をいじくり廻して、使えるだけ使ってから、それをごみ溜めへ捨てるのである。）相手は油断しているのだから、乗ずる隙は幾らでもある。そのことは訳なく実行される。そうして世間は、彼の如く女に柔順であった男に、何等の疑いをも挟まない。現にクリップンがそうであった。あのように細君の我が儘を大人しく怺《こら》えた紳士が、恐ろしい罪を犯す筈はないと云う風に、一時は思われたのであった。

クリップンは最後まで自白しなかったので、彼がいかなる時と場合に、いかなる手段でコーラを殺したかは、遂に今日に至るまで知られていないが、ただ英国の法廷は、コーラが突然見えなくなったこと、地下室の床下から一箇の肉塊が現われたこと、クリップンが突然情婦を男装させて逃亡を企てたこと、彼が知り合いの薬種商から、性慾昂進剤として徐々に多量の劇薬を買い求めつつあったこと、及び肉塊の内臓にそれと同じ劇薬が含有されていたことなどから、コーラを毒殺したものとして彼に死刑の判決を与えた。しかしながら当時の科学の程度では、地下室の肉塊がコーラの死屍の一部分であることを学問的に立証することは至難であった。その肉塊はそれほど損傷し、腐爛《ふらん》していた。そうして胴体から切り離された首と手足とが、いつ家から運び出され、何処へ遺棄されたかに就いては、多分犯罪の露顕する前、復活祭の休暇を利用して彼が情婦のエセル・ル・ネーヴとディエップへ旅行した時に、船の甲板から英吉利海峡へ投じたものであろうと云う推測以外に、確たる事は分らないでしまった。

クリップン事件のあらましはざっと上述の如くである。そこで私は、読者諸君に今一つ此れと似た事件、――日本に於けるクリップン事件とでも云うべきものを、以下に紹介しようと思う。その事件とは外でもなく、二三年前に京阪地方の新聞紙を騒がしたところの、兵庫県武庫郡〇〇村字××に於ける、会社員小栗由次郎なる者の私宅に起ったあの出来事を指すのである。私がそれを再び取り上げて読者の興味に訴える所以は、当時新聞にはいろいろの記事が現われたけれども、孰れもあの事件を正当に観察していなかった、徒らに誇張した形容詞を並べ、その血なまぐさい光景や、「凶暴を極め、惨虐を極め」た「奸佞なる」犯罪を書き立てたのみで、あの事件が第二のクリップン事件であり、マゾヒストの殺人であると云う点に、特別な注意と理解を向けた新聞紙はなかったように、考えられるからである。それに事件が関西でのことであるから、東京の新聞は軽く取り扱っていたので、知らない人も多いに違いない。私はそれを探偵小説的に書くのが目的ではなく、記録に基いて事実を集め、既に知られた材料を私一流の見方に依って整理して見る、つまり与えられた事柄の中心を置き換えて見る、そうして出来るだけ簡結に、要約的に諸君の前へ列べて見ようと云うのである。

それは大正十三年の三月二十日午前二時頃のことであった。阪急電車蘆屋川の停車場から五六丁東北にあるBと云う農家の主人は、隣家の小栗由次郎方と覚しき方角から、番犬の呻るらしい響きと、人の叫ぶような声とを聞いた。あの辺の地理を知らない人のために記して置くが、大阪と神戸とを連絡する電車に二線あって、一線は海岸に沿うて走り、他の一線は六甲山脈の麓を縫うて、高台の方を走っている。阪急電車とは後者を云うので、その沿線はつい最近にこそ急激な発展をしたものの、当時は今の半分も人家がなかった。殊に線路から上の方、――山手の方は、その時分は至って淋しい場所であって、昔から村に居住している百姓以外には、去年の地震で関東を落ち延びた罹災民をあてこみの借家が、やっと二軒建っていたのみであった。此の二軒のうち一軒はまだ借り手がなく、他の一軒に、約二箇月程以前から小栗由次郎が住んでいた。前記のB家はそこから四五間東寄りにあって、小栗の住宅に最も近かったのである。が、B家の主人はその夜そう云う物音を聞いても、余り怪しみはしなかった。彼は小栗が大きな番犬を飼っていることを知っていたし、近頃毎夜今時分にその犬が「ウー」と牛のように呻るのを、しばしば聞いたことがあった。人の叫び声に就いても、それが小栗の家からなら不思議はなかった。なぜかと云うのに、小栗の家では時々奥さんがヒステリーを起して、亭主を打ったり蹴ったりして大乱痴気をやると云うので、その噂はもう、越して来てからまたたくうちに村中に知れていたからであった。

いったいそう云う昔ながらの土地へ赤い瓦の文化住宅が建てられて、都会人らしい若い夫婦が移って来れば、それでなくても村民の注意を惹くのは必然であるが、殊に此の夫婦は、彼等の噂の種になるのに甚だ恰好な材料であった。村民たちの見たところでは、夫婦は一匹の犬を飼っている以外には、女中も置かず、二人きりで住んでいた。亭主は大阪の船場にあるBC棉花株式会社の社員だそうで、三十五六の男であった。細君と云うのは、実際の歳は二十四五かも知れないけれど、ようよう二十前後にしか見えない若さで、此の女が真っ先に村民の眼を驚かした。彼女は毎日午頃になると、留守宅に鍵をかけて、太い鎖で犬を曳きながら、散歩に出かける。その時の服装が異様であって、此の近所には珍しい断髪の頭に、派手なメリンス友禅の、それも色の褪めかかった、ひどく古ぼけた振袖を着て、紫のコール天の足袋を穿いた風つきはなかなかの美人であるだけに、どう考えても瘋狂院のしろものであった。そして彼女は、犬を連れて一と廻りすると、一旦家へ帰って来て、それから大概、午後二時々分に、今度は恐ろしくハイカラな、キビキビとした洋服を着、鞭のような細いステッキを振りながら、電車で何処かへ出かけて行った。あの奥さんは亭主の留守に家を空けて、毎日何処へ行くのだろうと、久しく問題にされたものだが、間もなく彼女は、大阪の千日前や神戸の新開地へ出演する歌劇女優であることが分った。つまり夫婦は共稼ぎをしているのであった。細君は夜が遅くなるものだから、朝のうちは床の中で眠っているらしく、亭主はいつも、会社へ出勤する時刻、——午前七時頃に、表や裏口へ鍵をかけて出るのが見られた。亭主の帰りは、午後六時頃に会社から真っ直ぐ戻る場合もあり、細君の出ている小屋へ廻って、十一時前後に、仲好く腕を組みながら帰宅する場合もあった。従って、昼間はめったに顔を合わせる暇のない夫婦であるから、家へ帰ると、夜が更けるまで話し合っているのに不思議はないのだが、どう云う訳か三日にあげず喧嘩が始まって、夜半の一時二時頃になると、夫婦の激しい摑み合いや格闘の響きが、平和な村の眠りを破った。それぱかりでなく、その喧嘩の内幕に就いても、奇妙なことが発見された。と云うのは、最初村の人たちは、亭主がやきもち焼きなので、細君をいじめているのであろうと想像していたのに、だんだん様子を探って見ると、怒鳴りつけたり殴ったりするのは細君の方で、亭主はあべこべにひいひい泣きながら、赦しを乞うているのであった。さてこそ「あの女はヒステリーだ、何ぼ女優でも変だと思ったが、やっぱり幾らか気がおかしいんだ」と云うような噂が、ぱっとひろまってしまったのである。

そう云う訳だから、その晩前記のB家の主人は、その犬の声や物音を聞いても、別に気にかける筈はなく、「又やっているな」と思っただけで、直ぐに寝入ってしまったのだが、それから三時間ばかり過ぎた明け方の五時近く、主人が再び眼を覚ますと、隣家の物音は微かながらもまだ続いていた。しかし今度は、犬の吼えるのは聞えないで、多分亭主が例のひいひい悲鳴を挙げているのであろう、「堪忍《かに》してくれエ!」とか、「御免よう!」とか云うらしい声が、途切れ途切れに、さも哀れッぽく、力なく響いた。主人はその時、今迄喧嘩が明け方迄も続いたことは一度もないので、此れは少し変だと思った。そうしてなおよく聞いて見ると、どうもいつもの喧嘩ではないような気がした。喧嘩なら細君の罵る声や、ぴしゃりぴしゃりと亭主の横ッ面を張り倒すような音がするのに、それがちっとも聞えて来ない。ただしーんとした静かさの中に、亭主の悲鳴ばかりが聞える。その悲鳴がまた、じっと耳を澄ましていると、「堪忍《かに》してくれエ！」と云うのではなく、「助けてくれエ！」と云うようである。……

B家の主人が、後に証人として出廷した時に述べたところは右の如くで、彼は此れ以上此の事件には関係がない。彼は第一に小栗由次郎の叫び声を聞いたが、それがハッキリしなかったので、現場へ駆けつけることを躊躇していた。するとたまたま、小栗の家の前を通りかかった第二の男が、此れは明瞭に「助けてくれエ！」と云う声を聞いた。以下は主として第二の男の証言に基く事実である。——

その男は、小栗の家から更に五六丁東北の方の小山から切り出す石を、車に積んで魚崎の海岸へ運ぶ馬方であった。彼はその朝の五時少し過ぎに同家の前へさしかかった時、「助けてくれエ！」と云う声が二階の窓から聞えたので、思わず立ち止まってその方を見上げた。窓には何の異状もなく、更紗《さらさ》の窓かけが垂れ下っており、締まりのしてあるガラス障子には、朝日が赤くキラキラと反射していた。にも拘わらず、助けを呼ぶ声は頻りに繰返されるので、彼は直ちに家の中へ踏み込もうとしたけれど、表口にも裏口にも厳重に鍵が懸っていた。拠んどころなく、彼は台所のガラス障子を破って這入り、階段を駈け上って、声のする部屋と思われる方へ走って行った。と、その部屋の襖が一枚外れて、三尺ばかり開いていたので、覗き込もうとすると、中からいきなり狼のような巨大な犬が「ウー」と呻って飛び着いて来たので、馬方は「あっ」と云ったまま、仰天して後ろへ退った。とたんに彼は、誰か室内に居る男が、「エス！　エス！　エス！」と、一生懸命に声を張り上げて、犬を制するのを聞いた。犬はそれきり大人しくなって、敵対行動を止めはしたものの、猶且警戒するように、馬方の体に附き纏いながらヒクヒク臭いを嗅いでいた。

次の瞬間に室内を見廻した馬方は、寝台の上に、一人の男が赤裸にされ、鎖を以て両手と両足を縛られているのを認めた。彼は体じゅうを滅多矢鱈に打たれたものらしく、ところどころにみみず脹れが出来、血が流れていた。疑いもなく助けを求めたのは此の男で、そうして又、たった今犬を叱ったのも此の男に違いなかった。が、それよりもなお悲惨なのは、寝台の脚下に仰向けになって倒れている、一人の若い断髪の女の屍骸であった。女は派手な刺繡のあるパジャマを着て、――馬方の言葉に従えば「支那服を着て、」――右の手に革の鞭を持ったまま、むごたらしく頸部を抉られ、傷口から流れる血の海の中に死んでいた。馬方の混乱した頭には、咄嗟の場合、此の物凄い光景がぼんやりと瞳に映ったのみで、此れらの事が何を意味するか、とんと解釈がつかなかったが、間もなく彼は、さっきのエスという犬が同じように血を浴びて、その唇から生々しい赤いすじを滴らしているのを発見した。「犬が女を喰い殺したのだ、」――彼にはやっとそれだけが分った。何となれば、エスはその時馬方に対する警戒を解いて、再び屍骸を嬲り始めた。その屍骸には、――始めて彼は気が付いたのだが、――頸ばかりでなく、至る所に喰いちぎったような傷痕があった。

程なく警官と警察医の臨検となり、縛られていた男、即ち小栗由次郎と、証人の馬方とは、一往警察署へ引致されたが、そこで図らずも、小栗の説明で此の不可解なる惨劇の内容がすっかり分った。小栗の云うには、死んだ女は芸名を尾形巴里子という歌劇女優で、自分の内縁の妻である。そしてその晩も、彼はいつものように巴里子に折檻されていた。巴里子は彼を素裸にさせてから、寝台の上へ臥ることを命じ、然る後にその手と足とを犬の鎖で緊縛した上、革の鞭をしごいて体じゅうをぴしぴしと殴った。彼は苦痛に堪えられないでひいひいと悲鳴を挙げつつあった。ところが一方、此の十日程前に、わざわざ上海から取り寄せたジャアマン・ウォルフドッグ（独逸種狼犬）があったが、体量十三四貫もある猛犬であるから、階下の一室へ繋いで置いたのに、それが悲鳴を聞くや否や、主人の危急の場合と見て、突然綱を引きちぎって扉を蹴破り、二階の部屋へ駈け込んで来て巴里子に躍りかかったかと思うと、一撃の下に彼女の喉笛を喰い切ってしまった。

巴里子が何故に彼を折檻したかに就いては、小栗は自分が浅ましい変態性慾者、――マゾヒストであることを包まず語った。巴里子は決してヒステリーの女ではなく、寧ろ小栗を喜ばすために暴威を振っていたのであった。尚又、何の必要があってそんな猛犬を飼ったかと云うのに、自分（小栗）は元来犬好きの方ではなかったけれども、巴里子の感化で、今では夫婦とも犬気違いになっていた。犬に対する巴里子の嗜好はなかなか専門的であって、犬と云うものは、婦人が戸外を散歩する時の欠く可からざる装飾である。犬を連れて歩かない婦人は、美人の資格がないのである。その目的に添うためには、小さな繊弱な犬よりも、大きな頑健な犬の方がいい。成るべく剽悍《ひょうかん》な、獰猛《どうもう》な犬であればある程、それに護衛されながら行く婦人の容姿が、一と際引き立って魅惑的な印象を与える。と、そう云うのが巴里子の持論であった。そして彼女は、小栗と同棲するようになってから、早速土佐犬と狼との混血犬を買い込んだが、それがディステンパーで斃れたので、今度はグレート・デンを買った。ところがそのグレート・デンは、毛の色合や体つきが彼女の皮膚や服装と調和しないことに気が付き、最近に至ってそれを神戸の犬屋へ売って、代りに独逸の狼犬を取り寄せることにしたのであった。村の人たちが、彼女が連れて歩いているのを屢〻見たと云う犬は、即ちグレート・デンのことで、巴里子は狼犬の方が到着する前に、歌劇の一座に加わって半月ばかり九州へ巡業に出かけ、帰って来たのが事件のあった前日の午後であった。そうして実に此の一事こそ、犬好きの彼女が犬に喰い殺されると云う惨禍を齎した原因であった。巴里子も小栗もたびたび猛犬を手がけていた結果、犬を恐れる観念が乏しく、油断していた。それでも小栗は、今度の犬は取り分け性質が荒々しいことを知っていたから、彼女の留守中にそれを自宅へ引き取って以来、毎日毎夜馴らす練習を続けていた。特に彼女の帰宅する日は、万一の事を慮って、階下の一室へ押し込めにしたくらいであった。が、それが却って悪かったのか、犬は事件の突発するまで彼女に親しむ機会がなく、主人を虐げる悪魔であると視たのであった。

警官は念のために小栗の家の間取りを調べた。それは前にも云う如く文化住宅式の借家で、中は二階が日本座敷、階下が西洋間になっていた。当夜惨劇の起った部屋は、八畳敷の畳の上に鉄製の寝台（ダブルベッド）が据えてあり、そこが夫婦の寝室——と云うよりも、巴里子が夜な夜な彼女の哀れなる奴隷の上に、有らゆる拷問と体刑を科する仕置場であった。犬は階下の西洋間の方に、鎖を以て繋がれていたので、その鎖の一端は、窓の格子に絡ませてあった。しかしながら、狼犬が狂い立った場合に、その鎖を絶ち格子を捩じ曲げることは困難でないと断定された。況んやその部屋には鍵をかける設備がなかった。そして扉のハンドルも十分廻してあったかどうか疑わしく、ここらが小栗の油断であった。要するに其処を飛び出した犬は、二階へ上って、訳なく日本間の襖を外した。

馬方の外にB家の主人、歌劇団の俳優、神戸の犬屋、その他村の人たちが証人として調べられたが、彼等の陳述は小栗の言葉と一致していた。小栗はせめて、自分の手を以て最愛の女の仇を報じたいと云う希望を述べた。彼の願いは同情を以て聴き届けられ、彼は警官のピストルを借りて、その場で犬を射殺してしまった。事件は斯くの如くにして落着を告げ、その日の夕刊には、「犬に食い殺された女」、「歌劇女優犬に殺さる」、「夫は変態性慾者」等の数段に亙った記事が現われて、此の驚くべき夫婦の秘密が明るみへ曝し出されたけれども、それもほんの五六日世間の視聴を集めただけで、次第に忘れられたのであった。

ところで、読者諸君のうちには、その後約五箇月を経た同年八月中頃の二三の新聞に、「人形を入れた不思議な行李」と云うような記事が隅ッこの方に小さく出ていたのを、読まれた方もあるであろう。その行李は相州鎌倉扇ケ谷某氏所有地の雑草の中に遺棄されていて、発見されたのは八月十五日の朝であった。届出に依って警官が中を改めると、一箇の等身の人形が出て来た。それは針線や木の心《しん》の上に紙や布を巻きつけた、しろうとが作った拙い人形で、案山子《かかし》に近いものであったが、顔だけは念入りに出来ており、断髪の鬘《かつら》を冠っていた。警官はその顔だちと、断髪の頭と、着せられてある派手なパジャマの模様とで、女の人形であることを知った。そうして最初は、多分横須賀の水兵か何かが、船中の慰みに使ったのだろうと見当をつけた。なぜかと云うのに、その人形にはなまめかしい香水とお白粉の匂いが沁み込ませてあり、行李の蓋を開けたとたんにそれがぷーんと警官の鼻を打ったのであった。けれども一つおかしいことは、人形の頸部に、何等かの凶器で深く喉笛を抉ったらしい傷痕があった。而も一度でなく、抉っては又その穴を直し直しして、幾度もそれを繰り返したものに違いなかった。警官がそこを更に綿密に調べるに及んで、ほんの刺身の一と切れぐらいな、乾燥した肉の塊が傷痕に附着していた。試験の結果、それは牛肉であることが分った。

私は読者に、此れ以上説明する必要はあるまい。

ただ何故に小栗由次郎は、その行李を自宅の床下に長く隠して置かなかったか、それをわざわざ運び出して、遺棄したのはなぜであるか、と云うに、彼はその行李の中の物が人形でなく、巴里子の死体であるかの如き恐怖を感じた。その人形が家にある限り、彼は安眠が出来なかった。第一に彼が考えたのは、それを床下へ置き去りにしたまま、他へ移転する策であった。しかし此れには非常な危険が予想せられた。第二に彼は、それを密かに解体して、部分々々を、徐々に、少しずつ、粉々に砕いてしまうか、或は捨ててしまおうと思った。実際彼はそうしようとして、或る時床下からその荷物を取り出し、行李の蓋を開けたのであったが、彼にはとても、その人形の顔を正視し、それに手を触れる勇気がなかった。彼は何よりもそこから発する香水の匂いを怖れた。それはコティーのパリスであって、死んだ女の体臭と云ってもいいくらい、彼女に特有な匂いであった。その人形を粉々にするには、もう一度彼女を殺す胆力を要した。而も今度は自分の手を以て、直接にその事をしなければならない。——彼は慌てて行李の蓋を締めてしまった。

犯罪が発覚した当時、彼は大阪のカフェエ・ナポリの踊り児と同棲していた。即ち日本のクリップンにもエセル・ル・ネーヴがあったのである。

藪の中

芥川龍之介

検非違使に問われたる木樵りの物語

さようでございます。あの死骸を見つけたのは、わたしに違いございません。わたしは今朝いつもの通り、裏山の杉を伐《き》りに参りました。すると山陰《やまかげ》の藪《やぶ》の中に、あの死骸があったのでございます。あった処でございますか？ それは山科《やましな》の駅路からは、四五町程隔たって居りましょう。竹の中に痩せ杉の交った、人気のない所でございます。

死骸は縹《はなだ》の水干に、都風のさび烏帽子《えぼし》をかぶったまま、仰向けに倒れて居りました。何しろ一刀《ひとかたな》とは申すものの、胸もとの突き傷でございますから、死骸のまわりの竹の落葉は、蘇芳《すおう》に滲みたようでございます。いえ、血はもう流れては居りません。傷口も乾いて居ったようでございます。おまけに其処には、馬蝿が一匹、わたしの足音も聞えないように、べったり食いついて居りましたっけ。

太刀か何かは見えなかったか？　いえ、何もございません。ただその側の杉の根がたに、縄が一筋落ちて居りました。それから、——そうそう、縄の外にも櫛《くし》が一つございました。死骸のまわりにあったものは、この二つぎりでございます。が、草や竹の落葉は、一面に踏み荒されて居りましたから、きっとあの男は殺される前に、余程手痛い働きでも致したのに違いございません。何、馬はいなかったか？　あそこは一体馬なぞには、はいれない所でございます。何しろ馬の通う路《みち》とは、藪一つ隔たって居りますから。

検非違使に問われたる旅法師の物語

あの死骸の男には、確かに昨日遇っております。昨日の、——さあ、午頃《ひるごろ》でございましょう。場所は関山から山科へ、参ろうと云う途中でございます。あの男は馬に乗った女と一しょに、関山の方へ歩いて参りました。女は牟子《むし》を垂れて居りましたから、顔はわたしにはわかりません。見えたのはただ萩重《はぎがさ》ねらしい、衣《きぬ》の色ばかりでございます。馬は月毛の、――確か法師髪の馬のようでございました。丈《たけ》でございますか？　丈は四寸《き》もございましたか？――何しろ沙門《しゃもん》の事でございますから、その辺ははっきり存じません。男は、――いえ、太刀も帯びて居れば、弓矢も携《たずさ》えて居りました。殊に黒い塗り箙《えびら》へ、二十あまり征矢《そや》をさしたのは、唯今でもはっきり覚えて居ります。

あの男がかようになろうとは、夢にも思わずに居りましたが、真に人間の命なぞは、如《にょ》露亦如電《ろやくにょでん》に違いございません。やれやれ、何とも申しようのない、気の毒な事を致しました。

検非違使に問われたる放免の物語

わたしが搦《から》め取った男でございますか？　これは確かに多襄丸《たじょうまる》と云う、名高い盗人《ぬすびと》でございます。尤もわたしが搦め取った時には、馬から落ちたのでございましょう、粟田口《あわたぐち》の石橋の上に、うんうん呻《うな》って居りました。時刻でございますか？　時刻は昨夜の初更《しょこう》頃でございます。何時ぞやわたしが捉え損じた時にも、やはりこの紺の水干に、打出しの太刀を佩《は》いて居りました。唯今はその外にも御覧の通り、弓矢の類さえ携えて居ります。さようでございますか？　あの死骸の男が持っていたのも、――では人殺しを働いたのは、この多襄丸に違いございません。革を巻いた弓、黒塗りの箙、鷹の羽の征矢《おっしゃ》が十七本、――これは皆、あの男が持っていたものでございましょう。はい。馬も仰有る通り、法師髪の月毛でございます。その畜生に落されるとは、何かの因縁に違いございません。それは石橋の少し先に、長い端綱《はづな》を引いたまま、路ばたの青芒《あおすすき》を食って居りました。

この多襄丸と云うやつは、洛中に徘徊する盗人の中でも、女好きのやつでございます。昨年の秋鳥部寺《とりべでら》の賓頭盧《びんずる》の後の山に、物詣でに来たらしい女房が一人、女の童と一しょに殺されていたのは、こいつの仕業だとか申して居りました。その月毛に乗っていた女も、こいつがあの男を殺したとなれば、何処へどうしたかわかりません。差出がましゅうございますが、それも御詮議下さいまし。

検非違使に問われたる媼の物語

はい、あの死骸は手前の娘が、片附いた男でございます。が、都のものではございません。若狭《わかさ》の国府の侍でございます。名は金沢の武弘《たけひろ》、年は二十六歳でございました。いえ、優しい気立でございますから、遺恨なぞ受ける筈はございません。

娘でございますか? 娘の名は真砂《まさご》、年は十九歳でございます。これは男にも劣らぬ位、勝気の女でございますが、まだ一度も武弘の外には、男を持った事はございません。顔は色の浅黒い、左の眼尻《めじり》に黒子《ほくろ》のある、小さい瓜実顔《うりざねがお》でございます。

武弘は昨日娘と一しょに、若狭へ立ったのでございますが、こんな事になりますとは、何と云う因果でございましょう。しかし娘はどうなりましたやら、婿の事はあきらめましても、これだけは心配でなりません。どうかこの姥《うば》が一生のお願いでございますから、たとい草木を分けましても、娘の行方をお尋ね下さいまし。何に致せ憎いのは、その多襄丸とか何とか申す、盗人のやつでございます。婿ばかりか、娘までも……(跡は泣き入りて言葉なし。)

× × ×

多襄丸の白状

あの男を殺したのはわたしです。しかし女は殺しはしません。では何処へ行ったのか？それはわたしにもわからないのです。まあ、お待ちなさい。いくら拷問にかけられても、知らない事は申されますまい。その上わたしもこうなれば、卑怯な隠し立てはしないつもりです。

わたしは昨日の午少し過ぎ、あの夫婦に出会いました。その時風の吹いた拍子に、牟子《むし》の垂絹が上ったものですから、ちらりと女の顔が見えたのです。ちらりと、――見えたと思う瞬間には、もう見えなくなったのですが、一つにはその為もあったのでしょう、わたしにはあの女の顔が、女菩薩のように見えたのです。わたしはその咄嗟《とっさ》の間に、たとい男は殺しても、女は奪おうと決心しました。

何、男を殺すなぞは、あなた方の思っているように、大した事ではありません。どうせ女を奪うとなれば、必、男は殺されるのです。唯わたしは殺す時に、腰の太刀を使うのですが、あなた方は太刀は使わない、唯権力で殺す、金で殺す、どうかするとお為ごかしの言葉だけでも殺すでしょう。成程血は流れない、男は立派に生きている、——しかしそれでも殺したのです。罪の深さを考えてみれば、あなた方が悪いか、わたしが悪いか、どちらが悪いかわかりません。(皮肉なる微笑)

しかし男を殺さずとも、女を奪う事が出来れば、別に不足はない訳です。いや、その時の心もちでは、出来るだけ男を殺さずに、女を奪おうと決心したのです。が、あの山科の駅路では、とてもそんな事は出来ません。そこでわたしは山の中へ、あの夫婦をつれこむ工夫をしました。

これも造作はありません。わたしはあの夫婦と途づれになると、向うの山には古塚がある、この古塚を発《あば》いてみたら、鏡や太刀が沢山出た、わたしは誰も知らないように、山の陰の藪の中へ、そう云う物を埋めてある、もし望み手があるならば、どれでも安い値に売り渡したい、——と云う話をしたのです。男は何時かわたしの話に、だんだん心を動かし初めました。それから、——どうです。慾と云うものは恐しいではありませんか? それから半時《はんとき》もたたない内に、あの夫婦はわたしと一しょに、山路へ馬を向けていたのです。

わたしは藪の前へ来ると、宝はこの中に埋めてある、見に来てくれと云いました。男は慾に渇いていますから、異存のある筈はありません。が、女は馬も下りずに、待っていると云うのです。又あの藪の茂っているのを見ては、そう云うのも無理はありますまい。わたしはこれも実を云えば、思う壺にはまったのですから、女一人を残した儘、男と藪の中へはいりました。

藪は少時《しばらく》の間は竹ばかりです。が、半町程行った処に、やや開いた杉むらがある、――わたしの仕事を仕遂げるのには、これ程都合の好い場所はありません。わたしは藪を押し分けながら、宝は杉の下に埋めてあると、尤もらしい嘘をつきました。男はわたしにそう云われると、もう痩せ杉が透いて見える方へ、一生懸命に進んで行きます。そのうちに竹が疎《まば》らになると、何本も杉が並んでいる、――わたしは其処へ来るが早いか、いきなり相手を組み伏せました。男も太刀を佩いているだけに、力は相当にあったようですが、不意を打たれてはたまりません。忽ち一本の杉の根がたへ、括《くく》りつけられてしまいました。縄ですか？　縄は盗人の有難さに、いつ塀を越えるかわかりませんから、ちゃんと腰につけていたのです。勿論声を出させない為にも、竹の落葉を頬張らせれば、外に面倒はありません。

わたしは男を片附けてしまうと、今度は又女の所へ、男が急病を起したらしいから、見に来てくれと云いに行きました。これも図星に当ったのは、申し上げるまでもありますまい。女は市女笠《いちめがさ》を脱いだ儘、わたしに手をとられながら、藪の奥へはいって来ました。所が其処へ来てみると、男は杉の根に縛られている、――女はそれを一目見るなり、何時の間に懐《ふところ》から出していたか、きらりと小刀を引き抜きました。わたしはまだ今までに、あのくらい気性の烈しい女は、一人も見た事がありません。もしその時でも油断していたらば、一突きに脾腹《ひばら》を突かれたでしょう。いや、それは身を躱《かわ》した所が、無二無三に斬り立てられる内には、どんな怪我《けが》も仕兼ねなかったのです。が、わたしも多襄丸ですから、どうにかこうにか太刀も抜かずに、とうとう小刀を打ち落しました。いくら気の勝った女でも、得物《えもの》がなければ仕方がありません。わたしはとうとう思い通り、男の命は取らずとも、女を手に入れる事は出来たのです。

男の命は取らずとも、――そうです。わたしはその上にも、男を殺すつもりはなかったのです。ところが泣き伏した女を後に、藪の外へ逃げようとすると、女は突然わたしの腕へ、気違いのように縋《すが》りつきました。しかも切れ切れに叫ぶのを聞けば、あなたが死ぬか夫が死ぬか、どちらか一人死んでくれ、二人の男に恥を見せるのは、死ぬよりもつらいと云うのです。いや、その内どちらにしろ、生き残った男につれ添いたい、――そうも喘《あえ》ぎ喘ぎ云うのです。わたしはその時猛然と、男を殺したい気になりました。（陰鬱なる興奮）

こんな事を申し上げると、きっとわたしはあなた方より、残酷な人間に見えるでしょう。しかしそれはあなた方が、あの女の顔を見ないからです。殊にその一瞬間の、燃えるような瞳を見ないからです。わたしは女と眼を合せた時、たとい神鳴《かみなり》に打ち殺されても、この女を妻にしたいと思いました。妻にしたい、――わたしの念頭にあったのは、唯こう云う一事だけです。これはあなた方の思うように、卑しい色慾ではありません。もしその時色慾の外に、何も望みがなかったとすれば、わたしは女を蹴倒しても、きっと逃げてしまったでしょう。男もそうすればわたしの太刀に、血を塗る事にはならなかったのです。が、薄暗い藪の中に、じっと女の顔を見た刹那《せつな》、わたしは男を殺さない限り、此処は去るまいと覚悟しました。

しかし男を殺すにしても、卑怯な殺し方はしたくありません。わたしは男の縄を解いた上、太刀打ちをしろと云いました。（杉の根がたに落ちていたのは、その時捨て忘れた縄なのです。）男は血相を変えた儘、太い太刀を引き抜きました。と思うと口も利かずに、憤然とわたしへ飛びかかりました。――その太刀打ちがどうなったかは、申し上げるまでもありますまい。わたしの太刀は二十三合目に、相手の胸を貫きました。二十三合目に、――どうかそれを忘れずに下さい。わたしは今でもこの事だけは、感心だと思っているのです。わたしと二十合斬り結んだものは、天下にあの男一人だけですから。（快活なる微笑）

わたしは男が倒れると同時に、血に染まった刀を下げたなり、女の方を振り返りました。すると、――どうです、あの女は何処にもいないではありませんか？　わたしは女がどちらへ逃げたか、杉むらの間を探してみました。が、竹の落葉の上には、それらしい跡も残っていません。又耳を澄ませて見ても、聞えるのは唯男の喉に、断末魔の音がするだけです。

事によるとあの女は、わたしが太刀打ちを始めるが早いか、人の助けでも呼ぶ為に、藪をくぐって逃げたのかも知れない。――わたしはそう考えると、今度はわたしの命ですから、太刀や弓矢を奪ったなり、すぐに又もとの山路へ出ました。其処にはまだ女の馬が、静かに草を食っています。その後の事は申し上げるだけ、無用の口数に過ぎますまい。唯、都へはいる前に、太刀だけはもう手放していました。――わたしの白状はこれだけです。どうせ一度は樗《おうち》の梢に、懸ける首と思っていますから、どうか極刑《ごくけい》に遇わせて下さい。(昂然たる態度)

清水寺に来れる女の懺悔

――その紺の水干を着た男は、わたしを手ごめにしてしまうと、縛られた夫を眺めながら、嘲るように笑いました。夫はどんなに無念だったでしょう。が、いくら身悶えをしても、体中にかかった縄目は、一層ひしひしと食い入るだけです。わたしは思わず夫の側《そば》へ、転ぶように走り寄りました。いえ、走り寄ろうとしたのです。しかし男は咄嗟《とっさ》の間に、わたしを其処へ蹴倒しました。丁度その途端です。わたしは夫の眼の中に、何とも云いようのない輝きが、宿っているのを覚りました。何とも云いようのない、――わたしはあの眼を思い出すと、今でも身震いが出ずにはいられません。口さえ一言も利けない夫は、その刹那の眼の中に、一切の心を伝えたのです。しかし其処に閃いていたのは、怒りでもなければ悲しみでもない、――唯わたしを蔑んだ、冷たい光だったではありませんか？　わたしは男に蹴られたよりも、その眼の色に打たれたように、我知らず何か叫んだぎり、とうとう気を失ってしまいました。

その内にやっと気がついて見ると、あの紺の水干の男は、もう何処かへ行っていました。跡には唯杉の根がたに、夫が縛られているだけです。わたしは竹の落葉の上に、やっと体を起したなり、夫の顔を見守りました。が、夫の眼の色は、少しもさっきと変りません。やはり冷たい蔑みの底に、憎しみの色を見せているのです。恥しさ、悲しさ、腹立たしさ、――その時のわたしの心の中は、なんと云えば好いかわかりません。わたしはよろよろ立ち上りながら、夫の側へ近寄りました。

「あなた。もうこうなった上は、あなたと御一しょには居られません。わたしは一思いに死ぬ覚悟です。しかし、――しかしあなたもお死になすって下さい。あなたはわたしの恥を御覧になりました。わたしはこの儘あなた一人、お残し申す訳には参りません。」

わたしは一生懸命に、これだけの事を云いました。それでも夫は忌わしそうに、わたしを見つめているばかりなのです。わたしは裂けそうな胸を抑えながら、夫の太刀を探しました。が、あの盗人に奪われたのでしょう、太刀は勿論《もちろん》弓矢さえも、藪の中には見当りません。しかし幸い小刀《さすが》だけは、わたしの足もとに落ちているのです。わたしはその小刀を振り上げると、もう一度夫にこう云いました。

「ではお命を頂かせて下さい。わたしもすぐにお供します。」

夫はこの言葉を聞いた時、やっと唇を動かしました。勿論口には笹の落葉が、一ぱいにつまっていますから、声は少しも聞えません。が、わたしはそれを見ると、忽ちその言葉を覚りました。夫はわたしを蔑んだ儘、『殺せ。』と一言云ったのです。わたしは殆《ほとん》ど、夢うつつの内に、夫の縹《はなだ》の水干の胸へ、ずぶりと小刀を刺し通しました。

わたしは又この時も、気を失ってしまったのでしょう。やっとあたりを見まわした時には、夫はもう縛られた儘、とうに息が絶えていました。その蒼ざめた顔の上には、竹に交った杉むらの空から、西日が一すじ落ちているのです。わたしは泣き声を呑みながら、死骸の縄を解き捨てました。そうして、――そうしてわたしがどうなったか？　それだけはもうわたしには、申し上げる力もありません。兎に角わたしはどうしても、死に切る力がなかったのです。小刀を喉に突き立てたり、山の裾の池へ身を投げたり、いろいろな事もして見ましたが、死に切れずにこうしている限り、これも自慢にはなりますまい。（寂しき微笑）わたしのように腑甲斐《ふがい》ないものは、大慈大悲の観世音菩薩《かんぜおんぼさつ》も、お見放しなすったものかも知れません。しかし夫を殺したわたしは、盗人《ぬすびと》の手ごめに遇ったわたしは、一体どうすれば好いのでしょう？　一体わたしは、――わたしは、――（突然烈しき歔欷《すすりなき》）

巫女の口を借りたる死霊の物語

——盗人は妻を手ごめにすると、其処へ腰を下した儘、いろいろ妻を慰め出した。おれは勿論口は利けない。体も杉の根に縛られている。が、おれはその間に、何度も妻へ目くばせをした。この男の云う事を真《ま》に受けるな、何を云っても嘘と思え、——おれはそんな意味を伝えたいと思った。しかし妻は悄然と笹の落葉に坐ったなり、じっと膝へ目をやっている。それがどうも盗人の言葉に、聞き入っているように見えるではないか？　おれは妬《ねたま》しさに身悶えをした。が、盗人はそれからそれへと、巧妙に話を進めている。一度でも肌身を汚したとなれば、夫との仲も折り合うまい。そんな夫に連れ添っているより、自分の妻になる気はないか？　自分はいとしいと思えばこそ、大それた真似も働いたのだ、——盗人はとうとう大胆にも、そう云う話さえ持ち出した。

盗人にこう云われると、妻はうっとりと顔を擡げた。おれはまだあの時程、美しい妻を見た事がない。しかしその美しい妻は、現在縛られたおれを前に、何と盗人に返事をしたか？　おれは中有《ちゅうう》に迷っていても、妻の返事を思い出す毎に、嗔恚《しんい》に燃えなかったため

しはない。妻は確かにこう云った、——「ではどこへでもつれて行って下さい。」(長き沈黙)

妻の罪はそれだけではない。それだけならばこの闇の中に、いま程おれも苦しみはしまい。しかし妻は夢のように、盗人に手をとられながら、藪の外へ行こうとすると、忽ち顔色を失ったなり、杉の根のおれを指さした。「あの人を殺して下さい。わたしはあの人が生きていては、あなたと一しょにはいられません。」——妻は気が狂ったように、何度もこう叫び立てた。「あの人を殺して下さい。」——この言葉は嵐のように、今でも遠い闇の底へ、まっ逆様におれを吹き落そうとする。一度でもこの位憎むべき言葉が、人間の口を出た事があろうか? 一度でもこの位呪わしい言葉が、人間の耳に触れた事があろうか? 一度でもこの位、——(突然迸《ほとばし》るごとき嘲笑)その言葉を聞いた時は、盗人さえ色を失ってしまった。「あの人を殺して下さい。」——妻はそう叫びながら、盗人の腕に縋《すが》っている。盗人はじっと妻を見た儘、殺すとも殺さぬとも返事をしない。——と思うか思わない内に、妻は竹の落葉の上へ、唯一蹴りに蹴倒された、(再迸るごとき嘲笑)盗人は静かに両腕を組むと、おれの姿へ眼をやった。「あの女はどうするつもりだ? 殺すか、それとも助けてやるか? 返事は唯頷《うなず》けば好い。殺すか?」——おれはこの言葉だけでも、盗人の罪は赦してやりたい。(再、長き沈黙)

妻はおれがためらう内に、何か一声叫ぶが早いか、忽ち藪の奥へ走り出した。盗人も咄《とっ》嗟《さ》に飛びかかったが、これは袖さえ捉えなかったらしい。おれは唯幻のように、そう云う景色を眺めていた。

盗人は妻が逃げ去った後、太刀や弓矢を取り上げると、一箇所だけおれの縄を切った。「今度はおれの身の上だ。」——おれは盗人が藪の外へ、姿を隠してしまう時に、こう呟《つぶや》いたのを覚えている。その跡は何処も静かだった。いや、まだ誰かの泣く声がする。おれは縄を解きながら、じっと耳を澄ませて見た。が、その声も気がついて見れば、おれ自身の泣いている声だったではないか？（三度、長き沈黙）

おれはやっと杉の根から、疲れ果てた体を起した。おれの前には妻が落した、小刀が一つ光っている。おれはそれを手にとると、一突きにおれの胸へ刺した。何か腥《なまぐさ》い塊がおれの口へこみ上げて来る。が、苦しみは少しもない。唯胸が冷たくなると、一層あたりがしんとしてしまった。ああ、何と云う静かさだろう。この山陰の藪の空には、小鳥一羽囀りに来ない。唯杉や竹の杪《うら》に、寂しい日影が漂っている。日影が、——それも次第に薄れて来る。——もう杉や竹も見えない。おれは其処に倒れた儘、深い静かさに包まれている。

その時誰か忍び足に、おれの側へ来たものがある。おれはそちらを見ようとした。が、おれのまわりには、何時か薄闇が立ちこめている。誰か、——その誰かは見えない手に、そっと胸の小刀を抜いた。同時におれの口の中には、もう一度血潮が溢れて来る。おれはそれぎり永久に、中有の闇へ沈んでしまった。……………………

谷崎潤一郎による芥川龍之介追悼文ほか

記事　遺書と手記とを残して　芥川龍之介氏自殺す

『家庭にも悩み』谷崎氏上京

芥川氏自殺の報をもたらして生前氏と親交のあった兵庫県武庫郡本山村字岡本の谷崎潤一郎氏宅を訪えば「それは本当か」と驚愕色をなし「東京からはいまだ何の通知もないが、こうしてはおられぬ」と急遽旅装を整え午後十時十分大阪発上り列車に間に合すべく上阪したが氏は語る。

「芥川とは今春岡本の自宅で一晩語り明したのが最後の別れだった、如才のない男だが非常に神経質で殊に最近は強度の神経衰弱症に悩んでいたらしかった。僕とは少し後輩なので家庭の内情などはあまり打ちあけて語らなかったが、それでも先年義兄の変死したことや生さぬ仲の親があって人知れぬ苦労があると常にコボしていた、いずれにしても有為の作家をなくしたことは残念至極だ、芥川の作品中『羅生門』の中にある短篇物などは最もよかったと思う」

（昭和二年七月二十五日『大阪朝日新聞』）

芥川君の訃を聞いて

芥川君が自殺したのを聞いて実に驚いた。その原因は家庭上のこと、自分の芸術上のこと、色々とこみ入ったわけがあるのであろうが、くわしい報知に接するまでは何ともいわれない。ただ最近ひどい神経衰弱にかかって例になく感傷的になっていたのは外目にもわかった。顧みれば私と同君とは十何年来の友達である。大学はわたしの方が三四年上で、従って文壇的にもわたしの方が先輩であったが、わたしが和辻哲郎君等とはじめた第二次「新思潮」のあとを次いで第三次の「新思潮」によったのは同君および菊池君、久米君などであった。そして当時小石川にあったわたしの家へはじめて君が訪ねて来たのは、あれは確か大正六年の正月であったと思う。当時君はすでに「羅生門」や「芋粥」等の多くの傑作を発表し文名さくさくたる頃であった。自来今日まで時によって多少の疎隔はあったけれどもずっと交際を続けていた。そして最後に会ったのは今年の春、改造社の講演で来阪した時であった。その時は三四日大阪にいて一晩はわたしの家に泊り、二晩は大阪の宿で語り明かし、その夜はもうお互にくたびれる程しゃべりあったが、今になって見ればもっとしゃべっておけばよかった。

何しろ余り唐突で、今は感想も何も記すいとまがない。君の人物および芸術についてはいずれ改めて論ずる時もあろう。

わたしはこれからすぐ東京へ行かねばならない。今はただ謹んで弔意を表する。

（昭和二年七月二十五日『大阪朝日新聞』）

彼は如才がない

芥川は、私とは少し後輩の為めか家庭の内情については余り打明けて語らなかったが、それでも今春義兄が変死したことや生さぬ仲の親があって人知れぬ苦労があることを常にこぼして居た。非常に如才のない男であるが、また非常に神経質で殊に最近強度の神経衰弱症で悩んで居た。

自殺の原因については、無論恋愛関係でなく、家庭のゴタゴタを苦にして発作的に死を覚悟したものと思う。小学生全集の紛争で引合に出されたりして幾分気を痛めたであろうが、そんなことは無論自殺の原因とは思われない。矢張り家庭の事情が因であろう。

芥川とは、今春兵庫県の私の宅で一晩語り明したが、それが最後の別れであった。何れにしても、有為の作家を無くしたことは残念至極である。

（昭和二年八月一日『大観』）

芥川君と私

芥川君と私とはいろいろな点でずいぶん因縁が深いのである。芥川君は私と同じく東京の下町の生れである。私の出身中学は府立第一中学であるが、芥川君の母校たる第三中学は元来初めは第一中学の分校であって、或る時代には故勝浦鞆雄先生が両方の校長を勤め、教師にも共通の人が多く、生徒も相互に転校することは容易であった。だから君と私とは中学からして同じようなものである。そしてそれ以来高等学校も大学も同じであった。

私は第二次「新思潮」に拠って文壇に出た。その処女作は平安朝を題材にした戯曲「誕生」であって、私の文壇への出かたは可なり花々しいものだった。そして芥川君の拠ったのは第三次「新思潮」で、矢張り平安朝を扱った小説「羅生門」が君の出世作であった。君が文壇に出た時の花々しさも甚しく私と相似ていた。

今はそうでもないようだが、当時は西洋文学熱が旺盛で、少くとも青年作家の間には日本や支那の古典を顧る者は稀であった。そう云う方面を面白がるのは頭の古い証拠のように思われていた。芥川君と私とは早くからその風潮に逆行し、東洋の古典を愛する点で頗る趣味を同じゅうした。

最後に私一家の寺はもと深川の猿江《さるえ》にあって、今は染井《そめい》に移転している日蓮宗の慈眼寺であるが、芥川家もまた此の寺の檀越《だんおつ》である。寺には司馬江漢の墓があり、浦里時次郎の比翼塚があって、深川時代には此の比翼塚へ縁結びに参詣する男女が相当にあった。

そして芥川君の亡くなった七月二十四日と云う日は、また私の誕生日なのである。

斯くの如く君と私とは、出生地を同じゅうし、出身学校を同じゅうし、文壇に於ける境遇と党派を同じゅうし、寺までも同じゅうしていた。私の方もそうであったが、君も私に対しては、通り一遍の先輩以上に親しみを感じていたであろう。ただ今になって残念に思うのは、東京の旧家に育った君は都会人の常として昔風の節度を重んじ、親しいうちにも私を遇するに飽く迄先輩の礼を以てしたために、私は君に対しては佐藤春夫に対する如くザックバランになれなかった。なれさえすれば、君もすすんで心の苦しみを打ち明けたかもしれないし、私としても及ばずながら慰める術もあったであろうに、最近の君の様子が甚だ尋常でなかったことは明かであったに拘わらず、そうしてしばしば夜を徹して話し合う機会があったに拘わらず、とうとう其処まではお互いに切り込むことが出来ないでしまった。

「下町っ児は弱気でいけない。」――芥川君は近頃しきりにそう云っていたが、ザックバランになれなかったのは、君も私も東京人の悪い癖である。兎にも角にも、先輩扱いされながら私は一向頼みがいのない先輩であったことを愧じる。正直に云うが君の自殺にはいろいろ分らない事が多い。ここ一二年を無事に通過してしまえば、それから先は伸び伸びと生きられたように思えてならない。学問と云い頭脳と云い、此の無学なる先輩が却って常に教えを乞うていた立派な後輩を亡くしたことは、私一個の身に取っても何物にも換えがたい損失である。が、地下の芥川君は、「此れでようよう楽になったよ」と、今頃は好きなマドロスパイプでも咬えて、疲れた体をほっと休めているのではなかろうか。

（昭和二年九月号『改造』）

いたましき人

出来てしまったことをあとになって考えると、ああそうだったかと思いあたる場合が幾らもあって、なぜあの時にそこへ気が付かなかったろうと今更自分を責めるけれども、もうそうなっては取り返しがつかない。わが芥川君の最近の行動も、今にして思えばまことに尋常でないものがあったのに、君がそう云う悲壮な覚悟をしていようとは夢にも知らなかった私は、もっとやさしく慰めでもすることか、いい喧嘩相手を見つけたつもりで柄になら論陣を張ったりしたのが、甚だ友達がいのない話で、故人に対し何とも申訳の言葉もない。

最後に会ったのは此の三月かに改造社の講演で大阪へ来た時であった。尤もその前一二年と云うものは、別に感情の疎隔などがあった訳ではないが、私は関西に居ることだし、つい話し合う機会もなく、それに筆無精だから文通などもめったにしないで、妙にお互いに遠ざかっていた。で、講演の夜は久しぶりで佐藤と一緒に私の家へ泊まり、翌々日は君と佐藤夫婦と私たちの夫婦五人で弁天座の人形芝居を見、その夜佐藤が帰ってからも君は大阪の宿に居残って、「どうです、今夜は僕の宿に泊まって一と晩話して行かないですか」と、なつかしそうに私を引き止めるのであった。いったい此れまで私などに対しては、あたたかい情愛も示さないではなかったけれど、どちらかと云えば理智的な態度を取っていた人で、その晩のようにひどく感傷的に人なつッこい素振りを見せるのは珍しいことだった。然るに君は人生のこと、文学のこと、友達のこと、江戸の下町の昔のこと、果ては家庭の内輪話まで持ち出して、夜の更ける迄それからそれへと語りつづけて、「自分は実に弱い人間に生れたのが不幸だ」と云い、「僕は此の頃精神上のマゾヒストになっていてね、誰か先輩のような人からウンと自分の悪い所をコキ卸してもらいたいんですよ」と云いながら、その眼底には涙をさえ宿していた。

これはよっぽどどうかしている、神経衰弱がひどいんだな。——私はそうは思ったけれども、しかしちょうどその折は例の「饒舌録」で君に喰ってかかっていた時だったから、いくらか私の鋒先を和らげたいと云う心持ちもあるのだろうと、云う風に取った。すると君はその明くる日も亦私を引き止めて、ちょうど根津さんの奥さんから誘われたのを幸い、私と一緒にダンス場を見に行こうと云うのである。そして私が根津夫人に敬意を表して、タキシードに着換えると、わざわざ立ってタキシードのワイシャツのボタンを嵌めてくれるのである。それはまるで色女のような親切さであった。

ところが親切は此れだけではない。それから間もなく東京へ帰ると、菊版で二冊になっている「即興詩人」を贈って来た。此の本は私が欲しがっていたもので、先日神戸の古本屋で見つけて買おうと思っているうちに買われてしまったと話したのを、「菊版でさえあれば初版でなくってもよござんすかね」と云いながら聞いていたが、それをちゃんと忘れずに、自分の蔵書から割愛してくれたのである。断っておくが従来芥川君は自分の著書以外に品物の贈答などはしない人だった。だから私は、どうして突然此の本をくれたのか全く不思議でならなかった。そうこうするうち今度は又英訳のメリメの「コロムバ」を贈って来た。これも私が「コロムバを読んだことがない」と云ったのを、いつの間にか小耳に挟んでいたのであろう。いよいよ変だと思っていると、更に追っかけて仏蘭西語の印度の仏像集が届いた。そしてそれには御丁寧にも「丸善でゴヤのエッチングの集を買ってお送りしようと思ったのだが、値段が高いから此の本にしました」と云う手紙がついて来たのである。

白状するが、私は実にイコジな人間で、親切には感謝したけれども、苟くも論戦をしている最中に品物を贈って来られたのが――おまけに今迄ついぞ一度もなかったことなので、――ちょっと気に喰わなかったのである。そしてそのためにツムジを曲げて、もう書く気ではなかったのに、再び「饒舌録」の中で君に喰ってかかったのである。思えば芥川君は論戦なぞを少しも気にしていたのではなかった。死ぬと覚悟をきめてみればさすがに友達がなつかしく、形見分けのつもりでそれとなく送ってくれたものを、誤解した私は何と云うネジケ者であったろう。此の一事、私は今にして故人の霊に合わす顔がない。浅ましきは私のツムジ曲りである。

が、最後にいささか弁解をすれば、芥川君にはそう云う誤解を起させるような、気の弱い如才のない所があった。

聡明で、勤勉で、才気煥発で、而も友情に篤くって、外には何の申し分もない、ただほんとうにもう少し強くさえあってくれたらばこんなことにはならなかったであろうものを。思えばいたましき人ではある。

（昭和二年九月特別号『文藝春秋』）

芥川全集刊行に際して

私は故人の晩年に芸術上の問題に就いて故人と不幸見解を異にし、お互いに雑誌の上で論争めいたことをやった。が、今にして思えば故人は死を以て自己の立ち場を固守した訳である。それほど君は真摯であり、自己の良心に忠実であった。斯くの如き人の芸術に対しては、いかなる見解を持つ者と雖多大の敬意を払わざるを得ない。私は人にすすめる前に、先ず私自身が改めてもう一度君の作品を読み直してみたいと思う切なる希望を抱くものである。

（昭和二年九月発行『芥川龍之介全集』（岩波書店）内容見本）

芥川龍之介が結ぶの神

芥川龍之介さんに手前が始めてお目にかかりましたのは、もう芥川さんが「羅生門」や「鼻」などを発表されまして文名嘖々と持て囃されるようになりましてから、即ち手前の小石川原町時代のことでございますが、芥川さんの家と手前の家とはそれ以前から全然無縁と申す訳でもございませんでした。と申しますのは、芥川家も谷崎家も日蓮宗の慈眼寺《じげん》と申すお寺の檀家でございました。このお寺はもと深川の猿江にございましたのが、明治四十五年に西巣鴨の染井の墓地の近くに移転いたしましたので、現在もそこにございますが、有名人の墓としましては司馬江漢、小林平八郎、浦里時次郎の比翼塚などがございまして、西巣鴨へ移りましてからも昔のようにこれらの仏が祭ってございます。殊に浦里時次郎の比翼塚は、縁結びの神として今も参詣の人が絶えません。それに芥川さんのお墓が昭和二年に建ちましたので、又一つ名物が殖えた訳でございます。

新内の「明烏」の文句に「明日はなき名を竪川《たてかわ》や、われから招く扇橋、この世を猿江大島《おおじま》の、森の繁みに辿り着く」とございますが、深川時代の慈眼寺はこの竪川の河岸からそう遠くないあたりにございました。手前の家も祖父時代まではついあの近所に住んでおりまして、その時分には扇橋に狸が出るなんてえ噂がございましたくらいですが、芥川さんも錦糸堀（今の錦糸町）の府立第三中学校出身ですから、多分本所か深川辺に家があったんでございましょうな。ま、そんな次第で、手前とはよく昔の話が出たもんでございます。

○

大正が昭和に変りましたのは大正十五年の末、十二月も押し詰まった頃であったと存じますが、その昭和になる少し以前、十二月中のことだったかも知れません。その頃は手前阪急の岡本時代でございましたが、或る日東京から芥川さんが出て来られて、二人で大阪へ飲みに出かけたことがございました。飲むと申しても芥川さんのことですから、大して飲みはいたしません。まあゆっくりと雑談に夜を更かすつもりで、芸者も話の邪魔になりますから呼ぼうともせず、二人差向いでちびりちびりやらかしながらしゃべり暮らしました。近頃の手前は一向に話下手で、無口の方でございますが、その時分はよくしゃべりました。分けても相手が芥川さんだと、お互にしゃべり続けて時の移るのを忘れるくらいでございました。

それに都合のいいことには、南の三寺《みツてら》筋に千福《ちふく》と申す旅館兼待合のような家がございました。近頃はあまりああ云う種類の家は、その筋の眼がやかましゅうございますので次第に少くなりましたが、今でも京都の上木屋町辺には軒並みにございます、旅館もすれば料理屋もする、芸者の箱も這入る、と云う至って便利な仕組みの家、ああ云う家でございますな。女将は阿波の徳島の人でおとみさんと申しまして、美人と申す程ではございませんけれども、なかなか賢い頭のいい人でございました。戎橋を南へ渡って河岸通りを右へ曲ったところの角から二三軒目、つまり今の松竹座の隣ぐらいのところ、あすこに福田屋と申すお茶屋がございましたが、おとみさんはそこの仲居をしておりましたのが、後に福田屋の福の字を貰って「千福」と申す旅館を始めた訳でございます。三寺筋と申しますと、八幡筋の一つ南の筋、戎橋を北へ渡って河岸通りの筋の次の筋だったと記憶いたします。そこを橋筋から西へ曲った南側に「千福」と云う家がございました。手前は岡本から出て参りまして大阪で夜を更かしますと、つい帰るのが億劫《おっくう》になりまして一人でもよくこの家に泊りましたが、客を案内いたします時はいつもここに決めておりました。

余談にわたりますけれども、芥川さんが自殺されましたのはこの事件の明くる年、即ち昭和二年の七月のことでございますが、もうその千福に泊った時分から、よほど尋常でない様子がございましたな。たしかその晩もその明くる晩も、広い座敷に手前と二人向い合って寝たんでございますが、芥川さんはひどい不眠症に悩まされておられるらしくて、酒とジアールとをちゃんぽんに飲み、それでもどうしても寝られないと零《こぼ》しとられました。「ジアールのような強い薬をそんなに飲んでいいんですか」と忠告いたしましてもさっぱり聞き入れませんでした。本来が神経質な方でしたが、どうかした拍子に恐しく神経が尖って来られますのが、見ておりまして気味が悪いようでございました。あの千日前の、この間まで大阪歌舞伎座がございました所、たしかあすこにカフェ・ユニオンと申すダンスホールがございましたが、手前はその頃社交ダンスに凝っておりましたので、あまり気の進まない芥川さんを誘い出して、引っ張って行ったことがございました。その時手前がタキシードか何かを着ようとしまして真珠のボタンをワイシャツに嵌めようとしておりますと、芥川さんは何と思ったか、

「僕が嵌めて上げましょう」

と、手前の前に膝をついて手伝って下さいました。芥川さんがこんなことまでして下さるのは始めてで、まるで仲居さんがしてくれるようなことをして下さいますのは、御親切は忝いけれども、それにしても少し親切過ぎる、何だかなさることが尋常でない、何か変だなと感じましたっけが、その時気がつきましたのは、芥川さんの眼の中に一滴の涙が潤《うる》んでいるのでございました。ほんの一瞬間のことで、すぐその涙は消えてしまいましたけれども、どうも手前は薄気味が悪く、不吉な予感のようなものを感じたことでございました。

○

それはそれといたしまして、そこに二晩ばかり泊りまして芥川さんは東京へ、手前は岡本へ帰ると云う日の朝のことだったと存じます、女将のおとみさんが、

「谷崎先生も芥川先生もまあお待ちやす、実は先生方に是非会わしてほしい云うたはる奥さんがおいでですねんけど、もう一日お延ばしやすな。一日ぐらいよろしやおませんか」

と、申すのでした。

「いや、そうゆっくりもしてられません、今日は東京へ帰らなくっちゃ」

と、芥川さんは申されます。

「そんなら夜汽車にしやはったらどうです。電話したらすぐその奥さんおいでになりまっせ。せめて晩の御飯でも附き合うたげとくれやすな」

「その奥さんて何者なんです」

おとみさんが申されますには、大阪の船場の御大家の御寮人さんで今年二十三四歳の美人である、お店は古くからある綿布問屋さんで本町通にあるんですが、お住居は阪急の夙《しゅく》川《がわ》にあって、文学好きな、なかなかハイカラな奥さんである、その奥さん先生方がここにいらっしゃるちゅう噂を聞き込み、ええ機会やよって是非と仰っしゃってるんです、と云うのでございました。手前はその話を聞きまして忽ち好奇心を動かされましたが、芥川さんはやはり今日は帰ると云って承知なさいません。仕方がないので駅まで送って参るつもりで二人で自動車に乗りました。この時手前は芥川さんを見送りましてから、もう一度千

福へ戻って参るつもりでおりましたか、それともおとみさんが、谷崎先生一人だけやったらその奥さんを招く訳には行かないと云われたのでしたか、その点はどうも記憶がはっきりいたしません。今も覚えとりますのは、大阪駅へ参る途々《みちみち》、手前が熱心に自動車の中で芥川さんを口説き、

「ねえ君、もう一度千福へ引っ返してその婦人に会ってみる気はないですか。ねえ君、そうしてくれ給えな。僕一人じゃあどうも工合が悪いから、もう一と晩だけ附き合ってくれ給えな」

と、盛にせがんで已まなかったことでございます。芥川さんは例の皮肉な薄笑いを浮かべて、

「少し馬鹿々々しいような気がするな」

とか何とか交ぜっ返しておられましたけれど、結局手前の執拗《しつっこ》いのに根気負けがして、——そうです、まだ御堂筋なんてえ道路が出来ておりません時代で、南北線を北へ進んで、堂島辺まで参りましてから引き返したんだと覚えとります。その間も芥川さんは「少し馬鹿々々しいようだな」と二三度繰り返しとられました。

○

その奥さん、後日に及んでそれが手前の今の家内になったんでございますが、その当時は

手前は勿論、その「奥さん」も将来そんな運命が待ち構えていようなんて夢にも思っておりませんでした。何しろ「根津清」と云えば大阪では知られた家でございまして、太閤さん時代から連綿と暖簾がつづいていたと云う、土蔵造りの大した構えでございましたから、そんなお宅の奥さんがどんなにまかり間違っても手前の妻になろうなんて、当人にしましても考える訳がございません。それに小説家の社会的地位と申すものも、今日とは比べものになりませんほど低うございましたから、手前から見ればその「奥さん」は高嶺の花でございまして、こちらもそんな大それた空想を抱く筈がございません。まあ芥川さんを相棒に頼みまして、話に聞き及ぶ関西式の上流婦人、所謂蘆屋夫人なるものはどんなものか、彼女たちの衣裳の好み、智能の程度、ものの云い方等々は東京人の眼から見ましてどんな工合に違ってるか、京都は分っておりますけれども、京都とは又違うと云う大阪気質《かたぎ》とはどんなものか、まあそれが知りたいと申すほどの、小説家相応の望みに過ぎませんでした。

おとみさんの話では、電話をすればすぐ来やはる、自動車はスチュードベーカーを持ってなはって夙川から飛ばして来やはりますよって訳おません、と云うことでしたが、芥川さんと手前とが急いで戻って参りましたにも拘らず、容易なことではその「奥さん」は現れませんでした。少くとも三四時間は待たされたでございましょう。多分お化粧を余程念入りにしてるんだろうと存じましたが、後で聞きますと、そんな文士の座敷へなんか行くことあれへん、と旦那さまが云いますのを「奥さん」が聴き入れず、いいえ、こっちから約束して引き留めたあんねんさかい、今更行かんちゅう訳に行かしまへんと、ちょっとした押し問答がありまして揉めたんだそうでございます。そんな次第でその奥さんがいよいよ千福へ現れましたのは夕刻の六時過ぎでございました。

「奥さん」は誰かお附きの人でも従えて来るのかと存じましたら、誰も連れず、全くの一人きりでございました。千福には時々見えることがあるらしくて、おとみさんとは余程お馴染らしい言葉遣いでございました。旦那さまと一緒にここの座敷へ芸者を呼んで遊んだりすることもあるとみえまして、二十三四と云う年に似会わず、いかにも世馴れた、応対を心得た、もの怖《お》じをしない態度でした。その時芥川さんは三十五歳、手前は四十一歳の筈でございますが、その「奥さん」はその年でそう云う二人を向うに廻して、夜の酒肴を適当に注文したりしまして、それから三四時間の間主人役として座を繋いでいた訳でございます。手前の立場といたしまして、この辺のところはあまり委しく書きにくうございますから、よろしく御推察を願うことにいたしまして、この程度で止めておくことにいたしましょう。そしてその晩遅く、「奥さん」は夙川へ帰り、芥川さんは夜行で帰京されたのだと記憶いたしますが、手前はその夜の感興がいつまでも心に尾を曳いておりましたので、気分を壊す気にならず、その晩もとうとう千福に泊ってしまいました。

〇

先刻も申し上げました通り、それが大正十五年の十二月のことでございますが、やがてその「奥さん」が根津清の御主人と離婚の手続を履《ふ》みまして手前と正式に結婚いたすような羽目になりましたのが、昭和十年のことでございますから、それはまだまだ十年も先のことでございます。しかし兎に角あの日のあの晩、芥川さんと云うものがおられませんでしたら、或は手前は永久に根津清の「奥さん」と会う機会がなかったかも知れませんし、今とは違った運命にめぐり遇っていたかも知れません。そう考えますと、手前と今の家内とを結びつける縁を作って下すったのは、芥川さんに外ならないのでございます。

えにしありて君と浪速《なにわ》に相生の松も経にけり二十《はたち》まり五とせ

これは手前が昭和三十三年の春銀婚式の日に、拙いながら家内と腰折れを取り交しました折のものでございますが、それにつけましても芥川さんとのつながりの深さを感じる次第でございます。芥川さんはその出来事のございました明くる年の七月二十四日に自殺されましたが、その日は又偶然にも手前の誕生日に当っとります。訃報を耳にいたしますと手前は直ちに上京いたし、田端の芥川邸に駆けつけて故人の霊前に額ずきましたが、まだその時にしましても、手前も家内も十年の後にこうなろうとは夢想だもしておりませんでした。されば芥川さんも、そんなこととは露知らずに亡くなられた訳でございます。

手前の家内は後にも先にもたった一回、その千福の晩に芥川さんにお目にかかりましただけでございますが、あの時の芥川さんの風貌は恐らく家内に取りましても、生涯忘れられない印象となって心に残ることでございましょう。それがきっかけとなりまして、手前とはそれから始終よく会いました。カフェ・ユニオンのダンスホールにもしばしばお供を仰せつかって出かけました。夙川の根津邸へも何回となく招かれまして、根津清の御主人、「奥さん」の妹さんに当る二人のお嬢さん方とも懇意になりました。そう、そう、夙川の駅の近くに、根津清さんが資金を出してやらせておられたダンスホールがございましたが、そこにも御主人や「奥さん」やお嬢さん方とよく踊りに参りました。今東光君が初期の作家時代、「愛経」と申す小説を大阪毎日に連載したりして相当に売れっ子だった頃と存じますが、東光君と手前とが心斎橋の播半《はりはん》の座敷に招かれまして根津さん夫婦に御馳走になったことなどもございました。今売れっ子の東光君も、あの時分からの東光君だなと思いますと、随分大阪とは縁の深い人なんでございますな。

解説

九十年前の小説論議

千葉俊二

谷崎潤一郎と芥川龍之介とはさまざまな意味において因縁が深い。「芥川君と私」によれば、ふたりは同じ東京の下町生まれで、「出身学校を同じゅうし、文壇に於ける境遇と党派を同じゅうし」ており、両家の菩提寺は「もと深川の猿江にあって、今は染井に移転している日蓮宗の慈眼寺」である。しかも芥川が自殺した七月二十四日は、谷崎の誕生日である。また「芥川龍之介が結ぶの神」に語られるように、谷崎にとっては芥川と最後に会ったとき、その後の谷崎の生涯に決定的な影響を及ぼすことになった根津松子、のちの松子夫人との出会いも用意されたのである。

芥川が亡くなった一九二七（昭和二）年には、芥川の死の直前まで、ふたりは日本の近代文学史上のひとつのメルクマールになるような文学論争を展開していた。本書はこの論争を時系列にそって読めるように、谷崎潤一郎の「饒舌録」と芥川龍之介の「文芸的な、余りに文芸的な」を編集し直したものである。文学論争という文章の性質上、それぞれ雑誌に掲載された初出時の本文を底本としたが、明らかな誤記や誤植などはそれぞれの全集を参照しながら訂正を加えた。また読者の便宜を考えて、論争に関連する「新潮合評会」「日本に於けるクリップン事件」「藪の中」、および芥川没後の谷崎の追悼文などを参考資料として収載した。

論争の経過をザッと説明すれば、以下のとおりである。

谷崎潤一郎は一九二七年一月に「日本に於けるクリップン事件」を「文藝春秋」に、関東大震災に遭遇した体験記「「九月一日」前後のこと」を「改造」に発表した。同年二月号の「新潮合評会」では、谷崎のこの二作品も俎上にのせられたが、その合評会に参加していた芥川は、「僕は谷崎氏の作品に就て言をはさみたいが、重大問題なんだが、谷崎君のを読んで何時も此頃痛切に感ずるし、僕も昔書いた「藪の中」なんかに就ても感ずるのだが話の筋と云うものが芸術的なものかどうかと云う問題、純芸術的なものかどうかと云うことが、非常に疑問だと思う」と問題提起した。

谷崎は同年二月号から「改造」に「饒舌録（感想）」の連載を開始したが、その第一回目の二月号掲載分において、「いったい私は近頃悪い癖がついて、自分が創作するにしても他人のものを読むにしても、うそのことでないと面白くない。（中略）近年の私の趣味が、素直なものよりもヒネクレたもの、無邪気なものよりも有邪気なもの出来るだけ細工のかかった入り組んだものを好くようになった」といい、具体例として中里介山の「大菩薩峠」をはじめ、ジョージ・ムーアやスタンダールの歴史小説をあげた。いわばここまでが論争の前段階であり、すでに両者の文学観の大きな隔たりが示唆されている。

谷崎は三月号掲載分の「饒舌録」で、前月号のつづきとして自己の文学観を開陳するに先だって、「新潮合評会」での芥川の発言を取りあげた。「筋の面白さに芸術的価値はない」という芥川に対して、谷崎は「筋の面白さは、云い換えれば物の組み立て方、構造の面白さ、建築的の美しさである。此れに芸術的価値がないとは云えない。(中略)凡そ文学に於て構造的美観を最も多量に持ち得るものは小説であると私は信じる。筋の面白さを除外するのは、小説と云う形式が持つ特権を捨ててしまうのである」と主張した。

これを受けて芥川が、同じ「改造」の四月号から「文芸的な、余りに文芸的な」の連載を開始、谷崎の「筋の面白さ」に対して「「話」らしい話のない小説」を提起した。芥川は「「話」らしい話のない小説」を最上のものとは思っていないが、「通俗的興味のないと云う点から見れば、最も純粋な小説」であるという。芥川はその具体例としてルナアルの「フィリップ一家の家風」や志賀直哉の「焚火」以下の諸短篇をあげている。そして、構成力や小説の材料において谷崎の作品に不足はないが、問題はそれを生かすための「詩的精神の如何」「詩的精神の深浅」であるとした。

「文芸的な、余りに文芸的な」の第一回が掲げられた「改造」四月号掲載分の「一」から「三」までは、改造社の編集所に赴いた芥川が赤ペンで一気に書き上げたものといわれている。二百字詰めの改造社原稿用紙に書かれたその二十三枚が、五月号掲載分を除くほかの箇所の原稿とともに山梨県立文学館に所蔵され、『芥川龍之介資料集・図版1』に紹介されている。それによれば、最初の表題は「三十五歳の小説論」というもので、副題として「幷せて谷崎潤一郎氏に答う」とある。「一」から「三」までは章番号のみで、現行のようには章題は記されておらず、また「三」の文末に「(昭二・二・十五)」と日付が記されている(章番号の付け方は各掲載号によって異なっているが、本書においては通し番号とした)。

芥川は「改造」の三月号に「河童」を掲載しており、そんな関係で何らかの用事があって改造社の編集所を訪れ、三月号掲載分の「饒舌録」に記された谷崎の芥川への反論をその場で読んで、校正用の赤ペンを借りて一気に「一」から「三」までの駁論を書き上げたものだったろう。当時、「改造」の発売日は毎月、新聞広告が出る二十二日だったと思われるが、冒頭箇所の執筆はそれより一週間も早かったということになる。おそらく編集部内で校正の最終的チェックをしていたところだったと思われるが、原稿には編集者の字で「改造四月号」と書かれ、割付のあとも見られるところから、直ちに次の四月号掲載ということも決まったようだ。当代の人気作家の谷崎と芥川との文学論争ということになれば、雑誌の呼びものとなることは受け合いだった。

四月号の原稿締め切りまで、まだ余裕があるというところから、「饒舌録」の向こうを張って、芥川もみずからの「三十五歳の小説論」を書きつづけ、「四　大作家」以降の箇所を執筆していったようだ。谷崎に比べると、芥川の小説論はいささか高踏的で衒学的に過ぎるかもしれない。「十二　詩的精神」の書き出しには「僕は谷崎潤一郎氏に会い、僕の駁論を述べた時、「では君の詩的精神とは何を指すのか?」と云う質問を受けた」とあるが、それは二月十九日に歌舞伎座で改造社主催の観劇会があり、その夜に帝国ホテルで谷崎、佐藤春夫、久米正雄と夜を徹して話し合った折のことだったと思われる。

四月号掲載分の末尾には「(昭和二・二・二十六)」の日付があるが、芥川はこの原稿を仕上げてすぐに大阪に向かった。翌二十七日の午後一時から大阪中ノ島公会堂において「雑誌『改造』大講演会」が開催されて、鶴見祐輔、佐藤春夫、里見弴、久米正雄らと講演した。『芥川龍之介全集』所載の「年譜」では、これを二十八日のこととしているが、明らかな誤りである。講演会の夜、芥川は佐藤春夫夫婦とともに谷崎邸に泊まり、芥川はそれから三泊四日を谷崎と一緒に過ごし、「もうお互にくたびれる程しゃべりあった」(「芥川君の訃を聞いて」)という。

その間の三月一日には道頓堀の弁天座で、芥川と佐藤夫婦、谷崎夫婦の五人で文楽の「心中天網島」を観劇している。五月号掲載分の「文芸的な、余りに文芸的な」の「二十

二　近松門左衛門」にそのときの感想が記されているが、その夜、佐藤夫婦は東京に帰り、谷崎と芥川はふたりで大阪の宿に宿泊した。その折、芥川のファンだった根津松子が、宿の女将の紹介で芥川に会いにきたが、後年の「芥川龍之介が結ぶの神」にはその折のことが記されている（谷崎は松子との出会いを一九二六〈大正十五〉年の十二月としているが、実際にはこの日だった）。翌日には松子に誘われてふたりはダンスホールに遊んだけれど、芥川は終始壁の人だった（谷崎松子『倚松庵の夢』中央公論社　一九六七）。

この三泊四日のあいだ谷崎は芥川と行動をともにして、芥川の駁論には熟知していたとしても、「文芸的な、余りに文芸的な」四月号の原稿にはいまだ目を通してはいなかった。谷崎は「饒舌録」の五月号にあらためてそれを読んだ感想を記したが、芥川もそれに対する感想を翌六月号に執筆した。が、谷崎と芥川の論争は、文学論争といっても相手の議論を徹底的に攻撃して、相手を叩きのめすまでに説き伏せようとするものではない。それぞれ敬服しあい、お互いに相手の文学観を鏡にしながら自己の文学的立場を固めようとしたものだといえる。

したがって論争の経過を追って読み進んでゆくと、「饒舌録」にしても「文芸的な、余りに文芸的な」にしても、それぞれ単独で通読したときとは違った印象を受ける。たとえば、先ほど触れた芥川の五月号での文楽への言及は、谷崎の七月号での人形芝居についての論を引き出し、四月号での谷崎の西洋と東洋との比較論は、芥川の六月号の「三十一

「西洋の呼び声」」に呼応している。このように互いの論に触発されながら各々の文学談義を展開していることに気づかされるが、ほかにも文章の端々に互いを意識しながら書かれた箇所も少なくない。

「文芸的な、余りに文芸的な」は、六月号掲載分の「二十九　再び谷崎潤一郎氏に答う」以降、急速に意見を収束させて、八月号掲載分の「四十　文芸上の極北」に向けて一気に議論を畳み込むような勢いを示している。おそらくみずからの死を意識して、自己の文学観の最後にたどりついた地点を書き残しておきたいとの気持ちが高まったのだろう。最後の八月号が刷り上がったのは、七月二十日ころのことだったろうか。芥川はそれを確認してから間もなく、七月二十四日の、谷崎の四十一回目の誕生日に自殺したのである。

＊

八月号掲載分の「三十九　独創」で、「現世は明治大正の芸術上の総決算をしている」と芥川が語っているように、文学ばかりかさまざまなことがらが、昭和という新しい時代を迎えて、ひとつの曲り角、屈折点にさしかかったといえる。柄谷行人は『日本近代文学の起源』（講談社　一九八〇）で、明治二十年代半ばの坪内逍遙と森鷗外との没理想論争が近代文学の制度的な確立だったとしたならば、一九二七（昭和二）年の谷崎と芥川の論争は、それに対する不可避的なリアクションで、没理想論争のひとつの帰結点だったと指摘している。

　たしかに柄谷行人のいうように、近代小説の「遠近法的配置」が、逍遙との論争過程で鷗外によって定位されたのだとしたら、その解体が谷崎との論争過程で芥川によって決定づけられたのだといえる。この論争を日本の近代文学史のうちにもっとも早く、しかも的確に位置づけたのは福田恆存の「芥川・谷崎の私小説論議」（一九四七・一〇「人間」）だったと思われるが、これは「二十年前の私小説論議」と改題されて『平衡感覚』（真善美社　一九四七）に収録されている。福田はこの論争に「小説というひとつ文学ジャンルの本質と運命とにまつわる問題が暗示されている」と指摘する。

「この本質的な論争を通じて二人とも自然主義文学の伝統に反撥」しながら、「その反応のしかたに二人の作品の性格が、そしてそれぞれの文学史的位置があきらかに示されている」と福田はいう。十九世紀ヨーロッパの作家たちは、市民社会の俗悪と平板とを刻明に描写し、その背後に自分の姿をかくすという逆説的な、自己否定の精神につらぬかれたリアリズムの技法によって、自我とその背後にある個人の純粋性を確保した。が、同じリアリズムの技法を採用しながら、近代日本の自然主義作家にはヨーロッパ流のはげしい自己否定が存在せずに、「自己告白の詠歎から私小説へと移行」していった。谷崎と芥川のふたりが反撥したのは、こうした自然主義から派生した私小説の伝統だった。

　谷崎は「筋の面白さ」ということで、自然主義以来近代日本文学の伝統となった「ゆがめられた精神主義」へ反撥したのであって、それに対抗することで自然主義の限界を超えようとした。それに対して芥川は「「話」らしい話のない小説」によって、自然主義の文学概念のそとに立ち、「純粋な」ということのうちに小説の運命の極北を考えた。技法としてのリアリズムをついに自分のものとすることがなかった芥川は、私小説の限界を見きわめ、同時にヨーロッパ近代小説の限界も見のがしてはいなかったという。

福田自身が認めるように、このようなとらえ方はやや「芥川への偏好」のうえにある。が、二十年という「時の経過」が、昭和文学史の展開の確認も可能として、芥川にこそ文学史の主題が正しく受けつがれ、芥川が「いかに近代文学の主題を当時の日本人なりに生きぬいたか」ということを証している。さらにそれから七十年の時が経過したが、「「話」らしい話のない小説」は一九六〇年代から七〇年代へかけてのアンチロマンにいたりつき、近代小説のひとつの終焉に達した。いま九十年前のこの文学論争をふりかえれば、やはりこれが日本の近代文学史のひとつの分岐点だったことを確認させられる。

一九二〇年代は第一次世界大戦によって理性への信頼がまったく地に墜ちてしまった時代である。ヨーロッパにおいてはワーテルローの戦いのあった一八一五年から第一次世界大戦が開戦される一九一四年までの百年間は大きな戦争もなく、比較的安定し、文化の花開いた時代だった。人々はすぐれた芸術に触れ、豊かな教養を身につけることで、人間が本源的にもつ野蛮性も克服することができると信じた。が、サラエボでの一発の銃声がそうしたこともひとつの神話で、幻想に過ぎないことを暴露してしまった。誰ひとり願いもしなければ望みもしなかった世界規模の戦禍が偶発的におこり、もはや人間の理性やそれによって統合された合理性といったものへ全幅の信頼を寄せることも難しくなった。

さらにこの時代にはフロイトの精神分析学が浸透し、人間には意識によって統合された自我とは別に、無意識に支配されたもうひとりの自分が存在するといったことが自明視されるようになった。日本の近代文学は西洋文学からの圧倒的な影響を受けながら、「個」の発見とその解放ということを使命としてきたが、潜在的にかかえもつ理想的自我と現実的自我との大きなギャップから、当然、自意識といった厄介な怪物が生みだされることになる。こうした新しい現実の到来に、それにふさわしい新たな表現が模索され、ダダイズム、シュールレアリスム、表現主義などの芸術運動が起こった。

日本では一九二三（大正十二）年九月一日には関東大震災が起こり、死者・行方不明者は十万人を超え、首都が焼き尽くされた。芥川は「大震に際せる感想」（一九二三・一〇「改造」）で、ツルゲーネフの「自然の眼には人間も蚤も選ぶところなし」という言葉を引いている。こうした巨大地震はいつ、どこで起こるかを予測することはまったく不可能で、人々はこの現実がいかに頼りなく「偶然」に翻弄されるものかを痛切に思い知らされた。ヨーロッパにおける第一次世界大戦といい関東大震災といい、誰ひとりその必然性を是認しないにかかわらず、個人の意志や論理とかかわりなしに突発的に起こってしまうのである。

大震災の惨禍はヨーロッパにおける第一次世界大戦のそれに匹敵するほどの衝撃を与えたといっていい。震災後にはまさに第一次世界大戦後のヨーロッパにおこった芸術運動に刺戟された、高橋新吉や辻潤などのダダイズムや、横光利一や川端康成などの新感覚派など、さまざまなモダニズムの流派がいっせいに起こった。もはや意識や理性によって統御された合理性に支えられたリアリズムにもとづく近代小説の形式を無条件には信じられなくなった。この論争がおこなわれたのは、こうした時代を背景としていたことを忘れてはならないだろう。

ところで一九七〇（昭和四五）年に中村光夫、福田恆存、大岡昇平といった当代の小説読みの達人たちによって、論争というわけではないけれど、芥川龍之介の「藪の中」の読みをめぐる意見が交わされたことがある。まず中村光夫が「「藪の中」から」（一九七〇・六「すばる」）という文章で、この小説は「ひとつの屍骸について三つの殺人が行われたとされ、この三つの「事実」が、どれも同じ資格で並列されているのでは、読者はどれが本当なのか」分からず、統一した読後感を得られずに不満を覚えるとし、「これでは活字の向うに人生が見えるような印象を読者にあたえることはできない」と論じた。

これに対して福田恆存は「公開日誌4――「藪の中」について――」（一九七〇・一〇「文学界」）で、「藪の中」の主題は「事実、或は真相というものは、第三者の目にはついに解らないものだ」ということで、「心理的事実もまた事実であ」って、「三つの「陳述」は現実の事実としては矛盾しているが、もしそのいずれも現実の事実ではなく、三人が銘々そう思いこんでいる心理的事実に過ぎぬものだと解すれば、その矛盾は却って主題を強調するものとして成り立つ」とした。そして、三者の陳述にはそれぞれ「自分を主役に仕立てたいという自己劇化」があり、芥川が「私達読者に提供してくれたものは人生ではなく、お話なのである。読者はそのお話の面白さに興じていれば良い」と断じた。

四十七年前に書かれたこの福田の文章を読んでいると、何やらポスト・トゥルースとよばれる現代的な状況をそのまま先取りしているかのような感がある。「自己劇化」した一人称の語りはいつの時代にもフェイクな要素が混入されるが、福田はこれを現実のカラクリを明示するためのフィクションの構造として語りだしている。が、それが今日では小説の枠組みをはみだして、フェイクな情報そのものが日常の現実に溢れだしてしまっているのだ。いつの間にか現実の世界における事実は溶解してしまい、そこに生きる私たちはよほど強靱な自我の殻をまとうか、厚顔無恥な仮面をかぶらざるを得なくなった。

閑話休題。中村と福田の両論を受けて、大岡昇平は「芥川龍之介を弁護する――事実と小説の間――」（一九七〇・一二「歴史と人物」）において、「すべて自己に関する陳述には自己劇化が含まれている、という福田の理論に、私はまったく賛成だが、劇化された陳述には現実との関連がなければならない」とした。そして「芥川の意図は福田のいうように「真相はわからない」というような観念的なものではなく、当事者の陳述を並置して、その間の矛盾と一致によって、緊張と緩和の交替を作り出すことにあった」のではないかと指摘した。

いま読んでも「藪の中」は面白い。その面白さが、ひとつの事件に対して三つの物語を考えだし、それぞれ異なった語りでそれなりに説得力をもって描き切るという作家的手腕にあったことは間違いない。その意味では大岡昇平の意見がもっとも穏当なところだろうが、芥川は「僕も昔書いた「藪の中」なんかに就ても感ずるのだが」と、話の面白さに全面的に頼り切れずにいる。そして、名うての小説読みの三人がこの作品に対して、それぞれ異なったスタンスで対処しているところには、「藪の中」の面白さの背後に、小説というものへの認識の根本的な変化といったことも示唆されていることをうかがわせる。

ありていにいえば、中村光夫はリアリズムを基底とした近代小説の論理から「藪の中」への不満を表明したもので、福田恆存のは自然主義的な近代小説の破綻を見とおしたうえでの発言である。大岡昇平は両者をとりもつかたちになっているが、福田は「公開日誌5――フィクションという事――」（一九七〇・一一「文学界」）で、「小は家庭から大は国家に至るまでの集団が成立」するのは「仮設という解釈の砦」のうえであるという。近代日本文学史上のリアリズムは、現実を「解釈」なしで独り歩きできる確かな実体と誤解したところに生じた「素朴な人生観、世界観を前提として成り立った思想」なのであるとした。

　とするならば、七十年前の論で「芥川への偏好」を示し、谷崎にきびし過ぎた福田も、「蓼喰ふ虫」以降の谷崎文学にもう少し同情があってもよかったのかも知れない。昭和の文学史は芥川の自殺をいかに乗り越えるかということを命題に展開したといっていいが、芥川の自殺に大きな衝撃を受け、それから多大な影響を被ったひとりは、ほかならぬその直前まで論争を繰りひろげた谷崎そのひとだった。谷崎は「蓼喰ふ虫」の冒頭に、自己の身を滅ぼしかねない性愛のエネルギーに翻弄される男女の悲劇を、芥川とともに観劇した「心中天網島」の舞台空間のなかに封じ込め、その舞台に見入る主人公を描くところからはじめた。

　論争の端緒となった「日本に於けるクリップン事件」は、外国の奇怪な事件に触発されて、わが国にもそれと類似した事件があったということを探偵小説仕立てにした、いわば自己の性癖を奇抜な話に託した、たわいもない作品である。しかし、「蓼喰ふ虫」以降、谷崎は現実の事象を「確かな実体」と短絡的に直結させることをしないような小説技法を編み出した。それは「吉野葛」「盲目物語」「蘆刈」「春琴抄」の物語形式として結晶したが、「春琴抄後語」（一九三四・六「改造」）では「小説の形式を用いたのでは、巧ければ巧いほどウソらしくなる」といっている。ここにいう「小説の形式」とは、「純客観の描写と会話とを以て押して行く所謂本格小説」たる「近代小説の形式」のことである。

その後「源氏物語」の現代語訳の仕事を経て、「細雪」に物語と近代小説の形式の融合を目指すことになる。その作品の出来映えに関してはいろいろな評価もあろうが、芥川との論争以降の谷崎文学の系譜をたどれば、芥川の批判を受け、その芥川が自殺する姿を目撃して、谷崎は谷崎なりに自己の文学観を猛省したに違いない。芥川が小説の極北を目指して、「純粋さ」の追究の果てに自滅せざるを得なかったのに対して、谷崎は原初的なエネルギーをはらむ物語から文学的滋養を充分に吸収して、物語と近代小説の形式とを融合させ、みずからの文学を豊饒なものとしていったのである。

谷崎と芥川が論を闘わせてからちょうど九十年が経過した。今日の文学的な環境は当時とはガラリと様変わりし、まるで世界が一変してしまったかのようである。が、福田恆存が指摘したように、この論争には小説という文学ジャンルの本質と運命とにまつわる問題が暗示されており、今日においても文学を考えるうえで多くの示唆が与えられる。また谷崎潤一郎と芥川龍之介という似たようでありながら対蹠的でもある、日本の近代文学を代表する偉大なふたりの作家の文学と生き方からさまざまなことを考えさせられる小説論議である。

本書のうち「饒舌録」「東洋趣味漫談」「文芸的な、余りに文芸的な」「新潮合評会」はそれぞれ初出誌を底本とし、適宜各種全集を参照しました。「日本に於けるクリップン事件」「芥川君と私」「いたましき人」「芥川全集刊行に際して」は『谷崎潤一郎全集　第13巻』（中央公論新社、二〇一五年八月刊）を、「芥川龍之介が結ぶの神」「彼は如才がない」「芥川君の訃を聞いて」は『谷崎潤一郎全集　第23巻』（中央公論新社、二〇一七年三月刊）を、「遺書と手記とを残して　芥川龍之介氏自殺す」は『谷崎潤一郎全集　第26巻』（中央公論新社、二〇一七年六月刊）を、「藪の中」は『藪の中』（講談社文庫、二〇〇九年八月刊）を底本とし、それぞれ新字新かな遣いに改め、適宜、ルビを調整しました。また、本文中、現代から見れば不適切と思われる表現もありますが、作品が書かれた時代背景と作品価値を考え、そのままにしました。よろしくご理解のほどお願いいたします。

文芸的《ぶんげいてき》な、余《あま》りに文芸的《ぶんげいてき》な／饒舌録《じょうぜつろく》ほか　芥川《あくたがわ》vs.谷崎論争《たにざきろんそう》

芥川龍之介《あくたがわりゅうのすけ》／谷崎潤一郎《たにざきじゅんいちろう》　千葉俊二《ちばしゅんじ》編《へん》

二〇一七年九月八日第一刷発行
二〇二四年一月二三日第四刷発行

発行者――森田浩章
発行所――株式会社　講談社
東京都文京区音羽2・12・21　〒112-8001
電話　編集（03）5395・3513
　　　販売（03）5395・5817
　　　業務（03）5395・3615

デザイン――菊地信義
印刷――株式会社KPSプロダクツ
製本――株式会社国宝社
本文データ制作――講談社デジタル製作

2017, Printed in Japan

定価はカバーに表示してあります。

講談社
文芸文庫

ISBN978-4-06-290358-5

講談社文芸文庫

青木淳選	建築文学傑作選	青木 淳——解
青山二郎	眼の哲学｜利休伝ノート	森 孝——人／森 孝——年
阿川弘之	舷燈	岡田 睦——解／進藤純孝——案
阿川弘之	鮎の宿	岡田 睦——年
阿川弘之	論語知らずの論語読み	高島俊男——解／岡田 睦——年
阿川弘之	亡き母や	小山鉄郎——解／岡田 睦——年
秋山 駿	小林秀雄と中原中也	井口時男——解／著者他——年
芥川龍之介	上海游記｜江南游記	伊藤桂一——解／藤本寿彦——年
芥川龍之介 谷崎潤一郎	文芸的な、余りに文芸的な｜饒舌録ほか 芥川vs.谷崎論争 千葉俊二編	千葉俊二——解
安部公房	砂漠の思想	沼野充義——人／谷 真介——年
安部公房	終りし道の標べに	リービ英雄-解／谷 真介——案
安部ヨリミ	スフィンクスは笑う	三浦雅士——解
有吉佐和子	地唄｜三婆 有吉佐和子作品集	宮内淳子——解／宮内淳子——年
有吉佐和子	有田川	半田美永——解／宮内淳子——年
安藤礼二	光の曼陀羅 日本文学論	大江健三郎賞選評-解／著者——年
李良枝	由熙｜ナビ・タリョン	渡部直己——解／編集部——年
李良枝	石の聲 完全版	李 栄——解／編集部——年
石川 淳	紫苑物語	立石 伯——解／鈴木貞美——案
石川 淳	黄金伝説｜雪のイヴ	立石 伯——解／日高昭二——案
石川 淳	普賢｜佳人	立石 伯——解／石和 鷹——案
石川 淳	焼跡のイエス｜善財	立石 伯——解／立石 伯——年
石川啄木	雲は天才である	関川夏央——解／佐藤清文——年
石坂洋次郎	乳母車｜最後の女 石坂洋次郎傑作短編選	三浦雅士——解／森 英一——年
石原吉郎	石原吉郎詩文集	佐々木幹郎-解／小柳玲子——年
石牟礼道子	妣たちの国 石牟礼道子詩歌文集	伊藤比呂美-解／渡辺京二——年
石牟礼道子	西南役伝説	赤坂憲雄——解／渡辺京二——年
磯﨑憲一郎	鳥獣戯画｜我が人生最悪の時	乗代雄介——解／著者——年
伊藤桂一	静かなノモンハン	勝又 浩——解／久米 勲——年
伊藤痴遊	隠れたる事実 明治裏面史	木村 洋——解
伊藤痴遊	続 隠れたる事実 明治裏面史	奈良岡聰智-解
伊藤比呂美	とげ抜き 新巣鴨地蔵縁起	栩木伸明——解／著者——年
稲垣足穂	稲垣足穂詩文集	高橋孝次——解／高橋孝次——年
井上ひさし	京伝店の烟草入れ 井上ひさし江戸小説集	野口武彦——解／渡辺昭夫——年

▶解=解説 案=作家案内 人=人と作品 年=年譜を示す。 2024年1月現在

講談社文芸文庫

井上靖 ――補陀落渡海記 井上靖短篇名作集　曾根博義――解／曾根博義――年
井上靖 ――本覚坊遺文　高橋英夫――解／曾根博義――年
井上靖 ――崑崙の玉|漂流 井上靖歴史小説傑作選　島内景二――解／曾根博義――年
井伏鱒二――還暦の鯉　庄野潤三――人／松本武夫――年
井伏鱒二――厄除け詩集　河盛好蔵――人／松本武夫――年
井伏鱒二――夜ふけと梅の花|山椒魚　秋山 駿――解／松本武夫――年
井伏鱒二――鞆ノ津茶会記　加藤典洋――解／寺横武夫――年
井伏鱒二――釣師・釣場　夢枕 獏――解／寺横武夫――年
色川武大――生家へ　平岡篤頼――解／著者――年
色川武大――狂人日記　佐伯一麦――解／著者――年
色川武大――小さな部屋|明日泣く　内藤 誠――解／著者――年
岩阪恵子――木山さん、捷平さん　蜂飼 耳――解／著者――年
内田百閒――百閒随筆 Ⅱ 池内紀編　池内 紀――解／佐藤 聖――年
内田百閒――[ワイド版]百閒随筆 Ⅰ 池内紀編　池内 紀――解
宇野浩二――思い川|枯木のある風景|蔵の中　水上 勉――解／柳沢孝子――案
梅崎春生――桜島|日の果て|幻化　川村 湊――解／古林 尚――案
梅崎春生――ボロ家の春秋　菅野昭正――解／編集部――年
梅崎春生――狂い凧　戸塚麻子――解／編集部――年
梅崎春生――悪酒の時代 猫のことなど ―梅崎春生随筆集―　外岡秀俊――解／編集部――年
江藤淳 ――成熟と喪失 ―"母"の崩壊―　上野千鶴子―解／平岡敏夫――案
江藤淳 ――考えるよろこび　田中和生――解／武藤康史――年
江藤淳 ――旅の話・犬の夢　富岡幸一郎―解／武藤康史――年
江藤淳 ――海舟余波 わが読史余滴　武藤康史――解／武藤康史――年
江藤淳・蓮實重彥――オールド・ファッション 普通の会話　高橋源一郎―解
遠藤周作――青い小さな葡萄　上総英郎――解／古屋健三――案
遠藤周作――白い人|黄色い人　若林 真――解／広石廉二――年
遠藤周作――遠藤周作短篇名作選　加藤宗哉――解／加藤宗哉――年
遠藤周作――『深い河』創作日記　加藤宗哉――解／加藤宗哉――年
遠藤周作――[ワイド版]哀歌　上総英郎――解／高山鉄男――案
大江健三郎-万延元年のフットボール　加藤典洋――解／古林 尚――案
大江健三郎-叫び声　新井敏記――解／井口時男――案
大江健三郎-みずから我が涙をぬぐいたまう日　渡辺広士――解／高田知波――案
大江健三郎-懐かしい年への手紙　小森陽一――解／黒古一夫――案

小沼丹——藁屋根　佐々木 敦—解／中村 明——年
折口信夫—折口信夫文芸論集 安藤礼二編　安藤礼二—解／著者———年
折口信夫—折口信夫天皇論集 安藤礼二編　安藤礼二—解
折口信夫—折口信夫芸能論集 安藤礼二編　安藤礼二—解
折口信夫—折口信夫対話集 安藤礼二編　安藤礼二—解／著者———年
加賀乙彦—帰らざる夏　リービ英雄-解／金子昌夫—案
葛西善蔵—哀しき父|椎の若葉　水上 勉——解／鎌田 慧——案
葛西善蔵—贋物|父の葬式　鎌田 慧——解
加藤典洋—アメリカの影　田中和生—解／著者———年
加藤典洋—戦後的思考　東 浩紀——解／著者———年
加藤典洋—完本 太宰と井伏 ふたつの戦後　與那覇 潤—解／著者———年
加藤典洋—テクストから遠く離れて　高橋源一郎-解／著者・編集部-年
加藤典洋—村上春樹の世界　マイケル・エメリック-解
加藤典洋—小説の未来　竹田青嗣—解／著者・編集部-年
金井美恵子-愛の生活|森のメリュジーヌ　芳川泰久—解／武藤康史—年
金井美恵子-ピクニック、その他の短篇　堀江敏幸—解／武藤康史—年
金井美恵子-砂の粒|孤独な場所で 金井美恵子自選短篇集　磯﨑憲一郎-解／前田晃一——年
金井美恵子-恋人たち|降誕祭の夜 金井美恵子自選短篇集　中原昌也—解／前田晃一——年
金井美恵子-エオンタ|自然の子供 金井美恵子自選短篇集　野田康文—解／前田晃一——年
金子光晴—絶望の精神史　伊藤信吉—人／中島可一郎-年
金子光晴—詩集「三人」　原 満三寿—解／編集部——年
鏑木清方—紫陽花舎随筆 山田肇選　鏑木清方記念美術館-年
嘉村礒多—業苦|崖の下　秋山 駿——解／太田静一——年
柄谷行人—意味という病　絓 秀実——解／曾根博義—案
柄谷行人—畏怖する人間　井口時男—解／三浦雅士—案
柄谷行人編-近代日本の批評 I 昭和篇上
柄谷行人編-近代日本の批評 II 昭和篇下
柄谷行人編-近代日本の批評 III 明治・大正篇
柄谷行人—坂口安吾と中上健次　井口時男—解／関井光男—年
柄谷行人—日本近代文学の起源 原本　関井光男—年
柄谷行人 中上健次—柄谷行人中上健次全対話　高澤秀次—解
柄谷行人—反文学論　池田雄一——解／関井光男—年

講談社文芸文庫

柄谷行人 蓮實重彥	─柄谷行人蓮實重彥全対話	
柄谷行人	─柄谷行人インタヴューズ1977-2001	
柄谷行人	─柄谷行人インタヴューズ2002-2013	丸川哲史─解／関井光男─年
柄谷行人	─［ワイド版］意味という病	絓 秀実─解／曾根博義─案
柄谷行人	─内省と遡行	
柄谷行人 浅田彰	─柄谷行人浅田彰全対話	
柄谷行人	─柄谷行人対話篇Ⅰ 1970-83	
柄谷行人	─柄谷行人対話篇Ⅱ 1984-88	
柄谷行人	─柄谷行人対話篇Ⅲ 1989-2008	
柄谷行人	─柄谷行人の初期思想	國分功一郎─解／関井光男・編集部─年
河井寛次郎	─火の誓い	河井須也子─人／鷺 珠江─年
河井寛次郎	─蝶が飛ぶ 葉っぱが飛ぶ	河井須也子─解／鷺 珠江─年
川喜田半泥子	─随筆 泥仏堂日録	森 孝一─解／森 孝一─年
川崎長太郎	─抹香町｜路傍	秋山 駿─解／保昌正夫─年
川崎長太郎	─鳳仙花	川村二郎─解／保昌正夫─年
川崎長太郎	─老残｜死に近く 川崎長太郎老境小説集	いしいしんじ─解／齋藤秀昭─年
川崎長太郎	─泡｜裸木 川崎長太郎花街小説集	齋藤秀昭─解／齋藤秀昭─年
川崎長太郎	─ひかげの宿｜山桜 川崎長太郎「抹香町」小説集	齋藤秀昭─解／齋藤秀昭─年
川端康成	─一草一花	勝又 浩─人／川端香男里─年
川端康成	─水晶幻想｜禽獣	高橋英夫─解／羽鳥徹哉─案
川端康成	─反橋｜しぐれ｜たまゆら	竹西寛子─解／原 善─案
川端康成	─たんぽぽ	秋山 駿─解／近藤裕子─案
川端康成	─浅草紅団｜浅草祭	増田みず子─解／栗坪良樹─案
川端康成	─文芸時評	羽鳥徹哉─解／川端香男里─年
川端康成	─非常｜寒風｜雪国抄 川端康成傑作短篇再発見	富岡幸一郎─解／川端香男里─年
上林暁	─聖ヨハネ病院にて｜大懺悔	富岡幸一郎─解／津久井 隆─年
菊地信義	─装幀百花 菊地信義のデザイン 水戸部功編	水戸部 功─解／水戸部 功─年
木下杢太郎	─木下杢太郎随筆集	岩阪恵子─解／柿谷浩一─年
木山捷平	─氏神さま｜春雨｜耳学問	岩阪恵子─解／保昌正夫─案
木山捷平	─鳴るは風鈴 木山捷平ユーモア小説選	坪内祐三─解／編集部─年
木山捷平	─落葉｜回転窓 木山捷平純情小説選	岩阪恵子─解／編集部─年
木山捷平	─新編 日本の旅あちこち	岡崎武志─解